汪曾祺文集

谈艺录

我的文学观
小说技巧常谈
小说的散文化
谈风格
谈读杂书
文学语言杂谈

汪曾祺 ———— 著

林贤治 ———— 编选

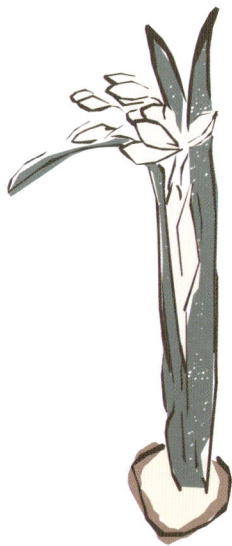

SPM
南方传媒 ｜ 花城出版社

中国·广州

图书在版编目（ＣＩＰ）数据

　　汪曾祺文集. 谈艺录 / 汪曾祺著 ；林贤治编选. ——
广州 ：花城出版社，2024.1
　　ISBN 978-7-5360-9653-0

　　Ⅰ．①汪… Ⅱ．①汪… ②林… Ⅲ．①汪曾祺（
1920-1997）－文集②杂文集－中国－当代 Ⅳ．①I217.2

　　中国国家版本馆CIP数据核字(2023)第001420号

出 版 人：张　懿
丛书策划：肖延兵
责任编辑：夏显夫
责任校对：汤　迪
技术编辑：凌春梅
装帧设计：李炜平

书　　　名　汪曾祺文集．谈艺录
　　　　　　WANG ZENGQI WENJI. TAN YI LU
出版发行　花城出版社
　　　　　　（广州市环市东路水荫路 11 号）
经　　销　全国新华书店
印　　刷　广州市岭美文化科技有限公司
　　　　　　（广州市荔湾区花地大道南海南工商贸易区 A 幢）
开　　本　880 毫米×1230 毫米　32 开
印　　张　63.5　24 插页
字　　数　1,403,000 字
版　　次　2024 年 1 月第 1 版　2024 年 1 月第 1 次印刷
定　　价　298.00 元（全六册）

如发现印装质量问题，请直接与印刷厂联系调换。
购书热线：020 - 37604658　37602954
花城出版社网站：http://www.fcph.com.cn

1990 年，于家中

与出版家范用（左）合影

1996 年，与孙子、孙女等合照

画作

目录

我是一个中国人[①]
——我的创作生涯

※

　　我的家乡是江苏北部一个不大的县，挨着大运河。乡下有劳苦的农民。城里有生活荒唐的地主、规规矩矩的生意人和整天在作坊里用大概两千年前就有的工具做工的工匠，这城里不少人是正直的，但也是因循的，封闭的，缺乏开创精神和叛逆思想。他们读过一些孔子、孟子的书，信奉玉皇大帝、灶君菩萨、财神爷和狐仙。生活是平静的。每天生出一些婴孩，死去一些老人。不管遇到什么灾害，水灾、旱灾、兵乱，居民都用一种出奇的韧性接受下来，勉强度过。他们的情绪是稳定的，不像有些西方人那样充满激动与不安，我的相当一部分小说表现的就是这样的人，他们的起伏不大，不太形之于色的小小的悲欢。我本人的思想也多少受了这小城居民的影响，虽然我十九岁就离开家乡了。

　　我从小生活在这个小城里。过年，过节，看迎赛城隍，看"草台班子"的戏，看各色各样的店铺，看银匠打首饰，竹匠制竹器，画匠画"家神菩萨"，铁匠打镰刀。东看看，西看看。我的记忆力有点畸形，对记忆数学公式、英文单词，非常低能；但对颜色、声音、气味的记忆是出色的。也许因此注定我只能当一个作家。

　　我的父亲是一个画家，——当然是画中国的彩墨画的。我从小

[①] 本篇是为参加爱荷华写作计划准备的讲稿，据手稿编入。

爱看他作画，我小时在绘画方面颇有才能。中国画有两大派。一派是工笔画，一派是写意画。工笔画注重表现物象，写意画注意画家对物象的感受。我父亲是画写意画的。中国画讲究"计白当黑"，即留出大量的空白，让看画的人有想象的余地。这两者对我的小说创作有一定影响。一是我不详细地描写人物和背景；二是尽量少写一点。

一九三九年，我就读昆明的西南联合大学中国文学系。教我们写作的是沈从文先生。沈先生是以一个作家的身份教书的。他讲课没有课本，也没有系统，只是随便漫谈。他不善于言词，家乡口音又很重，说话是轻轻的，不好懂。他经常说的一句话是："要贴到人物来写"。但是这一句话使我终身受用。他的意思是作者的笔随时要和人物贴紧，不能飘浮空泛。我是沈先生亲授的弟子，我的作品自然受他的影响很深。但是沈先生曾对我说：你是你自己。

在中国当代作家中我的作品里中国传统思想文化影响的痕迹比较明显。我以为一个中国人，尤其是一个作家，都会或多或少地接受这样那样的传统文化的影响的。孔子的影响，老庄的影响，甚至佛教禅宗的影响。一般说来，中国作家所受传统文化影响是混杂的，什么都有一点，而又融入了作者的现代意识之中。有一个评论家说我写的一些人物的恬淡自然的生活态度有老庄痕迹，并推断我本人也是欣赏老庄的。我年轻时确是读过《庄子》。但是我自己反省了一下，我还是较多地接受了儒家的影响。我觉得孔子是个很近人情的思想家，并且是一个诗人。我很欣赏曾点的志向："暮春者，春服既成，冠者五六人，童子六七人，浴乎沂，风乎舞雩，咏而归。"我以为这是一种超脱的，美的，诗意的生活态度。我欣赏宋儒的这样的诗："万物静观皆自得，四时佳兴与人同"；"顿觉眼前生意满，须知世上苦人多"。我是一个中国式的、报情的人道主义者。我希望在普通人的身上看出人的价值，人的诗意，人的美。我追求的是和谐，不是深刻。

我年轻时读过一些西方的作品，受了一些影响。台湾在介绍我的作品时说我是中国最早使用现代派和意识流的作家。其实在我之前，废名、林徽因已经使用这样的手法了。不过我年轻时确实比较大量地使用过（现在这样的手法在我的作品里并未绝迹）。后来我的风格变了。我比较正视现实，严酷的现实教育我不得不正视；同时有意识地接受了中国古典文学和民间文学的传统。因为我是一个中国人。我不反对当代中国的一些青年作家竭力向西方学习，但是一个中国作家的作品永远不会写得和西方作家一样，因为你写的是中国的人和事，你的思维方式是中国式的，你对生活的审察的角度是中国的，特别是你是用中国话——汉语写作的。我认为作品的语言是有决定意义的。一个作家必须精通中国的语言，语言的美，语言的诗意，语言的音乐性和它可能引起的尽可能广阔的联想。语言具有辐射性。一个作家的看来似乎平常的语言所能暗示出来的信息愈多，他的语言就愈有嚼头，也具有更大的民族性。我相信西方现代派的作家对他本国的语言也是精通的。如果一个中国作家写出来的作品的语言像是翻译作品的语言，一种不三不四的，用汉字写出来的外国话，那他只能是鲁迅所说的"假洋鬼子"。因此，我在北京市作协举行的一次我的作品的讨论会上所作的简短的发言的题目是："回到现实主义，回到民族传统"。当然，我说的现实主义是能吸收各种流派的现实主义，我说的民族传统是不排斥任何外来影响的民族传统。

谢谢！

《汪曾祺短篇小说选》自序①

※

近年来有人称我为老作家了，这对我是新鲜事。老则老矣，已经六十一岁；说是作家，则还很不够。我多年来不觉得我是个作家。我写得太少了。

我写小说，是断断续续，一阵一阵的。开始写作的时间倒是颇早的。第一篇作品大约是一九四○年发表的。那是沈从文先生所开"各体文习作"课上的作业，经沈先生介绍出去的。大学时期所写，都已散失。此集中所收的第一篇《复仇》，可作为那一时期的一个代表，虽然写成时我已经离开大学了。一九四六、四七年在上海，写了一些，编成一本《邂逅集》。此集的前四篇即选自《邂逅集》。这次编集时都作了一些修改，但基本上保留了原貌。解放后长期担任编辑，未写作。一九五七年偶然写了一点散文和散文诗。一九六一年写了《羊舍一夕》。因为少年儿童出版社约我出一个小集子（听说是萧也牧同志所建议），我又接着写了两篇。一九七九年到一九八一年写得多一些，这都是几个老朋友怂恿的结果。没有他们的鼓励、催迫，甚至责备，我也许就不会再写小说了。深情厚谊，良可感念，于此谢之。

我的一些小说不大像小说，或者根本就不是小说。有些只是人物素描。我不善于讲故事。我也不喜欢太像小说的小说，即故事性

---

① 初收于《汪曾祺短篇小说选》。

很强的小说。故事性太强了，我觉得就不大真实。我的初期的小说，只是相当客观地记录对一些人的印象，对我所未见到的，不了解的，不去以意为之作过多的补充。后来稍稍展开一些，有较多的虚构，也有一点点情节。

有人说我的小说跟散文很难区别，是的。我年轻时曾想打破小说、散文和诗的界限。《复仇》就是这种意图的一个实践。后来在形式上排除了诗，不分行了，散文的成分是一直明显地存在着的。所谓散文，即不是直接写人物的部分。不直接写人物的性格、心理、活动。有时只是一点气氛。但我以为气氛即人物。一篇小说要在字里行间都浸透了人物。作品的风格，就是人物性格。

我的小说的另一个特点是：散。这倒是有意为之。我不喜欢布局严谨的小说，主张信马由缰，为文无法。苏轼说："大略如行云流水，初无定质；但常行于所当行，常止于所不可不止。文理自然，恣态横生"（《答谢民师书》）；又说："吾文如万斛泉源，不择地而出，在平地滔滔汩汩，虽一日千里无难。及其与山石曲折，随物赋形而不可知也"（《文说》）。虽不能至，心向往之。

我的小说的题材，大都是不期然而遇，因此我把第一个集子定名为"邂逅"。因此，我的创作无计划可言。今后写什么，一点不知道。但如果身体还好，总还能再写一点吧。恐怕也还是断断续续，一阵一阵的。

是为序。

一九八一年四月二十二日

《大淖记事》是怎样写出来的[①]

※

一个作品写出来了，作者要说的话都说了。为什么要写这个作品，这个作品是怎么写出来的，都在里面。再说，也无非是重复，或者说些题外之言。但是有些读者愿意看作者谈自己的作品的文章，——回想一下，我年轻时也喜欢读这样的文章，以为比读评论更有意思，也更实惠，因此，我还是来写一点。

大淖是有那么一个地方的。不过，我敢说，这个地方是由我给它正了名的。去年我回到阔别了四十余年的家乡，见到一位初中时期教过我国文的张老师，他还问我："你这个淖字是怎样考证出来的？"我们小时做作文、记日记，常常要提到这个地方，而苦于不知道该怎样写。一般都写作"大脑"，我怀疑之久矣。这地方跟人的大脑有什么关系呢？后来到了张家口坝上，才恍然大悟：这个字原来应该这样写！坝上把大大小小的一片水都叫做"淖儿"。这是蒙古话。坝上蒙古人多，很多地名都是蒙古话。后来到内蒙走过不少叫做"淖儿"的地方，越发证实了我的发现。我的家乡话没有儿化字，所以径称之为淖。至于"大"，是状语。"大淖"是一半汉语，一半蒙语，两结合。我为什么念念不忘地要去考证这个字；为什么在知道淖字应该怎么写的时候，心里觉得很高兴呢？是因为我很久以前就想写写大淖这地方的事。如果写成"大脑"，在感情是

---

① 初刊于《读书》一九八二年第八期，初收于《晚翠文谈》。

很不舒服的。——三十多年前我写的一篇小说里提到大淖这个地方，为了躲开这个"脑"字，只好另外改变了一个说法。

我去年回乡，当然要到大淖去看看。我一个人去走了几次。大淖已经几乎完全变样了。一个造纸厂把废水排到这里，淖里是一片铁锈颜色的浊流。我的家人告诉我，我写的那个沙洲现在是一个种鸭场。我对着一片红砖的建筑（我的家乡过去不用红砖，都是青砖），看了一会。不过我走过一些依河而筑的不整齐的矮小房屋，一些才可通人的曲巷，觉得还能看到一些当年的痕迹。甚至某一家门前的空气特别清凉，这感觉，和我四十年前走过时也还是一样。

我的一些写旧日家乡的小说发表后，我的乡人问过我的弟弟："你大哥是不是从小带一个本本，到处记？——要不他为什么能记得那么清楚呢？"我当然没有一个小本本。我那时才十几岁，根本没有想到过我日后会写小说。便是现在，我也没有记笔记的习惯。我的笔记本上除了随手抄录一些所看杂书的片断材料外，只偶尔记下一两句只有我自己看得懂的话，——一点印象，有时只有一个单独的词。

小时候记得的事是不容易忘记的。

我从小喜欢到处走，东看看，西看看（这一点和我的老师沈从文有点像）。放学回来，一路上有很多东西可看。路过银匠店，我走进去看老银匠在模子上敲打半天，敲出一个用来钉在小孩的虎头帽上的小罗汉。路过画匠店，我歪着脑袋看他们画"家神菩萨"或玻璃油画福禄寿三星。路过竹厂，看竹匠把竹子一头劈成几杈，在火上烤弯，做成一张一张草笆子……多少年来，我还记得从我的家到小学的一路每家店铺、人家的样子。去年回乡，一个亲戚请我喝酒，我还能清清楚楚把他家原来的布店的店堂里的格局描绘出来，背得出白色的屏门上用蓝漆写的一付对子。这使他大为惊奇，连说："是的是的"。也许是这种东看看西看看的习惯，使我后来成了一个"作家"。

我经常去"看"的地方之一，是大淖。

大淖的景物，大体就是像我所写的那样。居住在大淖附近的人，看了我的小说，都说"写得很像"。当然，我多少把它美化了一点。比如大淖的东边有许多粪缸（巧云家的门外就有一口很大的粪缸），我写它干什么呢？我这样美化一下，我的家乡人是同意的。我并没有有闻必录，是有所选择的。大淖岸上有一块比通常的碾盘还要大得多的扁圆石头，人们说是"星"——陨石，以与故事无关，我也割爱了（去年回乡，这个"星"已经不知搬到哪里去了）。如果写这个星，就必然要生出好些文章。因为它目标很大，引人注目，结果又与人事毫不相干，岂非"冤"了读者一下？

小锡匠那回事是有的。像我这个年龄的人都还记得。我那时还在上小学，听说一个小锡匠因为和一个保安队的兵的"人"要好，被保安队打死了，后来用尿碱救过来了。我跑到出事地点去看，只看见几只尿桶。这地方是平常日子也总有几只尿桶放在那里的，为了集尿，也为了方便行人。我去看了那个"巧云"（我不知道她的真名叫什么），门半掩着，里面很黑，床上坐着一个年轻女人，我没有看清她的模样，只是无端地觉得她很美。过了两天，就看见锡匠们在大街上游行。这些，都给我留下很深的印象，使我很向往。我当时还很小，但我的向往是真实的。我当时还不懂高尚的品质、优美的情操这一套，我有的只是一点向往。这点向往是朦胧的，但也是强烈的。这点向往在我的心里存留了四十多年，终于促使我写了这篇小说。

大淖的东头不大像我所写的一样。真实生活里的巧云的父亲也不是挑夫。挑夫聚居的地方不在大淖而在越塘。越塘就在我家的巷子的尽头。我上小学、初中时每天早晨、傍晚都要经过那里。星期天，去钓鱼。暑假时，挟了一个画夹子去写生。这地方我非常熟。挑夫的生活就像我所写的那样。街里的人对挑夫是看不起的，称之为"挑萝把担"的。便是现在，也还有这个说法。但是我真的从小没有对他们轻视过。

越塘边有一个姓戴的轿夫，得了血丝虫病，——象腿病。抬轿子的得了这种最不该得的病，就算完了，往后的日子还怎么过呢？他的老婆，我每天都看见，原来是个有点邋遢的女人，头发黄黄的，很少梳得整齐的时候，她大概身体不太好，总不大有精神。丈夫得了这种病，她怎么办呢？有一天我看见她，真是焕然一新！她完全变成了另外一个人，头发梳着光光的，衣服很整齐，显得很挺拔，很精神。尤其使我惊奇的，是她原来还挺好看。她当了挑夫了！一百五十斤的担子挑起来嚓嚓地走，和别的男女挑夫走在一列，比谁也不弱。

这个女人使我很惊奇。经过四十多年，神使鬼差，终于使我把她的品行性格移到我原来所知甚少的巧云身上（挑夫们因此也就搬了家）。这样，原来比较模糊的巧云的形象就比较充实，比较丰满了。

这样，一篇小说就酝酿成熟了。我的向往和惊奇也就有了着落。至于这篇小说是怎样写出来的，那真是说不清，只能说是神差鬼使，像鲁迅所说"思想中有了鬼似的"。我只是坐在沙发里东想想，西想想，想了几天，一切就比较明确起来了，所需用的语言、节奏也就自然形成了。一篇小说已经有在那里，我只要把它抄出来就行了。但是写出来的契因，还是那点向往和那点惊奇。我以为没有那么一点东西是不行的。

各人的写作习惯不一样。有人是一边写一边想，几经改削，然后成篇。我是想得相当成熟了，一气写成。当然在写的过程中对原来所想的还会有所取舍，如刘彦和所说："殆乎篇成，半折心始"。也还会写到那里，涌出一些原来没有想到的细节，所谓"神来之笔"，比如我写到："十一子微微听见一点声音，他睁了睁眼。巧云把一碗尿碱汤灌进了十一子的喉咙"之后，忽然写了一句：

不知道为什么，她自己也尝了一口。

这是我原来没有想到的。只是写到那里，出于感情的需要，我迫切地要写出这一句（写这一句时，我流了眼泪）。我的老师教我们写作，常说"要贴到人物来写"，很多人不懂他这句话。我的这一个细节也许可以给沈先生的话作一注脚。在写作过程要随时紧紧贴着人物，用自己的心，自己的全部感情。什么时候自己的感情贴不住人物，大概人物也就会"走"了，飘了，不具体了。

几个评论家都说我是一个风俗画作家。我自己原来没有想过。我是很爱看风俗画。十六、十七世纪的荷兰画派的画，日本的浮世绘，中国的货郎图、踏歌图……我都爱看。讲风俗的书，《荆楚岁时记》《东京梦华录》《一岁货声》……我都爱看。我也爱读竹枝词。我以为风俗是一个民族集体创作的生活抒情诗。我的小说里有些风俗画成分，是很自然的。但是不能为写风俗而写风俗。作为小说，写风俗是为了写人。有些风俗，与人的关系不大，尽管它本身很美，也不宜多写。比如大淖这地方放过荷灯，那是很美的。纸制的荷花，当中安一段浸了桐油的纸捻，点着了，七月十五的夜晚，放到水里，慢慢地漂着，经久不熄，又凄凉又热闹，看的人疑似离开真实生活而进入一种飘渺的梦境。但是我没有把它写入《记事》，——除非我换一个写法，把巧云和十一子的悲喜和放荷灯结合起来，成为故事不可缺少的部分，像沈先生在《边城》里所写的划龙船一样。这本是不待言的事，但我看了一些青年作家写风俗的小说，往往与人物关系不大，所以在这里说一句。

对这篇小说的结构，有两种不同的意见。一种以为前面（不是直接写人物的部分）写得太多，有比例失重之感。另一种意见，以为这篇小说的特点正在其结构，前面写了三节，都是记风土人情，第四节才出现人物。我于此有说焉。我这样写，自己是意识到的。所以一开头着重写环境，是因为"这里的一切和街里不一样"，"这里的人也不一样。他们的生活，他们的风俗，他们的是非标准、伦理道德观念和街里的穿长衣念过'子曰'的人完全不同"。只有在这样的环境里，才有可能出现这样的人和事。有个青年作家说："题目是《大淖记事》，不是《巧云和十一子的故事》，可以这样写。"我倾向同意她的意见。

我的小说的结构并不都是这样的。比如《岁寒三友》，开门见山，上来就写人。我以为短篇小说的结构可以是各式各样的。如果结构都差不多，那也就不成其为结构了。

一九八二年五月二十六日

我是一个中国人①
——散步随想

※

我实在不想说话，因为没有什么话可说。我对文艺界的情况很不了解。这几年精力渐减，很少读作品，中国的，和外国的。我对自己也不大了解。我究竟算是哪一"档"的作家？什么样的人在读我的作品？这些全都心中无数。我一直还在摸索着，有一点孤独，有时又颇为自得其乐地摸索着。

在山东菏泽讲话，下面递上来一个条子："汪曾祺同志：你近年写了一些无主题小说，请你就这方面谈谈看法。"因为时间关系，我当时没有来得及回答。到了平原，又讲话，顺便谈了谈这个问题。写条子的这位青年同志（我相信是青年）大概对"无主题小说"很感兴趣，可是我对这方面实在无所知。我不知道有没有这个提法，这提法是从哪里来的。我只听说过"无主调音乐"，没有听说过"无主题小说"。我说：我没有写过"无主题小说"。我的小说都是有主题的。一定要我说，我也能说得出来。这位递条子的同志所称"无主题小说"，我想大概指的我近年发表的一些短小作品，如在《海燕》上发表的《钓人的孩子》，《十月》上发表的一组小说《晚饭花》里的《珠子灯》。这两篇小说都是有主题的。

---

① 初刊于《北京师范学院学报（社哲版）》一九八三年第三期，初收于《晚翠文谈》。

《钓人的孩子》的主题是：货币使人变成魔鬼。《珠子灯》的主题是：封建贞操观念的零落。

不过主题最好不要让人一眼就看出来。

李笠翁论传奇，讲"立主脑"。郭绍虞解释主脑即主题，我是同意郭先生的解释的。我以为李笠翁所说"主脑"，即风筝的脑线。风筝没有脑线，是放不上去的。作品没有主题，是飞不起来的。但是你只要看风筝就行了，何必一定非瞅清楚风筝的脑线不可呢？

脑线使风筝飞起，同时也是对于风筝的限制。脑线断了，风筝就会不知道飞到哪里去了。主题对作品也是一种限制。一个作者应该自觉地使自己受到限制。人的思想不能汗漫无际。我们不能往一片玻璃上为人斟酒。

> 鸟飞在天上，
> 影子落在地下。①

任何高超缥缈的思想都是有迹可求的。

捉摸捉摸一个作品的主题，捉摸捉摸作者想说的究竟是什么，对读者来说，不也是一种乐趣么？"好读书，不求甚解；每有会意，便欣然忘食"，这是一种很惬意的读书方法。读小说，正当如此。

不要把主题讲得太死，太实，太窄。

---

① 蒙古族民歌。

也许我前面所说的主题，在许多人看来不是主题（因此他们称我的小说为"无主题小说"）。在有些同志看来，主题得是几句具有鼓动性的、有教诲意义的箴言。这样的主题，我诚然是没有。

我是一个中国人。

中国人必然会接受中国传统思想和文化的影响。我接受了什么影响？道家？中国化了的佛家——禅宗？都很少。比较起来，我还是接受儒家的思想多一些。

我不是从道理上，而是从感情上接受儒家思想的。我认为儒家是讲人情的，是一种富于人情味的思想。《论语》里的孔夫子是一个活人。他可以骂人，可以生气着急，赌咒发誓。

我很喜欢《论语·子路曾皙冉有公西华侍坐章》。"暮春者，春服既成，冠者五六人，童子六七人，浴乎沂，风乎舞雩，咏而归。"我以为这是一种很美的生活态度。

我欣赏孟子的"大人者，不失其赤子之心"。

我认为陶渊明是一个纯正的儒家。"暧暧远人村，依依墟里烟。狗吠深巷中，鸡鸣桑树颠。"我很熟悉这样的充满人的气息的"人境"，我觉得很亲切。

我喜欢这样的诗："万物静观皆自得，四时佳兴与人同"，"顿觉眼前生意满，须知世上苦人多"。这是蔼然仁者之言。这样的诗人总是想到别人。

有人让我用一句话概括出我的思想，我想了想说：我大概是一个中国式的抒情的人道主义者。

我不了解前些时报上关于人道主义的争论的实质和背景。我愿意看看这样的文章，但是我没有力量去作哲学上的论辩。我的人道主义不带任何理论色彩，很朴素，就是对人的关心，对人的尊重和欣赏。

讲一点人道主义有什么不好呢？说老实话，不是十年"文化大革命"的惨痛教训，不是经过三中全会的拨乱反正，我是不会产生对于人道主义的追求，不会用充满温情的眼睛看人，去发掘普通人身上的美和诗意的。不会感觉到周围生活生意盎然，不会有碧绿透明的幽默感，不会有我近几年的作品。

我当然反对利用"人道主义"来诋毁社会主义，诋毁我们伟大的祖国。

关于现代派。

我的意见很简单：在民族传统的基础上接受外来影响，在现实主义的基础上吸收现代派的某些表现手法。

最新的现代派我不了解。我知道一点的是老一代的现代派。我曾经很爱读弗·吴尔芙和阿左林的作品（通过翻译）。我觉得在社会主义现实主义的旗帜下的某些苏联作家是吸收了现代派的表现手法的。比如安东诺夫的《在电车上》，显然是用意识流的手法写出来的。意识流是可以表现社会主义内容的，意识流和社会主义内容不是不相容，而是可以给社会主义文学带来一股清新的气息的。

我的一些颇带土气的作品偶尔也吸取了一点现代派手法。比如《大淖记事》里写巧云被奸污后第二天早上的乱糟糟的，断断续续，飘飘忽忽的思想，就是意识流。我在《钓人的孩子》一开头写抗日战争时期昆明大西门外的忙乱纷杂的气氛，用了一系列静态的，只有名词，而无主语、无动词的短句，后面才说出"每个人带着他一生的历史和半个月的哀乐在街上走"，这颇有点现代派的味道。我写过一篇《求雨》（将在《钟山》第四期发表），写栽秧时节不下雨，望儿的爸爸和妈妈一天抬头看天好多次，天蓝得要命，望儿的爸爸和妈妈的眼睛是蓝的。望儿看着爸爸和妈妈，望儿的眼睛也是蓝的。望儿和一群孩子上街求雨，路上的行人看着这支幼弱、褴褛、有些污脏而又神圣的小小的队伍，行人的眼睛也是蓝的。这也颇有点现代派的味道（把人的眼睛画蓝了，这是后期印象派的办法）。我觉得这没有什么不可以。而且我觉得只有这样写才能达到预期的效果。也可以说，这样写是为了主题的需要。

我觉得现实主义是可以、应该，甚至是必须吸收一点现代派的手法的，为了使现实主义返老还童。

但是我不赞成把现代派作为一个思想体系原封不动地搬到中国来。

爱护祖国的语言。一个作家应该精通语言。一个作家，如果是用很讲究的中国话写作，即使他吸收了外来的影响，他的作品仍然会具有鲜明的民族风格。外来影响和民族风格不是对立的矛盾。民族风格的决定因素是语言。"五四"以后不少着力学习西方文学的格律和方法的作家，同时也在着力运用中国味儿的语言。徐志摩（他是浙江硖石人）、闻一多（湖北浠水人），都努力地用北京话写作。中国第一个有意识地运用意识流方法，作品很像弗·吴尔芙的女作家林徽因（福州人），她写的《窗子以外》、《九十九度中》，所用的语言是很漂亮的地道的京片子。这样的作品带洋味儿，可是一看就是中国人写的。

外国的现代派作家，我想也是精通他自己的国家的语言的。

用一种不合语法，不符合中国的语言习惯的，不中不西、不伦不类的语言写作，以为这可以造成一种特殊的风格，恐怕是不行的。

我的作品和我的某些意见，大概不怎么招人喜欢。姥姥不疼，舅舅不爱。也许我有一天会像齐白石似的"衰年变法"，但目前还没有这意思。我仍将沿着这条路走下去。有点孤独，也不赖。

一九八三年六月七日

我和民间文学①

※

前年在兰州听一位青年诗人告诉我，他有一次去参加"花儿"会，和婆媳二人同坐在一条船上。这婆媳二人一路交谈，她们说的话没有一句是不押韵的！这媳妇走进一个奶奶庙去求子，她跪下来祷告。那祷告词是：

> 今年来了，我是跟您要着哩，
> 明年来了，我是手里抱着哩，
> 咯咯嘎嘎地笑着哩！

这使得青年诗人大为惊奇了。我听了，也大为惊奇。这样的祷词是我听到过的最美的祷词。群众的创造才能真是不可想象！生活中的语言精美如此，这就难怪西北的"花儿"押韵押得那样巧妙了。

去年在湖南桑植听（看）了一些民歌。有一首土家族情歌：

> 姐的帕子白又白，
> 你给小郎分一截。
> 小郎拿到走夜路，

---

① 初刊于《民间文学》一九八五年第四期，初收于《晚翠文谈》。

如同天上娥眉月。

我认为这是我看到的一本民歌集的压卷之作。不知道为什么，我立刻想起王昌龄的《长信秋词》："玉颜不及寒鸦色，犹带昭阳日影来。"二者所写的感情完全不同，但是设想的奇特有其相通处。帕子和月光，妙在似与不似之间。民歌里有一些是很空灵的，并不都是质实的。

一个作家读一点民间文学有什么好处？我以为首先是涵泳其中，从群众那里吸取诗的乳汁，取得美感经验，接受民族的审美教育。

我曾经编过大约四年的《民间文学》期刊，后来写了短篇小说。要问我从民间文学得到什么具体的益处，这不好回答。这不能像《阿诗玛》里所说的那样：吃饭，饭进到肉里；喝水，水进了血里。要指出我的哪篇小说受了哪几篇民间文学的影响，是不可能的。不过有两点可以说一说。一是语言的朴素、简洁和明快。民歌和民间故事的语言没有是含糊费解的。我的语言当然是书面语言，但包含一定的口头性。如果我的语言还有一点口语的神情，跟我读过上万篇民间文学作品是有关系的。其次是结构上的平易自然，在叙述方法上致力于内在的节奏感。民间故事和叙事诗较少描写。偶尔也有，便极精彩，如孙剑冰同志所记内蒙故事中的"鱼哭了，流出长长的眼泪"。一般故事和民间叙事诗多侧重于叙述。但是叙述的节奏感很强。"三度重叠"便是民间文学的一种常见的美学法则。重叙述，轻描写，已经成为现代小说的一个显著特点。在这一点上，小说需要向民间文学学习的地方很多。

我认为，一个作家要想使自己的作品具有鲜明的民族风格、民族特点，不学习民间文学是绝对不行的。

我的话说得很直率，但确是由衷之言，肺腑之言。

《汪曾祺自选集》自序①

※

承漓江出版社的好意，约我出一个自选集。我略加考虑，欣然同意了。因为，一则我出过的书市面上已经售缺，好些读者来信问哪里可以买到，有一个新的选集，可以满足他们的要求；二则，把不同体裁的作品集中在一起，对想要较全面地了解我的读者和研究者方便一些，省得到处去搜罗。

自选集包括少量的诗，不多的散文，主要的还是短篇小说。评论文章未收入，因为前些时刚刚编了一本《晚翠文谈》，交给了浙江出版社，手里没有存稿。

我年轻时写过诗，后来很长时间没有写。我对于诗只有一点很简单的想法。一个是希望能吸收中国传统诗歌的影响（新诗本是外来形式，自然要吸收外国的，——西方的影响）。一个是最好要讲一点韵律。诗的语言总要有一点音乐性，这样才便于记诵，不能和散文完全一样。

我的散文大都是记叙文。间发议论，也是夹叙夹议。我写不了像伏尔泰、叔本华那样闪烁着智慧的论著，也写不了蒙田那样渊博而优美的谈论人生哲理的长篇散文。我也很少写纯粹的抒情散文。我觉得散文的感情要适当克制。感情过于洋溢，就像老年人写情书一样，自己有点不好意思。我读了一些散文，觉得有点感伤主义。

---

① 初收于《汪曾祺自选集》。

我的散文大概继承了一点明清散文和五四散文的传统。有些篇可以看出张岱和龚定庵的痕迹。

我只写短篇小说，因为我只会写短篇小说。或者说，我只熟悉这样一种对生活的思维方式。我没有写过长篇，因为我不知道长篇小说为何物。长篇小说当然不是篇幅很长的小说，也不是说它有繁复的人和事，有纵深感，是一个具有历史性的长卷……这些等等。我觉得长篇小说是另外一种东西。什么时候我摸得着长篇小说是什么东西，我也许会试试，我没有写过中篇（外国没有"中篇"这个概念）。我的小说最长的一篇大约是一万七千字。有人说，我的某些小说，比如《大淖记事》，稍为抻一抻就是一个中篇。我很奇怪：为什么要抻一抻呢？抻一抻，就会失去原来的完整，原来的匀称，就不是原来那个东西了。我以为一篇小说未产生前，即已有此小说的天生的形式在，好像宋儒所说的未有此事物，先有此事物的"天理"。我以为一篇小说是不能随便抻长或缩短的。就像一个苹果，既不能把它压小一点，也不能把它泡得更大一点。压小了，泡大了，都不成其为一个苹果。宋玉说东邻之处子，增之一分则太长，减之一分则太短，施朱则太赤，敷粉则太白，说的虽然绝对了一些，但是每个作者都应当希望自己的作品修短相宜，浓淡适度。当他写出了一个作品，自己觉得：嘿，这正是我希望写成的那样，他就可以觉得无憾。一个作家能得到的最大的快感，无非是这点无憾，如庄子所说："提刀而立，为之四顾，为之踌躇满志。"否则，一个作家当作家，当个什么劲儿呢？

我的小说的背景是：我的家乡高邮、昆明、上海、北京、张家口。因为我在这几个地方住过。我在家乡生活到十九岁，在昆明住了七年，上海住了一年多，以后一直住在北京，——当中到张家口沙岭子劳动了四个年头。我以这些不同地方为背景的小说，大都受了一些这些地方的影响，风土人情、语言——包括叙述语言，都有一点这些地方的特点。但我不专用这一地方的语言写这一地方的人事。我不太同意"乡土文学"的提法。我不认为我写的是乡土文学。有些同志所主张的乡土文学，他们心目中的对立面实际上是现代主义，我不排斥现代主义。

我写的人物大都有原型。移花接木，把一个人的特点安在另一个人的身上，这种情况是有的。也偶尔"杂取种种人"，把几个人的特点集中到一个人的身上。但多以一个人为主。当然不是照搬原型。把生活里的某个人原封不动地写到纸上，这种情况是很少的。对于我所写的人，会有我的看法，我的角度，为了表达我的一点什么"意思"，会有所夸大，有所削减，有所改变，会加入我的假设，我的想象，这就是现在通常所说的主体意识。但我的主体意识总还是和某一活人的影子相粘附的。完全从理念出发，虚构出一个或几个人物来，我还没有这样干过。

重看我的作品时，我有一点奇怪的感觉：一个人为什么要成为一个作家呢？这多半是偶然的，不是自己选择的。不像是木匠或医生，一个人拜师学木匠手艺，后来就当木匠；读了医科大学，毕业了就当医生。木匠打家具，盖房子；医生给人看病。这都是实实在在的事。作家算干什么的呢？我干了这一行，最初只是对文学有一点爱好，爱读读文学作品，——这种人多了去了！后来学着写了一点作品，发表了，但是我很长时期并不意识到我是一个"作家"。现在我已经得到社会承认，再说我不是作家，就显得矫情了。这样我就不得不慎重地考虑考虑：作家在社会分工里是干什么的？我觉得作家就是要不断地拿出自己对生活的看法，拿出自己的思想、感情，——特别是感情的那么一种人。作家是感情的生产者。那么，检查一下，我的作品所包涵的是什么样的感情？我自己觉得：我的一部分作品的感情是忧伤，比如《职业》、《幽冥钟》；一部分作品则有一种内在的欢乐，比如《受戒》、《大淖记事》；一部分作品则由于对命运的无可奈何转化出一种带有苦味的嘲谑，比如《云致秋行状》、《异秉》。在有些作品里这三者是混和在一起的，比较复杂。但是总起来说，我是一个乐观主义者。对于生活，我的朴素的信念是：人类是有希望的，中国是会好起来的。我自觉地想要对读者产生一点影响的，也正是这点朴素的信念。我的作品不是悲剧。我的作品缺乏崇高的、悲壮的美。我所追求的不是深刻，而是和谐。这是一个作家的气质所决定的，不能勉强。

重看旧作，常常会觉得：我怎么会写出这样一篇作品来的？——现在叫我来写，写不出来了。我的女儿曾经问我："你还能写出一篇《受戒》吗？"我说："写不出来了。"一个人写出某一篇作品，是外在的、内在的各种原因造成的。我是相信创作是有内部规律的。我们的评论界过去很不重视创作的内部规律，创作被看作是单纯的社会现象，其结果是导致创作缺乏个性。有人把政治的、社会的因素都看成是内部规律，那么，还有什么是外部规律呢？这实际上是抹煞内部规律。一个人写成一篇作品，是有一定的机缘的。过了这个村，没有这个店。为了让人看出我的创作的思想脉络，各辑的作品的编排，大体仍以写作（发表）的时间先后为序。

严格地说，这个集子很难说是"自选集"。"自选集"应该是从大量的作品里选出自己认为比较满意的。我不能做到这一点。一则是我的作品数量本来就少，挑得严了，就更会所剩无几；二则，我对自己的作品无偏爱。有一位外国的汉学家发给我一张调查表，其中一栏是："你认为自己最具有代表性的作品是哪几篇"，我实在不知道如何填。我的自选集不是选出了多少篇，而是从我的作品里剔除了一些篇。这不像农民田间选种，倒有点像老太太择菜。老太太择菜是很宽容的，往往把择掉的黄叶、枯梗拿起来再看看，觉得凑合着还能吃，于是又搁回到好菜的一堆里。常言说：拣到篮里的都是菜，我的自选集就有一点是这样。

一九八六年十二月十四日序于北京蒲黄榆路寓居

我的创作生涯①

※

　　我生在一个地主家庭。祖父是清朝末科的拔贡，——从他那一科以后，就"废科举，改学堂"了。他对我比较喜欢。有一年暑假，他忽然高了兴，要亲自教我《论语》。我还在他手里"开"了"笔"，做过一些叫做"义"的文体的作文。"义"就是八股文的初步。我写的那些作文里有一篇我一直还记得："'孟之反不伐'义"。孟之反随国君出战，兵败回城，他走在最后。事后别人给他摆功，他说："非敢后也，马不进也"。为什么我对孟之反不伐其功留下深刻的印象呢？现在想起来，这一小段《论语》是一篇极短的小说：有人物，有情节，有对话。小说，或带有小说色彩的文章，是会给人留下深刻的印象的。并且，这篇极短的小说对我的品德的成长，是有影响的。小说，对人是有作用的。我在后面谈到文学功能的问题时还会提到。我的父亲是个很有艺术气质的人。他会画画，刻图章，拉胡琴，摆弄各种乐器，糊风筝。他糊的是蜈蚣（我们那里叫做"百脚"）是用胡琴的老弦放的。用胡琴弦放风筝，我还没有见过第二人。如果说我对文学艺术有一点"灵气"，大概跟我从父亲那里接受来的遗传基因有点关系。我喜欢看我父亲画画。我喜欢"读"画帖。我家里有很多有正书局珂罗版影印的画帖，我就一本一本地反复地看。我从小喜欢石涛和恽南田，不喜欢

---

　　① 初刊于《写作》一九九○年第七期，初收于北师大版《汪曾祺全集》第六卷。

仇十洲，也不喜欢王石谷，我当时还看不懂倪云林。我小时也"以画名"，一直想学画。高中毕业后，曾想投考当时在昆明的杭州美专。直到四十多岁，我还想彻底改行，到中央美术学院从头学画。我的喜欢看画，对我的文学创作是有影响的。我把作画的手法融进了小说。有的评论家说我的小说有"画意"，这不是偶然的。我对画家的偏爱，也对我的文学创作有影响。我喜欢疏朗清淡的风格，不喜欢繁复浓重的风格，对画，对文学，都如此。

　　一个人成为作家，跟小时候所受的语文教育，跟所师事的语文教员很有关系。从小学五年级到初中三年级，教我们语文（当时叫做"国文"）的，都是高北溟先生。我有一篇小说《徙》，写的就是高先生。小说，当然会有虚构，但是基本上写的是高先生。高先生教国文，除了部定的课本外，自选讲义。我在《徙》里写他"所选的文章看来有一个标准：有感慨，有性情，平易自然。这些文章有一个贯串性的思想倾向，这种倾向大体上可以归结为'人道主义'"，是不错的。他很喜欢归有光，给我们讲了《先妣事略》《项脊轩志》。我到现在还记得他讲到"世乃有无母之人，天乎痛哉"，"庭有枇杷树，吾妻死之年所手植也，今已亭亭如盖矣"的时候充满感情的声调。有一年暑假，我每天上午到他家里学一篇古文，他给我讲的是"板桥家书"、"板桥道情"。我的另一位国文老师是韦子廉先生。韦先生没有在学校里教过我。我的三姑父和他是朋友，一年暑假请他到家里来教我和我的一个表弟。韦先生是我们县里有名的书法家，写魏碑，他又是一个桐城派。韦先生让我每天写大字一页，写《多宝塔》。他教我们古文，全部是桐城派。我到现在还能背诵一些桐城派古文的片段。印象最深的是姚鼐的《登泰山记》。"苍山负雪，明烛天南。望晚日照城郭，汶水、徂徕如画，而半山居雾若带然。""苍山负雪，明烛天南"，我当时就觉得写得非常的美。这几十篇桐城派古文，对我的文章的洗炼，打下了比较坚实的基础。

一九三八年，我们一家避难在乡下，住在一个小庙，就是我的小说《受戒》所写的庵子里。除了准备考大学的数理化教科书外，所带的书只有两本，一本屠格涅夫的《猎人日记》，一本《沈从文选集》，我就反反复复地看这两本书。这两本书对我后来的写作，影响极大。

一九三九年，我考入西南联大的中国文学系，成了沈从文先生的学生。沈先生在联大开了三门课，一门"各体文习作"是中文系二年级必修课；一门"创作实习"，一门"中国小说史"，沈先生是凤凰人，说话湘西口音很重，声音又小，简直听不清他说的是什么。他讲课可以说是毫无系统。没有课本，也不发讲义。只是每星期让学生写一篇习作，第二星期上课时就学生的习作讲一些有关的问题。"创作实习"由学生随便写什么都可以，"各体文习作"有时会出一点题目。我记得他给我的上一班出过一个题目："我们的小庭院有什么"。有几个同学写的散文很不错，都由沈先生介绍在报刊上发表了。他给我的下一班出过一个题目，这题目有点怪："记一间屋子的空气"。我那一班他出过什么题目，我倒记不得了。沈先生的这种办法是有道理的，他说：先得学会车零件，然后才能学组装。现在有些初学写作的大学生，一上来就写很长的大作品，结果是不吸引人，不耐读，原因就是"零件"车得少了，基本功不够。沈先生讲创作，讲得最多的一句话，是"要贴到人物写"。我们有的同学不懂这话是什么意思。照我的理解，他的意思是：小说里，人物是主要的，主导的；其余部分都是次要的，派生的。作者的感情要随时和人物贴得很紧；和人物同呼吸，共哀乐。不能离开人物，自己去抒情，发议论。作品里所写的景色，只是人物生活的环境。所写之景，既是作者眼中之景，也是人物眼中之景，是人物所能感受的，并且是浸透了他的哀乐的。环境，不能和人物游离脱节。用沈先生的说法，是不能和人物"不相粘附"。他的这个意思，我后来把它说成为"气氛即人物"。这句话有人觉得很怪，其实并不怪。作品的对话得是人物说得出的话，如李笠翁所说："写一人即肖一人之口吻"，我们年轻时往往爱把对话写得很美，很深刻，有哲理，有诗意。我有一次写了这样一篇习作，沈先生说："你这不是对话，是两个聪明脑壳打架。"对话写得越平常，越简单，越好。托尔斯泰说过："人是不能用警句交谈的。"如果有两个人在火车站上尽说警句，旁边的人大概会觉得这二位有神经病。沈先生这句简单的话，我以为是富有深刻的现实主义精神的。沈先生教写作，用笔的时候比用口的时候多。他常常在学生的习作后面写很长的读后感（有时比原作还长）。或谈这篇作品，或由此生发开去，谈有关的创作问题。这些读后感都写得很精彩，集中在一起，会是一本很漂亮的文论集。可惜一篇也没有保存下来，都失散了。沈先生教创作，还有一个独到的办法。看了学生的习作，找了一些中国和外国作家用类似的方法写成的作品，让学生看，看看人家是怎么写的。我记得我写过一篇《灯下》（这可能是我发表的第一篇小说），写一个小店铺在上灯以后各种人物的言谈行动，无主要人物，主要情节，散散漫漫。是所谓"散点透视"

吧。沈先生就找了几篇这样写法的作品叫我看，包括他自己的《腐烂》。这样引导学生看作品，可以对比参照，触类旁通，是会收到很大效益，很实惠的。

创作能不能教，这是一个世界性的争论的问题。我以为创作不是绝对不能教，问题是谁来教，用什么方法教。教创作的，最好本人是作家。教，不是主要靠老师讲，单是讲一些概论性的空道理，大概不行，主要是让学生去实践，去写，自己去体会。沈先生把他的课程叫做"习作"、"实习"，是有道理的。沈先生教创作的方法，我以为不失为一个较好的方法。

我二十岁开始发表作品，今年七十岁了，写作生涯整整经过了半个世纪。但是写作的数量很少。我的写作中断了几次。有人说我的写作经过一个三级跳，可以这样说。四十年代写了一些。六十年代初写了一些。当中"文化大革命"，搞了十年"样板戏"。八十年代后小说、散文写得比较多。有一个朋友的女儿开玩笑说"汪伯伯是大器晚成"。我绝非"大器"，——我从不写大作品，"晚成"倒是真的。文学史上像这样的例子不是很多。不少人到六十岁就封笔了，我却又重新开始了。是什么原因，这里不去说它。

有一位评论家说我是唯美的作家。"唯美"本不是属于"坏话类"的词，但在中国的名声却不大好。这位评论家的意思无非是说我缺乏社会责任感、使命感，我的作品没有强烈的现实意义和教育作用。我于此别有说焉。教育作用有多种层次。有的是直接的。比如看了《白毛女》，义愤填膺，当场报名参军打鬼子。也有的是比较间接的。一个作品写得比较生动，总会对读者的思想感情、品德情操产生这样那样的作用。比如读了"孟之反不伐"，我不会立刻变得谦虚起来，但总会觉得这是高尚的。作品对读者的影响常常是潜在的，过程很复杂，是所谓"潜移默化"。正如杜甫诗《春夜喜雨》中所说："随风潜入夜，润物细无声。"我曾经说过，我希望我的作品能有益于世道人心。我希望使人的感情得到滋润，让人觉得生活是美好的，人，是美的，有诗意的。你很辛苦，很累了，那么坐下来歇一会，喝一杯不凉不烫的清茶，——读一点我的作品。我对生活，基本上是一个乐观主义，我认为人类是有前途的，中国是会好起来的。我愿意把这点朴素的信念传达给人。我没有那么多失落感、孤独感、荒谬感、绝望感。我写不出卡夫卡的《变形记》那样痛苦的作品，我认为中国也不具备产生那样的作品的条件。

一个当代作家的思想总会跟传统文化、传统思想有些血缘关系。但是作家的思想是一个复合体，不会专宗哪一种传统思想。一个人如果相信禅宗佛学，那他就出家当和尚去得了，不必当作家。废名晚年就是信佛的，虽然他没有出家。有人说我受了老庄思想的影响，可能有一些。我年轻时很爱读《庄子》。但是我自己觉得，我还是受儒家思想影响比较大一些。我觉得孔子是个通人情，有性格的人，他是个诗人。我不明白，为什么研究孔子思想的人，不把他和"删诗"联系起来。他编选了一本抒情诗的总集——《诗经》，为什么？我很喜欢《论语·曾皙、冉有、公西华侍坐》，"暮春者，春服既成，冠者五六人，童子六七人，浴乎沂，风乎舞雩，咏而归"，曾皙的这种潇洒自然的生活态度是很美的，这倒有点近乎庄子的思想。我很喜欢宋儒的一些诗："万物静观皆自得，四时佳兴与人同"；"顿觉眼前生意满，须知世上苦人多"。"生意满"，故可欣喜，"苦人多"，应该同情。我的小说所写的都是一些小人物、"小儿女"，我对他们充满了温爱，充满了同情。我曾戏称自己是一个"中国式的抒情人道主义者"，大致差不离。

前几年，北京市作协举行了一次我的作品的讨论会，我在会上作了一个简短的发言，题目是"回到现实主义，回到民族传统"。为什么说"回到"呢？因为我在年轻时曾经受过西方现代派的影响。台湾一家杂志在转载我的小说的前言中，说我是中国最早使用意识流的作家，不是这样。在我以前，废名、林徽因都曾用过意识流方法写过小说。不过我在二十多岁时的确有意识的运用了意识流。我的小说集第一篇《复仇》和台湾出版的《茱萸集》的第一篇《小学校的钟声》，都可以看出明显的意识流的痕迹。后来为什么改变原先的写法呢？有社会的原因，也有我自己的原因。简单地说：我是一个中国人。我觉得一个民族和另一个民族无论如何不会是一回事。中国人学习西方文学，绝不会像西方文学一样，除非你侨居外国多年，用外国话思维。我写的是中国事，用的是中国话，就不能不接受中国传统，同时也就不能不带有现实主义色彩。语言，是民族传统的最根本的东西。不精通本民族的语言，就写不出具有鲜明的民族特点的文学。但是我所说的民族传统是不排除任何外来影响的传统，我所说的现实主义是能容纳各种流派的现实主义，比如现代派、意识流，本身并不是坏东西。我后来不是完全排除了这些东西。我写的小说《求雨》，写望儿的父母盼雨，他们的眼睛是蓝的，求雨的望儿的眼睛是蓝的，看着求雨的孩子的过路人的眼睛也是蓝的，这就有点现代派的味道。《大淖记事》写巧云被奸污后错错落落，飘飘忽忽的思想，也还是意识流。不过，我把这些溶入了平常的叙述语言之中了，不使它显得"硌生"。我主张纳外来于传统，融奇崛于平淡，以俗为雅，以故为新。

关于写作艺术，今天不想多谈，我也还没有认真想过。只谈一点：我非常重视语言，也许我把语言的重要性推到了极致。我认为语言不只是形式，本身便是内容。语言和思想是同时存在，不可剥离的。语言不仅是所谓"载体"，它是作品的本体。一篇作品的每一句话，都浸透了作者的思想感情，我曾经说过一句话：写小说就是写语言。语言是一种文化现象。谁也没有创造过一句全新的语言。古人说：无一字无来历。我们的语言都是有来历的，都是从前人的语言里继承下来，或经过脱胎、翻改。语言的后面都有文化的积淀。一个人的文化修养越高，他的语言所传达的信息就会更多。毛主席写给柳亚子的诗"落花时节读华章"，"落花时节"不只是落花的时节，这是从杜甫《江南逢李龟年》里化用出来的。杜甫的原诗是：

> 岐王宅里寻常见，
> 崔九堂前几度闻。
> 正是江南好风景，
> 落花时节又逢君。

"落花时节"就包含了久别重逢的意思。

语言要有暗示性，就是要使读者感受到字面上所没有写出来的东西，即所谓言外之意，弦外之音。朱庆余的《近试上张水部》，写的是一个新嫁娘：

洞房昨夜停红烛，

待晓堂前拜舅姑。

妆罢低声问夫婿，

画眉深浅入时无？

　　诗里并没有写出这个新嫁娘长得怎么样，但是宋人诗话里就指出，这一定是一个绝色的美女。因为字里行间已经暗示出来了。语言要能引起人的联想，可以让人想见出许多东西。因此，不要把可以不写的东西都写出来，那样读者就没有想象余地了。

　　语言是流动的。

　　有一位评论家说：汪曾祺的语言很怪，拆开来没有什么，放在一起，就有点味道。我想谁的语言都是这样，每一句都是平常普通的话，问题就在"放在一起"，语言的美不在每一个字，每一句，而在字与字之间，句与句之间的关系。包世臣论王羲之的字，说他的字单看一个一个的字，并不觉得怎么美，甚至不很平整，但是字的各部分，字与字之间"如老翁携带幼孙，顾盼有情，痛痒相关"。文学语言也是这样，句与句，要互相联带，互相顾盼。一篇作品的语言是一个整体，是有内在联系的。文学语言不是像砌墙一样，一块砖一块砖叠在一起，而是像树一样，长在一起的，枝干之间，汁液流转，一枝动，百枝摇。语言是活的，中国人喜欢用流水比喻行文，苏东坡说"大略如行云流水""吾文如万斛泉源"。说一个人的文章写得很顺，不疙里疙瘩的，叫做"流畅"，写一个作品最好全篇想好，至少把每一段想好，不要写一句想一句。那样文气不容易贯通，不会流畅。

我的文学观①

※

我对文学讲究社会物质效益表示不耐烦。文学是严肃的，文学不能玩，作品完成后放在抽屉里是个人的事，但发表出来就是社会的事，必然对读者产生影响。

但文学的影响是潜在的，不具体的，用一句话来说就是潜移默化的，它不是直接的立竿见影的作用，不是简单的立刻显出物质影响的作用。像过去说的看过一个戏就去扛枪打鬼子，这样的事不可能，这也不是文学的使命。

文学的使命和作用可用那句古诗形容。"随风潜入夜，润物细无声。"文学的作用主要在于提高读者的人格品味，提高人类的整体素质。现在有一些年轻人的确趣味不高，要提高人类的趣味，我认为唯一有效的是文学，或者说文学是最有效的。

不要没烟抽了就写篇文章换烟钱，要把文学看成庄严的事业。

我上面说的是我的文学观，也是说给文学青年的话，如果还要说，我想有一点很重要，那就是思索。

现在流派很多，不要去理会，主张感受生活，观察生活是对的，但仅仅有所触动就动笔，马上写，是不能出现深层次的作品的，要想很多，整个创作过程思索很重要。有些年轻人没想好就写，自己还没想圆又怎么能写出好文章。之所以浮泛，是因为对生活没有更深的理解。

---

① 初刊于《文友》一九九四年第八期，初收于人民文学版《汪曾祺全集》第十卷。

沈从文和他的《边城》①

※

《边城》是沈从文先生所写的唯一的一个中篇小说，说是中篇小说，是因为篇幅比较长，约有六万多字；还因它有一个有头有尾的故事，——沈先生的短篇小说有好些是没有什么故事的，如《牛》、《三三》、《八骏图》……都只是通过一点点小事，写人的感情、感觉、情绪。

《边城》的故事甚美也很简单：茶峒山城一里外有一小溪，溪边有一弄渡船的老人。老人的女儿和一个兵有了私情，和那个兵一同死了，留下一个孤雏，名叫翠翠，老船夫和外孙女相依为命地生活着。茶峒城里有个在水码头上掌事的龙头大哥顺顺，顺顺有两个儿子，天保和傩送，两兄弟都爱上翠翠。翠翠爱二老傩送，不爱大老天保。大老天保在失望之下驾船往下游去，失事淹死；傩送因为哥哥的死在心里结了一个难解疙瘩，也驾船出外了。雷雨之夜，渡船老人死了，剩下翠翠一个人。傩送对翠翠的感情没有变，但是他一直没有回来。

就这样一个简单的故事，却写出了几个活生生的人物，写了一首将近七万字的长诗！

因为故事写得很美，写得真实，有人就认为真有那么一回事。有的华侨青年，读了《边城》，回国来很想到茶峒去看看，看看那

---

① 初刊于《芙蓉》一九八一年第二期，初收于《晚翠文谈》。

个溪水、白塔、渡船，看看渡船老人的坟，看看翠翠曾在哪里吹竹管……

大概是看不到的。这故事是沈从文编出来的。

有没有一个翠翠？

有的。可她不是在茶峒的碧溪岨，是泸溪县一个线绒铺的女孩子。

《湘行散记》里说：

> ……在十三个伙伴中我有两个极好的朋友。……其次是那个年纪顶轻的，名字就叫"傩右"，一个成衣人的独生子，为人伶俐勇敢，希有少见。……这小孩子年纪虽小，心可不小！同我们到县城街上转了三次，就看中一个绒线铺的女孩子，问我借钱向那女孩子买了三次白棉线草鞋带子……那女孩子名叫"翠翠"，我写《边城》故事时，弄渡船的外孙女，明慧温柔的品性，就从那绒线铺小女孩脱胎而来。①

她是泸溪县的么？也不是。她是山东崂山的。

看了《湘行散记》，我很怕上了《灯》里那个青衣女子同样的当，把沈先生编的故事信以为真，特地上他家去核对一回，问他翠翠是不是绒线铺的女孩子。他的回答是：

"我们（他和夫人张兆和）上崂山去，在汽车里看到出殡的，一个女孩子打着幡。我说：这个我可以帮你写个小说。"

---

① 见《老伴》。

幸亏他夫人补充了一句："翠翠的性格、形象，是绒线铺那个女孩子。"

沈先生还说："我生平只看过那么一条渡船，在棉花坡。"那么，碧溪岨的渡船是从棉花坡移过来的。……棉花坡离碧溪岨不远，但总还有一小距离。

读到这里，你会立刻想起鲁迅所说的脸在那里，衣服在那里的那段有名的话。是的，作家酝酿人物形象和故事情节是一个很复杂的过程。一九五七年，沈先生曾经跟我说过："我们过去写小说都是真真假假的，哪有现在这样都是真事的呢。"有一个诗人很欣赏"真真假假"这句话，说是这说明了创作的规律，也说明了什么是浪漫主义。翠翠，《边城》，都是想象出来的。然而必须有丰富的生活经验，积累了众多的印象，并加上作者的思想、感情和才能，才有可能想象得真实，以至把创造变得好像是报导。

沈从文善于写中国农村的少女。沈先生笔下的湘西少女不是一个，而是一串。

三三、夭夭、翠翠，她们是那样的相似，又是那样的不同。她们都很爱娇，但是各因身世不同，娇得不一样。三三生在小溪边的碾坊里，父亲早死，跟着母亲长大，除了碾坊小溪，足迹所到最远处只是堡子里的总爷家。她虽然已经开始有了一个少女对于"人生"的朦朦胧胧的神往，但究竟是个孩子，浑不解事，娇得有点痴。夭夭是个有钱的橘子园主人的幺姑娘，一家子都宠着她。她已经订了婚，未婚夫是个在城里读书的学生。她可以背了一个特别精致的背篓，到集市上去采购她所中意的东西，找高手银匠洗她的粗如手指的银练子。她能和地方上的小军官从容说话。她是个"黑里俏"，性格明朗豁达，口角伶俐。她很娇，娇中带点野。翠翠是个无父无母的孤雏，她也娇，但是娇得乖极了。

用文笔描绘少女的外形，是笨人干的事。沈从文画少女，主要是画她的神情，并把她安置在一个颜色美丽的背景上，一些动人的声音当中。

……为了住处两山多篁竹，翠色逼人而来，老船夫随便给这个可怜的孤雏，拾取了一个近身的名字，叫做翠翠。

翠翠在风日里长养着，把皮肤变得黑黑的，触目为青山绿水，一对眸子清明如水晶，自然既长养她且教育她。为人天真活泼，处处俨然如一只小兽物。人又那么乖，和山头黄麂一样，从不想到残忍事情，从不发愁，从不动气。平时在渡船上遇陌生人对她有所注意时，便把光光的眼睛瞅着那陌生人，作成随时都可举步逃入深山的神气，但明白了面前的人无机心后，就又从从容容来完成任务了。

风日清和的天气，无人过渡，镇日长闲，祖父同翠翠便坐在门前大岩石上晒太阳，或把一段木头从高处向水中抛去，嗾使身边黄狗从岩石高处跃下，把木头衔回来；或翠翠与黄狗皆张着耳朵，听祖父说些城中多年以前的战争故事；或祖父同翠翠两人，各把小竹作成的竖笛，逗在嘴边吹着迎亲送女的曲子，过渡人来了，老船夫放下了竹管，独自跟到船边去横溪渡人。在岩上的一个，见船开动时，于是锐声喊着：

"爷爷，爷爷，你听我吹，你唱！"

爷爷到溪中央于是很快乐的唱起来，哑哑的声音，振荡寂静的空气里，溪中仿佛也热闹了些。实则歌声的来复，反而使一切更加寂静。

篁竹、山水、笛声，都是翠翠的一部分，它们共同在你们心里造成这女孩子美的印象。

翠翠的美，美在她的性格。

《边城》是写爱情的，写中国农村的爱情，写一个刚刚进入青春期的农村女孩子的爱情。这种爱是那样的纯粹，那样不俗，那样像空气里小花、青草的香气，像风送来的小溪流水的声音，若有若无，不可捉摸，然而又是那样的实实在在，那样的真。这样的爱情叫人想起古人说得很好，但不大为人所理解的一句话：思无邪。

沈从文的小说往往是用季节的颜色、声音来计算时间的。

翠翠的爱情的发展是跟几个端午节联在一起的。

翠翠十五岁了。

端午节又快到了。

传来了龙船下水预习的鼓声。

蓬蓬鼓声掠水越山到了渡夫那里时，最先注意到的是那只黄狗。那黄狗汪汪的吠着，受了惊似的绕屋乱走；有人过渡时，便随船渡过河东岸去，且跑到那小山头向城里一方面大吠。

翠翠正坐在门外大石上用粽叶编蚱蜢、蜈蚣玩，见黄狗先在太阳下睡着，忽然醒来便发疯似的乱跑，过了河又回来，就问它骂它：

"狗、狗，你做什么！不许这样子！"

"可是一会儿那远处声音被她发现了，她于是也绕屋跑着，并且同黄狗一块儿渡过了小溪，站在小山头听了许久，让那点迷人的鼓声，把自己带到一个过去的节日里去。"两年前的一个节日里去。

作者这里用了倒叙。

两年前，翠翠才十三岁。

这一年的端午，翠翠是难忘的。因为她遇见了傩送。

翠翠还不大懂事。她和爷爷一同到茶峒城里去看龙船，爷爷走开了，天快黑了，看龙船的人都回家了，翠翠一个人等爷爷，傩送见了她，把她还当一个孩子，很关心地对她说了几句话，翠翠还误会了，骂了人家一句："你个悖时砍脑壳的！"及至傩送好心派人打火把送她回去，她才知道刚才那人就是出名的傩送二老，"记起自己先前骂人那句话，心里又吃惊又害羞，再也不说什么，默默地随了那火把走了。"到了家，"另外一件事，属于自己不关祖父的，却使翠翠沉默了一个夜晚"。这写得非常含蓄。

翠翠过了两个中秋，两个新年，但"总不如那个端午所经过的事甜而美"。

十五岁的端午不是翠翠所要的那个端午。"从祖父和那长年谈话里，翠翠听明白了二老是在下游六百里外沅水中部青浪滩过端午的。"未及见二老，倒见到大老天保。大老还送他们一只鸭子。回家时，祖父说："顺顺真是好人，大方得很。大老也很好。这一家人都好！"翠翠说："一家人都好，你认识他们一家人吗？"祖父不明白这句话的意思所在，聪明的读者是明白的。路上祖父说了假如大老请人来做媒的笑话，"翠翠着了恼，把火炬向路两旁乱晃着，向前快快的走去了"。

> "翠翠，莫闹，我摔到河里去了，鸭子会走脱的！"
> "谁也不希罕那只鸭子！"
> 翠翠向前走去，忽然停住了发问：
> "爷爷，你的船是不是正在下青浪滩呢？"

这一句没头没脑的问话，说出了这女孩子的心正在飞向什么所在。

端午又来了。翠翠长大了，十六了。

翠翠和爷爷到城里看龙船。

未走之前，先有许多曲折。祖父和翠翠在三天前业已预先约好，祖父守船，翠翠同黄狗过顺顺吊脚楼去看热闹。翠翠先不答应，后来答应了。但过了一天，翠翠又翻悔，以为要看两人去看，要守船两人守船。初五大早，祖父上城买办过节的东西。翠翠独自在家，看看过渡的女孩子，唱唱歌，心上浸入了一丝儿凄凉。远处鼓声起来了，她知道绘有朱红长线的龙船这时节已下河了。细雨下个不止，溪面一片烟。将近吃早饭时节，祖父回来了，办了节货，却因为到处请人喝酒，被顺顺把个酒葫芦扣下了。正像翠翠所预料的那样，酒葫芦有人送回来了。送葫芦回来的是二老。二老向翠翠说："翠翠，吃了饭，和你爷爷到我家吊脚楼上去看划船吧？"翠翠不明白这陌生人的好意，不懂得为什么一定要到他家中去看船，抿着小嘴笑笑。到了那里，祖父离开去看一个水碾子。翠翠看见二老头上包着红布，在龙船上指挥，心中便印着两年前的旧事。黄狗不见了，翠翠便离了座位，各处去寻她的黄狗。在人丛中却听到两个不相干的妇人谈话。谈的是砦子上王乡绅想把女儿嫁给二老，用水碾子作陪嫁。二老喜欢一个撑渡船的。翠翠脸发火烧。二老船过吊脚楼，失足落水，爬起来上岸，一见翠翠就说："翠翠，你来了，爷爷也来了吗？"翠翠脸还发烧，不便作声，心想"黄狗跑到什么地方去了呢？"二老又说："怎不到我家楼上去看呢？我已经要人替你弄了个好位子。"翠翠心想："碾坊陪嫁，希奇事情咧。"翠翠到河下时，小小心腔中充满一种说不分明的东西。翠翠锐声叫黄狗，黄狗扑下水中，向翠翠方面泅来。到身边时，身上全是水。翠翠说："得了，狗，装什么疯！你又不翻船，谁要你落水呢？"爷爷来了，说了点疯话。爷爷说："二老捉得鸭子，一定又会送给我们的。"话不及说完，二老来了，站在翠翠面前微微笑着。翠翠也不由不抿着嘴微笑着。

顺顺派媒人来为大老天保提亲。祖父说得问问翠翠。祖父叫翠翠，翠翠拿了一簸箕豌豆上了船。"翠翠，翠翠，先前那个人来作什么，你知道不知道？"翠翠说："我不知道。"说后脸同脖颈全红了。翠翠弄明白了，人来做媒的是大老！不曾把头抬起，心忡忡地跳着，脸烧得厉害，仍然剥她的豌豆，且随手把空豆荚抛到水中去，望着它们在流水中从从容容流去。自己也俨然从容了许多。又一次，祖父说了个笑话，说大老请保山来提亲，翠翠那神气不愿意；假若那个人还有个兄弟，想来为翠翠唱歌，攀交情，翠翠将怎么说。翠翠吃了一惊，勉强笑着，轻轻的带点恳求的神气说："爷爷，莫说这个笑话吧。"翠翠说："看天上的月亮，那么大！"说着出了屋外，便在那一派清光的露天中站定。

…………

有个女同志，过去很少看过沈从文的小说，看了《边城》提出了一个问题："他怎么能把女孩子的心捉摸得那么透，把一些细微曲折的地方都写出来了？这些东西我们都是有过的，——沈从文是个男的。"我想了想，只好说："曹雪芹也是个男的。"

沈先生在给我们上创作课的时候，经常说的一句话，是："要贴到人物来写。"他还说："要滚到里面去写。"他的话不太好懂。他的意思是说：笔要紧紧地靠近人物的感情、情绪，不要游离开，不要置身在人物之外。要和人物同呼吸，共哀乐，拿起笔来以后，要随时和人物生活在一起，除了人物，什么都不想，用志不纷，一心一意。

首先要有一颗仁者之心，爱人物，爱这些女孩子，才能体会到她们的许多飘飘忽忽的，跳动的心事。

祖父也写得很好。这是一个古朴、正直、本分、尽职的老人。某些地方，特别是为孙女的事进行打听、试探的时候，又有几分狡猾，狡猾中仍带着妩媚。主要的还是写了老人对这个孤雏的怜爱，一颗随时为翠翠而跳动的心。

黄狗也写得很好。这条狗是这一家的成员之一，它参与了他们的全部生活，全部的命运。一条懂事的、通人性的狗。——沈从文非常善于写动物，写牛、写小猪、写鸡，写这些农村中常见的，和人一同生活的动物。

大老、二老、顺顺都是侧面写的，笔墨不多，也都给人留下颇深的印象。包括那个杨马兵、毛伙，一个是一个。

沈从文不是一个雕塑家，他是一个画家，一个风景画的大师。他画的不是油画，是中国的彩墨画，笔致疏朗，着色明丽。

沈先生的小说中有很多篇描写湘西风景的，各不相同。《边城》写酉水：

那条河水便是历史上知名的酉水，新名字叫做白河。白河下游到辰州与沅水汇流后，便略显浑浊，有出山泉水的意思。若溯流而上，则三丈五丈的深潭，清澈见底。深潭中为白日所映照，河底小小白石子，有花纹的玛瑙石子，全看得明明白白。水中游鱼来去，全如浮在空气里。两岸多高山，山中多可以造纸的细竹，长年作深翠颜色，逼人眼目。近水人家多在桃杏花里，春天时只需注意，凡有桃花处必有人家，凡有人家处必可沽酒。夏天则晒晾在日光下耀目的紫花布衣裤，可以作为人家所在的旗帜。秋冬来时，酉水中游如王村、岔菜、保靖、里耶和许多无名山村。人家房屋在悬崖上的，滨水的，无不朗然入目。黄泥的墙，乌黑的瓦，位置却那么妥帖，且与四周环境极其调和，使人迎面得到的印象，实在非常愉快。

描写风景，是中国文学的一个悠久传统。晋宋时期形成山水诗。吴均的《与朱元思书》是写江南风景的名著。柳宗元的《永州八记》，苏东坡、王安石的许多游记，明代的袁氏兄弟、张岱，这些写风景的高手，都是会对沈先生有启发的。就中沈先生最为钦佩的，据我所知，是郦道元的《水经注》。

古人的记叙虽可资借鉴，主要还得靠本人亲自去感受，养成对于形体、颜色、声音，乃至气味的敏感，并有一种特殊的记忆力，能把各种印象保存在记忆里，要用时即可移到纸上。沈先生从小就爱各处去看，去听，去闻嗅。"我的心总得为一种新鲜声音、新鲜颜色、新鲜气味而跳。"（《从文自传》）

    雨后放晴的天气，日头炙到人肩上、背上已有了点力量。溪边芦苇水杨柳，菜园中菜蔬，莫不繁荣滋茂，带着一种有野性的生气。草丛里绿色蚱蜢各处飞着，翅膀搏动空气时嚓嚓作声。枝头新蝉声音虽不成腔，却也渐渐宏大。两山深翠逼人的竹篁中，有黄鸟和竹雀、杜鹃交递鸣叫。翠翠感觉着，望着、听着，同时也思索着……

这是夏季的白天。

    月光如银子，无处不可照及，山上竹篁在月光下变成一片黑色。身边草丛中虫声繁密如落雨，间或不知从什么地方，忽然会有一只草莺"落落落落嘘！"转着它的喉咙，不久之间，这小鸟儿又好像明白这是半夜，不应当那么吵闹，便仍然闭着那小小眼儿安睡了。

这是夏天的夜。

小饭店门前长案上常有煎得焦黄的鲤鱼豆腐，身上装饰了红辣椒丝，卧在浅口杯子里，钵旁大竹筒中插着大把朱红筷子……

这是多么热烈的颜色！

到了买杂货的铺子里，有大把的粉条，大缸的白糖，有炮仗，有红蜡烛，莫不给翠翠一种很深的印象，回到祖父身边，总把这些东西说个半天。

粉条、白糖、炮仗、蜡烛，这都是极其常见的东西，然而它们配搭在一起，是一幅对比鲜明的画。

天已经快夜，别的雀子似乎都休息了，只杜鹃叫个不息，石头泥土为白日晒了一整天，草木为白日晒了一整天，到这时节各放散一种热气。空气中有泥土气味，有草木气味，还有各种甲虫气味。翠翠看着天上的红云，听着渡口飘响生意人的杂乱声音，心中有些儿薄薄的凄凉。

甲虫气味大概还没有哪个诗人在作品里描写过！

曾经有人说沈从文是个文体家。

沈先生曾有意识地试验过各种文体。《月下小景》叙事重复铺张，有意模仿六朝翻译的佛经，语言也多四字为句，近似偈语。《神巫之爱》的对话让人想起《圣经》的《雅歌》和萨孚的情诗。他还曾用骈文写过一个故事。其他小说中也常有骈偶的句子，如"凡有桃花处必有人家，凡有人家处必可沽酒"，"地方像茶馆却不卖茶，不是烟馆却可以抽烟"。但是通常所用的是他的"沈从文体"。这种"沈从文体"用他自己的话，就是"充满泥土气息"和"文白杂糅"①。他的语言有一些是湘话，还有他个人的口头语，如"即刻"、"照例"之类。他的语言里有相当多的文言成分……文言的词汇和文言的句法。问题是他把家乡话与普通话，文言和口语配置在一起，十分调和，毫不"格生"，可是就形成了沈从文自己的特殊文体。他的语言是从多方面吸取的。间或有一些当时的作家都难免的欧化的句子，如"……的我"，但极少。大部分语言是具有民族特点的。就中写人叙事简洁处，受《史记》《世说新语》的影响不少。他的语言是朴实的，朴实而有情致；流畅的，流畅而清晰。这种朴实，来自于雕琢；这种流畅，来自于推敲。他很注意语言的节奏感，注意色彩，也注意声音。他从来不用生造的，谁也不懂的形容词之类，用的是人人能懂的普通词汇。但是常能对于普通词汇赋予新的意义。比如《边城》里两次写翠翠拉船，所用字眼不同。一次是：

有时过渡的是从川东过茶峒的小牛，是羊群，是新娘子的

---

① 见一九五七年出版《沈从文小说选集》题记。

花轿，翠翠必争着作渡船夫，站在船头，懒懒的攀引缆索，让船缓缓的过去。

又一次是：

> 翠翠斜睨了客人一眼，见客人正盯着她，便把脸背过去，抿着嘴儿，不声不响，很自负的拉着那条横缆。

"懒懒的"，"很自负的"都是很平常的字眼，但是没有人这样用过，用在这里，就成了未经人道语了。尤其是"很自负的"。你要知道，这"客人"不是别个，是傩送二老呀，于是"很自负的"，就有了很多很深的意思。这个词用在这里真是最准确不过了！

沈先生对我们说过语言的唯一标准是准确（契诃夫也说过类似的意思）。所谓"准确"，就是要去找，去选择。一去比较也许你相信这是"妙手偶得之"，但是我更相信这是"梦里寻他千百度，蓦然回首，那人却在灯火阑珊处"。

《边城》不到七万字，可是整整写了半年。这不是得来全不费功夫。沈先生常说：人做事要耐烦。沈从文很会写对话。他的对话都没有什么深文大义，也不追求所谓"性格化的语言"，只是极普通的说话。然而写得如闻其声，如见其人。比如端午之前，翠翠和祖父商量谁去看龙船：

> 见祖父不再说话，翠翠就说："我走了，谁陪你？"

祖父说："你走了，船陪我。"

翠翠把一对眉毛皱拢去苦笑着，"船陪你，嗨，嗨，船陪你。爷爷，你真是，只有这只宝贝船！"

比如黄昏来时，翠翠心中无端端地有些薄薄的凄凉，一个人胡思乱想，想到自己下桃源县过洞庭湖，爷爷要拿把刀放在包袱里，搭下水船去杀了她！她被自己的胡想吓怕起来了。心直跳，就锐声喊她的祖父：

"爷爷，爷爷，你把船拉回来呀！"

请求了祖父两次，祖父还不回来，她又叫：

"爷爷，为什么不上来？我要你！"

有人说沈从文的小说不讲结构。

沈先生的某些早期小说诚然有失之散漫冗长的。《惠明》就相当散，最散的大概要算《泥涂》。但是后来的大部分小说是很讲结构的。他说他有些小说是为了教学需要而写的，为了给学生示范，"用不同方法处理不同问题"。这"不同方法"包括或极少用对话，或全篇都用对话（如《若墨医生》）等等，也指不同的结构方法。他常把他的小说改来改去，改的也往往是结构。他曾经干过一件事，把写好的小说剪成一条一条的，重新拼合，看看什么样的结构最好。他不大用"结构"这个词，常用的是"组织"、"安排"，怎样把材料组织好，位置安排得更妥帖。他对结构的要求是："匀称"。这是比表面的整齐更为内在的东西。一个作家在写一局部时要顾及整体，随时意识到这种匀称感。正如一棵树，一个枝子，一片叶子，这样长，那样长，都是必需的，有道理的。否则就如一束绢花，虽有颜色，终少生气。《边城》的结构是很讲究的，是完美地实现了沈先生所要求的匀称的，不长不短，恰到好处，不能增减一分。

有人说《边城》像一个长卷。其实像一套二十一开的册页，每一节都自成首尾，而又一气贯注。——更像长卷的是《长河》。

沈先生很注意开头，尤其注意结尾。

他的小说的开头是各式各样的。

《边城》的开头取了讲故事的方式：

由四川过湖南去，靠东有一条官路，这官路将近湘西边境，到了一个地方名叫"茶峒"的小山城时，有一小溪，溪边有座白色小塔，塔下住了一户单独的人家。这人家只一个老人，一个女孩子，一只黄狗。

这样的开头很朴素，很平易亲切，而且一下子就带起该文牧歌一样的意境。

汤显祖评董解元《西厢记》，论及戏曲的收尾，说"尾"有两种，一种是"度尾"，一种是"煞尾"。"度尾"如画舫笙歌，从远地来，过近地，又向远地去；"煞尾"如骏马收缰，忽然停住，寸步不移。他说得很好。收尾不外这两种。《边城》各章的收尾，两种兼见。

翠翠正坐在门外大石上用粽叶编蚱蜢、蝈蝈玩，见黄狗先在太阳下睡觉，忽然醒来便发疯似的乱跑，过了河又回来，就问它骂它：

> "狗，狗，你做什么！不许这样子！"
>
> 可是一会儿那远处声音被她发现了，于是也绕屋跑着，并且同黄狗一块儿渡过了小溪，站在小山头听了许久，让那点迷人的鼓声，把自己带到一个过去的节日里去。

这是"度尾"。

> ……翠翠感觉着，望着，听着，同时也思索着：
>
> "爷爷今年七十岁……三年六个月的歌——谁送那只白鸭子呢？……得碾子的好运气，碾子得谁更是好运气……。"
>
> 痴着，忽地站起，米簸箕豌豆便倾倒到水中去了。伸手把那簸箕从水中捞起时，隔溪有人喊过渡。

这是"煞尾"。

全文的最后，更是一个精彩的结尾：

> 到了冬天，那个圮坍了的白塔，又重新修好了。那个在月下歌唱，使翠翠在睡梦里为歌声把灵魂轻轻浮起的年青人，还不曾回到茶峒来。

这个人也许永远不回来了，也许明天回来。

　　七万字一齐收在这一句话上。故事完了，读者还要想半天。你会随小说里的人物对远人作无边的思念，随她一同盼望着，热情而迫切。

　　我有一次在沈先生家谈起他的小说的结尾都很好，他笑眯眯地说："我很会结尾。"

　　三十年来，作为作家的沈从文很少被人提起（这些年他以一个文物专家的资格在文化界占一席位），不过也还有少数人在读他的小说。有一个很有才华的小说家对沈先生的小说存着偏爱。他今年春节，温读了沈先生的小说，一边思索着一个问题：什么是艺术生命？他的意思是说：为什么沈先生的作品现在还有蓬勃的生命？我对这个问题也想了几天，最后还是从沈先生的小说里找到了答案，那就是《长河》里的夭夭所说的：

　　"好看的应该长远存在。"

　　现在，似乎沈先生的小说又受到了重视。出版社要出版沈先生的选集，不止一个大学的文学系开始研究沈从文了。这是好事。这是春天里的"百花齐放"的一种体现。这对推动创作的繁荣是有好处的，我想。

　　　　　　　　　　　　　　一九八〇年五月二十二日黎明写完。

沈从文的寂寞^①
——浅谈他的散文

※

　　一九八一年湖南人民出版社出了沈先生的散文选。选集中所收文章，除了一篇《一个传奇的本事》、一篇《张八寨二十分钟》，其余的《从文自传》、《湘行散记》、《湘西》，都是三十年代写的。沈先生写这些文章时才三十几岁，相隔已经半个世纪了。我说这些话，只是点明一下时间，并没有太多感慨。四十年前，我和沈先生到一个图书馆去，站在一架一架的图书面前，沈先生说："看到有那么多人写了那么多书，我真是什么也不想写了！"古往今来，那么多人写了那么多书，书的命运，盈虚消长，起落兴衰，有多少道理可说呢。不过一个人被遗忘了多年，现在忽然又来出他的书，总叫人不能不想起一些问题。这有什么历史的和现实的意义？这对于今天的读者——主要是青年读者的品德教育、美感教育和语言文字的教育有没有作用？作用有多大？……

　　这些问题应该由评论家、文学史家来回答。我不想回答，也回答不了。我是沈先生的学生，却不是他的研究者（已经有几位他的研究者写出了很好的论文）。我只能谈谈读了他的散文后的印象。当然是很粗浅的。

　　文如其人。有几篇谈沈先生的文章都把他的人品和作品联系起

----

　　① 初刊于《读书》一九八四年第八期，初收于《晚翠文谈》。

来。朱光潜先生在《花城》上发表的短文就是这样。这是一篇好文章。其中说到沈先生是寂寞的，尤为知言。我现在也只能用这种办法。沈先生用手中一支笔写了一生，也用这支笔写了他自己。他本人就像一个作品，一篇他自己所写的作品那样的作品。

我觉得沈先生是一个热情的爱国主义者，一个不老的抒情诗人，一个顽强的不知疲倦的语言文字的工艺大师。

这真是一个少见的热爱家乡、热爱土地的人。他经常来往的是家乡人，说的是家乡话，谈的是家乡的人和事。他不止一次和我谈起棉花坡的渡船；谈起枫树坳，秋天，满城飘舞着枫叶。一九八一年他回凤凰一次，带着他的夫人和友人看了他的小说里所写过的景物，都看到了，水车和石碾子也终于看到了，没有看到的只是那个大型榨油坊。七十九岁的老人，说起这些，还像一个孩子。他记得的那样多，知道的那样多，想过的那样多，写了的那样多，这真是少有的事。他自己说他最满意的小说是写一条延长千里的沅水边上的人和事的。选集中的散文更全部是写湘西的。这在中国的作家里不多，在外国的作家里也不多。这些作品都是有所为而作的。

沈先生非常善于写风景。他写风景是有目的的。正如他自己所说：

> 一首诗或者仅仅二十八个字，一幅画大小不过一方尺，留给后人的印象，却永远是清新壮丽，增加人对于祖国大好河山的感情。（《张八寨二十分钟》）

风景不殊，时间流动。沈先生常在水边，逝者如斯，他经常提到的一个名词是"历史"。他想的是这块土地，这个民族的过去和未来。他的散文不是晋人的山水诗，不是要引人消沉出世，而是要人振作进取。

读沈先生的作品常令人想起鲁迅的作品，想起《故乡》、《社戏》（沈先生最初拿笔，就是受了鲁迅以农村回忆的题材的小说的影响，思想上也必然受其影响）。他们所写的都是一个贫穷而衰弱的农村。地方是很美的，人民勤劳而朴素，他们的心灵也是那样高尚美好，然而却在一种无望的情况中辛苦麻木地生活着。鲁迅的心是悲凉的。他的小说就混合着美丽与悲凉。湘西地方偏僻，被一种更为愚昧的势力以更为野蛮的方式统治着。那里的生活是"怕人"的，所出的事情简直是离奇的。一个从这种生活里过来的青年人，跑到大城市里，接受了"五四"以来的民主思想，转过头来再看看那里的生活，不能不感到痛苦，《新与旧》里表现了这种痛苦，《菜园》里表现了这种痛苦，《丈夫》、《贵生》里也表现了这种痛苦。他的散文也到处流露了这种痛苦。土著军阀随便地杀人，一杀就是两三千。刑名师爷随便地用红笔勒那么一笔，又急忙提着长衫，拿着白铜水烟袋跑到高坡上去欣赏这种不雅观的游戏。卖菜的周家幺妹被一个团长抢去了。"小婊子"嫁了个老烟鬼。一个矿工的女儿，十三岁就被驻防军排长看中，出了两块钱引诱破了身，最后咽了三钱烟膏，死掉了。……说起这些，能不叫人痛苦？这都是谁的责任？"浦市地方屠户也那么瘦了，是谁的责任？"——这问题看似提得可笑，实可悲。便是这种诙谐语气，也是从一种无可奈何的痛苦心境中发出的。这是一种控诉。在小说里，因为要"把道理包含在现象中"，控诉是无言的。在散文中有时就明明白白地说了出来。"读书人的同情，专家的调查，对这种人有什么用？若不能在调查和同情以外有一个'办法'，这种人总永远用血和泪在同样情形中打发日子。地狱俨然就是为他们而设的。他们的生活，正说明'生命'在无知与穷困包围中必然的种种。"（《辰谿的煤》）沈先生是一个不习惯于大喊大叫的人，但这样的控诉实不能说是十分"温柔敦厚"。不知道为什么他的这些话很少有人注意。

沈从文不是一个悲观主义者。个人得失事小，国家前途事大。他曾经明确提出："民族兴衰，事在人为。"就在那样黑暗腐朽（用他的说法是"腐烂"）的时候，他也没有丧失信心。他总是想激发青年的自尊心和自信心。"在事业上有以自现，在学术上有以自立。"他最反对愤世嫉俗，玩世不恭。在昆明，他就跟我说过："千万不要冷嘲。"一九四六年，我到上海，失业，曾想过要自杀，他写了一封长信把我大骂了一通，说我没出息，信中又提到"千万不要冷嘲"。他在《〈长河〉题记》中说："横在我们面前的许多事都使人痛苦，可是却不用悲观。社会还正在变化中，骤然而来的风风雨雨，说不定把许多人的高尚理想，卷扫摧残，弄得无踪无迹。然而一个人对于人类前途的热忱，和工作的虔敬态度，是应当永远存在，且必然能给后来者以极大鼓励的！"事情真奇怪，沈先生这些话是一九四二年说的，听起来却好像是针对"文化大革命"而说的。我们都经过那十年"痛苦怕人"的生活，国家暂时还有许多困难，有许多问题待解决。有一些青年，包括一些青年作家，不免产生冷嘲情绪，觉得世事一无可取，也一无可为。你们是不是可以听听一个老作家四十年前所说的这些很迂执的话呢？

我说这些话好像有点岔了题。不过也还不是离题万里。我的目的只是想说说沈先生的以民族兴亡为己任的爱国热情。

沈先生关心的是人，人的变化，人的前途。他几次提家乡人的品德性格被一种"大力"所扭曲、压扁。"去乡已十八年，一入辰河流域，什么都不同了。表面上看来，事事物物自然都有了极大进步，试仔细注意注意，便见出在变化中的一种堕落趋势。最明显的事，即农村社会所保有那点正直朴素的人情美，几乎快要消失无余，代替而来的却是近二十年实际社会培养成功的一种唯实唯利的庸俗人生观。敬鬼神畏天命的迷信固然已经被常识所摧毁，然而做人时的义利取舍是非辨别也随同泯没了。"（《〈长河〉题记》）他并没有想把时间拉回去，回到封建宗法社会，归真返朴。他明白，那是不可能的。他只是希望能在一种新的条件下，使民族的热情、品德，那点正直朴素的人情美能够得到新的发展。他在回忆了划龙船的美丽情景后，想到"我们用什么方法，就可使这些人心中感觉一种对'明天'的'惶恐'，且放弃过去对自然的和平态度，重新来一股劲儿，用划龙船的精神活下去？这些人在娱乐上的狂热，就证明这种狂热能换个方向，就可使他们还配在世界上占据一片土地，活得更愉快更长久一些。不过有什么方法，可以改造这些人的狂热到一件新的竞争方面去，可是个费思索的问题。"（《箱子岩》）"希望到这个地面上，还有一群精悍结实的青年，来驾驭钢铁征服自然，这责任应当归谁？"——"一时自然不会得到任何结论。"他希望青年人能活得"庄严一点，合理一点"，这当然也只是"近乎荒唐的理想"。不过他总是希望着。

他把希望寄托在几个明慧温柔，天真纯粹的小儿女身上。寄托在翠翠身上，寄托在《长河》里的三姊妹身上，也寄托在"一个多情水手与一个多情妇人"身上。——这是一篇写得很美的散文。牛保和那个不知名字的妇人的爱，是一种不正常的爱（这种不正常不该由他们负责），然而是一种非常淳朴真挚，非常美的爱。这种爱里闪耀着一种悠久的民族品德的光。沈先生在《〈长河〉题记》中说："在《边城》题记上，曾提起一个问题，即拟将'过去'和'当前'对照，所谓民族品德的消失与重造，可能从什么地方着手。《边城》中人物的正直和热情，虽然已经成为过去陈迹了，应当还保留些本质在年轻人的血里或梦里，相宜环境中，即可重新燃起年轻人的自尊心和自信心。"提起《边城》和沈先生的许多其他作品，人们往往愿意和"牧歌"这个词联在一起。这有一半是误解。沈先生的文章有一点牧歌的调子。所写的多涉及自然美和爱情，这也有点近似牧歌。但就本质来说，和中世纪的田园诗不是一回事，不是那样恬静无为。有人说《边城》写的是一个世外桃源，更全部是误解（沈先生在《桃源与沅州》中就把来到桃源县访幽探胜的"风雅"人狠狠地嘲笑了一下）。《边城》（和沈先生的其他作品）不是挽歌，而是希望之歌。民族品德会回来么？

　　这个人也许永远不回来了，也许明天回来！

　　回来了！你看看张八寨那个弄船女孩子！

　　令我显得慌张的，并不是渡船的摇动，却是那个站在船头、嘱咐我不必慌张、自己却从从容容在那里当家作事的弄船女孩子。我们似乎相熟又十分陌生。世界上就真有这种巧事，原来她比我二十四年写到的一个小说中人翠翠，虽晚生十来岁，目前所处环境却仿佛相同，同样在这么青山绿水中摆渡，青春生命在慢慢长成。不同处是社会变化大，见世面多，虽对人无机心，而对自己生存却充满信心。一种"从劳动中得到快乐增加幸福成功"的信心。这也正是一种新型的乡村女孩子共同的特征。目前一位有一点与众不同，只是所在背景环境。

沈先生的重造民族品德的思想，不知道为什么，多年来不被理解。"我作品能够在市场上流行，实际上近于买椟还珠，你们能欣赏我故事的清新，照例那作品背后蕴藏的热情却忽略了，你们能欣赏我文字的朴实，照例那作品背后隐伏的悲痛也忽略了。""寄意寒星荃不察"，沈先生不能不感到寂寞。他的散文里一再提到屈原，不是偶然的。

寂寞不是坏事。从某个意义上，可以说寂寞造就了沈从文。寂寞有助于深思，有助于想象。"我有我自己的生活与思想，可以说是皆从孤独中得来的。我的教育，也是从孤独中得来的。"他的四十本小说，是在寂寞中完成的。他所希望的读者，也是"在多种事业里低头努力，很寂寞的从事于民族复兴大业的人"。（《〈长河〉题记》）安于寂寞是一种美德。寂寞的人是充实的。

寂寞是一种境界，一种很美的境界。沈先生笔下的湘西，总是那么安安静静的。边城是这样，长河是这样，鸭窠围、杨家岨也是这样。静中有动，静中有人。沈先生善长用一些颜色、一些声音来描绘这种安静的诗境。在这方面，他在近代散文作家中可称圣手。

　　黑夜占领了全个河面时，还可以看到木筏上的火光，吊脚楼窗口的灯光，以及上岸下船在河岸大石间飘忽动人的火炬红光。这时节岸上船上都有人说话，吊脚楼上且有妇人在黯淡灯光下唱小曲的声音，每次唱完一支小曲时，就有人笑嚷。什么人家吊脚楼下有匹小羊叫，固执而且柔和的声音，使人听来觉得忧郁。

……这些人房子窗口既一面临河，可以凭了窗口呼喊河下船中人，当船上人过了瘾，胡闹已够，下船时，或者尚有些事情嘱托，或者其他原因，一个晃着火炬停顿在大石间，一个便凭立在窗口，"大老你记着，船下行时又来！""好，我来的，我记着的。""你见了顺顺就说：'会呢，完了；孩子大牛呢，脚膝骨好了；细粉带三斤，冰糖或片糖带三斤。'""记得到，记得到，大娘你放心，我见了顺顺大爷就说：'会呢，完了。大牛呢，好了。细粉来三斤，冰糖来三斤。'""杨氏，杨氏，一共四吊七，莫错账！""是的，放心呵，你说四吊七就四吊七，年三十夜莫会多要你的！你自己记着就是了。"这样那样的说着，我一一都可听到，而且一面还可以听着在黑暗中某一处咩咩的羊鸣。（《鸭窠围的夜》）

真是如闻其声。这样的河上河下喊叫着的对话，我好像在别一处也曾听到过。这是一些多么平常琐碎的话呀，然而这就是人世的生活。那只小羊固执而柔和地叫着，使沈先生不能忘记，也使我多年不能忘记，并且如沈先生常说的，一想起就觉得心里"很软"。

不多久，许多木筏皆离岸了，许多下行船也拔了锚，推开篷，着手荡桨摇橹了。我卧在船舱中，就只听到水面人语声，以及橹桨激水声，与橹桨本身被扳动时咿咿哑哑声。河岸吊脚楼上妇人在晓气迷濛中锐声的喊人，正好同音乐中的笙管一样，超越众声而上。河面杂声的综合，交织了庄严与流动，一切真是一个圣境。

岸上吊脚楼前枯树边，正有两个妇人，穿了毛蓝布衣服，不知商量些什么，幽幽的说着话。这里雪已极少，山头皆裸露作深棕色，远山则为深紫色。地方静得很，河边无一只船，无一个人，无一堆柴。只不知河边某一个大石后面有人正在捶捣衣服，一下一下的捣。对河也有人说话，却看不清楚人在何处。（《一个多情水手与一个多情妇人》）

"空山不见人，但闻人语响"，"竹喧归浣女，莲动下渔舟"，静中有动，以动为静，这是中国文学的一个长久的传统。但是这种境界只有一个摆脱浮世的营扰，习惯于寂寞的人方能于静观中得之。齐白石云："白石老人心闲气静时一挥"，寂寞安静，是艺术创作所必需的气质。一个热中于利禄，心气浮躁的人，是不能接近自然，也不能接近生活的。沈先生"习静"的方法是写字。在昆明，有一阵，他常常用毛笔在竹纸书写的两句诗是"绿树连村暗，黄花入梦稀"。我就是从他常常书写的这两句诗（当然不止这两句）里解悟到应该怎样用少量文字描写一种安静而活泼，充满生气的"人境"的。

我就是不想明白道理却永远为现象所倾心的人。我看一切，却并不把那个社会价值掺加进去，估定我的爱憎。我不愿问价钱上的多少来为万物作一个好坏批评，却愿意考查他在我官觉上使我愉快不愉快的分量。我永远不厌倦的是"看"一切。宇宙万汇在动作中，在静止中，在我印象里，我都能抓定它的最美丽与最调和的风度，但我的爱好显然却不能同一般目的相合。我不明白一切同人类生活相联结时的美恶，另外一句话来说，就是我不大领会伦理的美。接近人生时我永远是个艺术家的感情，却不是所谓道德君子的感情。（《自传·女难》）

沈先生五十年前所作的这个"自我鉴定"是相当准确的。他的这种诗人气质，从小就有，至今不衰。

《从文自传》是一本奇特的书。这本书可以从各种角度去看。你可以看到从辛亥革命到"五四"湘西一隅的怕人生活，了解一点中国历史；可以看到一个人"生活陷于完全绝望中，还能充满勇气与信心始终坚持工作，他的动力来源何在"，从而增加一点自己对生活的勇气与信心。沈先生自己说这是一本"顽童自传"。我对这本书特别感兴趣，是因为这是一本培养作家的教科书，它告诉我人是怎样成为诗人的。一个人能不能成为一个作家，童年生活是起决定作用的。首先要对生活充满兴趣，充满好奇心，什么都想看看。要到处看，到处听，到处闻嗅，一颗心"永远为一种新鲜颜色，新鲜声音，新鲜气味而跳"，要用感官去"吃"各种印象。要会看，看得仔细，看得清楚，抓得住生活中"最美的风度"；看了，还得温习，记着，回想起来还异常明朗，要用时即可方便地移到纸上。

什么都去看看，要在平平常常的生活里看到它的美，它的诗意，它的亚细亚式残酷和愚昧。比如，熔铁，这有什么看头呢？然而沈先生却把这过程写了好长一段，写得那样生动！一个打豆腐的，因为一件荒唐的爱情要被杀头，临刑前柔弱的笑笑，"我记得这个微笑，十余年来在我印象中还异常明朗。"（《清乡所见》）沈先生的这本《自传》中记录了很多他从生活中得到的美的深刻印象和经验。一个人的艺术感觉就是这样从小锻炼出来的。有一本书叫做《爱的教育》，沈先生这本书实可称为一本"美的教育"。我就是从这本薄薄的小书里学到很多东西，比读了几十本文艺理论书还有用。

沈先生是个感情丰富的人，非常容易动情，非常容易受感动（一个艺术家若不比常人更为善感，是不成的）。他对生活，对人，对祖国的山河草木都充满感情，对什么都爱着，用一颗蔼然仁者之心爱着。

> 山头一抹淡淡的午后阳光感动我，水底各色圆如棋子的石头也感动我。我心中似乎毫无渣滓，透明烛照，对万汇百物，对拉船人与小小船只，一切都那么爱着，十分温暖的爱着！（《一九三四年一月十八日》）

因为充满感情，才使《湘行散记》和《湘西》流溢着动人的光彩。这里有些篇章可以说是游记，或报告文学，但不同于一般的游记或报告文学，它不是那样冷静，那样客观。有些篇，单看题目，如《常德的船》、《沅陵的人》，尤其是《辰谿的煤》，真不知道这会是一些多么枯燥无味的东西，然而你看下去，你就会发现，一点都不枯燥！它不同于许多报告文学，是因为作者生于斯，长于斯，在这里生活过（而且是那样的生活过），它是凭作者自己的生活经验，凭亲历的第一手材料写的；不是凭采访调查材料写的。这里寄托了作者的哀戚、悲悯和希望，作者与这片地，这些人是血肉相关的，感情是深沉而真挚的，不像许多报告文学的感情是空而浅的，——尽管装饰了好多动情的词句，因为作者对生活熟悉且多情，故写来也极自如，毫无勉强，有时不厌其烦，使读者也不厌其烦；有时几笔带过，使读者悠然神往。

和抒情诗人气质相联系的，是沈先生还很富于幽默感。《一个爱惜鼻子的朋友》是一篇非常有趣的妙文。我每次看到："姓印的可算得是个球迷。任何人邀他去踢球，他皆高兴奉陪，球离他不管多远，他总得赶去踢那么一脚。每到星期天，军营中有人往沿河下游四里的教练营大操场同学兵玩球时，这个人也必参加热闹。大操场里极多牛粪，有一次同人争球，见牛粪也拼命一脚踢去，弄得另一个人全身一塌糊涂"，总难免失声大笑。这个人大概就是《自传》里提到的印鉴远。我好像见过这个人。黑黑，瘦瘦的，说话时爱往前探着头。而且无端地觉得他的脚背一定很高。细想想，大概是没有见过，我见过他的可能性极小。因为沈先生把他写得太生动，以至于使他在我印象里活起来了。沅陵的阙五老，是个多有风趣的妙人！沈先生的幽默是很含蓄蕴藉的。他并不存心逗笑，只是充满了对生活的情趣，觉得许多人，许多事都很好玩。只有一个心地善良，与人无忤，好脾气的人，才能有这种透明的幽默感。他是用微笑来看这个世界的，经常总是很温和地笑着，很少生气着急的时候。——当然也有。

仁者寿。因为这种抒情气质，从不大计较个人得失荣辱，沈先生才能经受了各种打击磨难，依旧还好好地活了下来。八十岁了，还是精力充沛，兴致勃勃。他后来"改行"搞文物研究，乐此不疲，每日孜孜，一坐下去就是十几个小时，也跟这点诗人气质有关。他搞的那些东西，陶瓷、漆器、丝绸、服饰，都是"物"，但是他看到的是人，人的聪明，人的创造，人的艺术爱美心和坚持不懈的劳动。他说起这些东西时那样兴奋激动，赞叹不已，样子真是非常天真。他搞的文物工作，我真想给它起一个名字，叫做"抒情考古学"。

沈先生的语言文字功力，是举世公认的。所以有这样的功力，一方面是由于读书多。"由《楚辞》、《史记》、曹植诗到'桂枝儿'曲，什么我都欢喜看看。"我个人觉得，沈先生的语言受魏晋人文章影响较大。试看："由沅陵南岸看北岸山城，房屋接瓦连椽，较高处露出雉堞，沿山围绕，丛树点缀其间，风光入眼，实不俗气。由北岸向南望，则河边小山间，竹园、树木、庙宇、高塔、民居，仿佛各个都位置在最适当处。山后较远处群峰罗列，如屏如障，烟云变幻，颜色积翠堆蓝。早晚相对，令人想象其中必有帝子天神，驾螭乘蜺，驰骤其间。绕城长河，每年三四月春水发后，洪江油船颜色鲜明，在摇橹歌呼中联翩下驶。长方形大木筏，数十精壮汉子，各据筏上一角，举桡激水，乘流而下。就中最令人感动处，是小船半渡，游目四瞩，俨然四围皆山，山外重山，一切如画。水深流速，弄船女子，腰腿劲健，胆大心平，危立船头，视若无事。"（《沅陵的人》）这不令人想到郦道元的《水经注》？我觉得沈先生写得比郦道元还要好些，因为《水经注》没有这样的生活气息，他多写景，少写人。另外一方面，是从生活学，向群众学习。"我文字风格，假若还有些值得注意处，那只因为我记得水上人的言语太多了。"（《我的写作与水的关系》）沈先生所用的字有好些是直接从生活来，书上没有的。比如："我一个人坐在灌满冷气的小小船舱中"的"灌"字（《箱子岩》），"把鞋脱了还不即睡，便镶到水手身旁去看牌"的"镶"字（《鸭窠围的夜》）。这就同鲁迅在《高老夫子》里"我辈正经人犯不上酱在一起"的"酱"字一样，是用得非常准确的。这样的字，在生活里，群众是用着的，但在知识分子口中，在许多作家的笔下，已经消失了。我们应当在生活里多找找这种字。还有一方面，是不断地实践。

沈先生说："本人学习用笔还不到十年，手中一支笔，也只能说正逐渐在成熟中，慢慢脱去矜持、浮夸、生硬、做作，日益接近自然。"（《从文自传·附记》）沈先生写作，共三十年。头一个十年，是试验阶段，学习使用文字阶段。当中十年，是成熟期。这些散文正是成熟期所写。成熟的标志，是脱去"矜持、浮夸、生硬、做作"。

沈先生说他的作品是一些"习作"，他要试验用各种不同方法来组织铺陈。这几十篇散文所用的叙事方法就没有一篇是雷同的！

"一切作品都需要个性，都必需浸透作者人格和感情，想达到这个目的，写作时要独断，澈底地独断！（文学在这时代虽不免被当作商品之一种，便是商品，也有精粗，且即在同一物品上，制作者还可匠心独运，不落窠臼，社会上流行的风格，流行的款式，尽可置之不问。）"（《从文小说习作选·代序》）这在今天，对许多青年作家，也不失为一种忠告。一个作家，要有自己的风格，经得起时间的考验，必须耐得住寂寞，不要赶时髦，不要追求"票房价值"。

"虽然如此，我还预备继续我这个工作，且永远不放下我一点狂妄的想象，以为在另外一时，你们少数的少数，会越过那条间隔城乡的深沟，从一个乡下人的作品中，发现一种燃烧的感情，对于人类智慧与美丽永远的倾心，康健诚实的赞颂，以及对愚蠢自私极端憎恶的感情。这种感情且居然能刺激你们，引起你们对人生向上的憧憬，对当前一切的怀疑。先生，这打算在目前近于一个乡下人的打算，是不是。然而到另外一时，我相信有这种事。"（《从文小说习作选·代序》）莫非这"另外一时"已经到了么？

一九八二年十一月三日上午写完

美——生命[1]
——《沈从文谈人生》代序

※

我在做一件力不从心的事。

我发现我对我的老师并不了解。

曾经有一位评论家说沈先生是"空虚的作家"。沈先生说这话"很有见识"。这是反话。有一位评论家要求作家要有"思想"。沈先生说："你们所要的'思想'，我本人就完全不懂你说的是什么意义。"这是气话。李健吾先生曾说："说沈从文没有哲学。沈从文怎么没有哲学呢？他最有哲学。"这是真话么？是真话。

不过作家的哲学都是零碎的，分散的，缺乏逻辑，缺乏系统，而且作家所用的名词概念常和别人不一样，有他的自己的意义，因此寻绎作家的哲学是困难的。

沈先生曾这样描述自己：

> 我就是个不想明白道理却永远为现象所倾心的人。我看一切，却并不把那个社会价值挽加进去，估定我的爱憎。我不愿以价钱上的多少来为万物作一个好坏的批评，却愿意考查它在我官觉上使我愉快不愉快的分量。我永远不厌倦的是"看"一切。宇宙万汇在运动中，在静止中，在我的印象里，我都能抓

---

[1] 初刊于《中华散文》一九九四年第一期，初收于北师大版《汪曾祺全集》第六卷。

定它的最美的最调和的风度，但我的爱好显然却不能同一般目的相合。我不明白一切同人类生活相联结时的美恶。另外一句话说来，就是我不大能领会伦理的美。接近人生时，我永远是个艺术家的感情，却绝不是所谓道德君子的感情。（《从文自传·女难》）

这段话说得很美。说对了么？说对了。但是只说对了一半。沈先生并不完全是这样。在另一处，沈先生说：

> 曾经有人询问我："你为什么要写作？"
>
> 我告他我这个乡下人的意见："因为我活到这个世界里有所爱。美丽，清洁，智慧，以及对全人类幸福的幻影，皆永远觉得是一种德性，也因此永远使我对它崇拜和倾心。这点情绪同宗教情绪完全一样。这点情绪促我来写作，不断地写作，没有厌倦，只因为我在各个作品各种形式里，表现我对于这个道德的努力。"（《篱下集题记》）

沈先生在两段话里都用了"倾心"这个字眼。他所倾心的对象即使不是互相矛盾的，但也不完全是一回事。只有把"最美的最调和的风度"和"德性"统一起来，才能达到完整的宗教情绪。

沈先生是我见过的唯一的（至少是少有的）具有宗教情绪的人。他对人，对工作，对生活，对生命，无不用一种极其严肃的，虔诚笃敬的态度对待。

沈先生曾说：

　　　　我崇拜朝气，欢喜自由，赞美胆量大的，精力强的……这
　　种人也许野一点，粗一点，但一切伟大事业伟大作品就只这种
　　人有分。（《篱下集题记》）

　　沈先生又说：我是个对一切无信仰的人，却只相信"生命"。
　　写《沈从文传》的美国人金介甫说："沈从文的上帝是
生命。"
　　沈先生用这种遇事端肃的宗教情绪，像阿拉伯人皈依真主那样
走过了他的强壮、充实的一生。这对年轻人体认自己的价值，是有
好处的。这些年理论界提出人的价值观念，沈先生是较早地提出
"生命价值"的，并且用他的一生实证了"生命价值"的人。
　　沈先生在文章中屡次使用的一个名词是"人性"。

　　　　这世界上或有想在沙基或水面上建造崇楼杰阁的人，那可
　　不是我。我只想造希腊小庙，选山地作基础，用坚硬石头堆砌
　　它。精致，结实，匀称，形体虽小而不纤巧，是我理想的建
　　筑。这小庙供奉的是"人性"。作成了，你们也许嫌它式样太
　　旧了，形体太小了，不妨事。（《习作选集代序》）

　　我要表现的本是一种"人生的形式"，一种"优美、健康、自
然，而又不悖乎人性的人生形式"。（《习作选集代序》）
　　"人性"是一个引起麻烦的概念，到现在也没有扯清楚。是不
是只有具体的"人性"——其实就是阶级性，没有抽象的人性，即

人类共有的本性？我们只能从日常的生活用语来解释什么是人性，即美的、善的，是合乎人性的；恶的、丑的，是不合人性的。通常说："灭绝人性"，这个人"没有人性"，就是这样的意思。比如说一个人强奸幼女，"一点人性都没有"。沈先生把"优美"、"健康"和"不悖人性"联系在一起，是说"人性"是美的，善的。否定一般的，抽象的人性的一个恶果是十年浩劫的大破坏，而被破坏得最厉害的也正是"人性"，以致我们现在要呼唤"人性的回归"。沈先生提出"人性"，我以为在提高民族心理素质上是有益的。

什么是沈从文的宗教意识，沈从文的上帝，沈从文的哲学的核心？——美。

黑格尔提出"美是生命"的命题。我们也许可以反过来变成这样的逆命题："生命是美"，也许这运用在沈先生身上更为贴切一些。

美是人创造的。沈先生对人用一片铜，一块泥土，一把线，加上自己的想象创造出美，总是惊奇不置。

沈先生有时把创造美的人和上帝造物混为一体。

> 这种美或由上帝造物之手所产生，一片铜，一块石头，一把线，一组声音，其物虽小，可以见世界之大，并见世界之全。或即"造物"，最直接最简便的那个"人"。流星闪电刹那即逝，即从此显示一种美丽的圣境，人亦相同。一微笑，一皱眉，无不同样可以显出那种圣境。一个人的手足眉发在此一闪即逝的缥缈印象中，即无不可以见出造物者之手艺无比精

巧。凡知道用各种感觉捕捉这种美丽神奇的光影的，此光影在生命中即终生不灭。但丁、歌德、曹植、李煜，便是将这种光影用文学组成形式，保留的比较完整的几个人。这些人写成的作品虽各不相同，所得启示必中外古今如一，即一刹那时被美丽所照耀，所征服，所教育是也。

"如中毒，如受电，当之者必喑哑萎悴，动弹不得，失其所信所守"。美之所以为美，恰恰如此。（《烛虚》）

沈先生对自然有一种特殊的敏感，有泛神倾向。他很易为"现象"所感动。河水，水上灰色的小船，黄昏将临时黑色的远山，黑色的树，仙人掌篱笆间缀网的长脚蜘蛛，半枯的柽柳，翠湖的猪耳莲，水手的歌声，画眉的鸣叫……都会使他强烈地感动，以至眼中含泪。沈先生说过：美丽总是使人哀愁的。

沈先生有时是生活在梦里的。

夜梦极可怪。见一淡绿百合花，颈弱而花柔，花身略有斑点青渍，倚立门边微微动摇。在不可知的地方好像有极熟习的声音在招呼：

"你看看好，应当有一粒星子在花中。仔细看看。"

于是伸手触之。花微抖，如有所怯。亦复微笑，如有所恃。因轻轻摇触那个花柄，花蒂，花瓣。近花处几片叶子全落了。

如闻叹息，低而分明。（《生命》）

这很难索解，但是写得多美！

沈先生四十岁以后一直是在梦与现实之间飘游的。

　　照我思索，能理解"我"。照我思索，可认识"人"。

这里的"我"、"人"都是复数，是抽象的"人"，哲学的"我"，而沈先生的思索，正如他自己所说，是"抽象的抒情"。

要理解一个作家，是困难的。

关先生编选的这本书虽是资料性的工具书，但从他的选择、分类上，可以看出是有自己的看法的。关先生的工作细致、认真，值得感谢。

一九九三年十月十四日

与友人谈沈从文①
——给一个中年作家的信

※

××：

春节前后两信均收到。

你听说出版社要出版沈先生的选集，我想在后面写几个字，你心里"格噔一跳"。我说准备零零碎碎写一点，你不放心，特地写了信来，嘱咐我"应当把这事当一件事来做"。你可真是个有心人！不过我告诉你，目前我还是只能零零碎碎地写一点。这是我的老师给我出的主意。这是个好主意，一个知己知彼，切实可行的主意。

而且，我最近把沈先生的主要作品浏览了一遍，觉得连零零碎碎写一点也很难。

难处之一是他已经被人们忘记了。四十年前，我有一次和沈先生到一个图书馆去，在一列一列的书架面前，他叹息道："看到有那么多人，写了那么多书，我什么也不想写了。"古今中外，多少人写了多少书呀，真是浩如烟海。在这个书海里加进自己的一本，究竟有多大意义呢？有多少书能够在人的心上留下一点影响呢？从这个方面看，一个人的作品被人忘记，并不是很值得惆怅的事。

但从另一方面看，一个人写了那样多作品，却被人忘记得这样

---

① 初刊时间、初刊处未详，初收于北师大版《汪曾祺全集》第六卷。

干净，——至少在国内是如此，总是一件很奇怪的事。

原因之一，是沈先生后来不写什么东西，——不搞创作了。沈先生的创作最旺盛的十年是从一九二四到一九三四这十年。十年里他写了一本自传，两本散文（《湘西》和《湘行散记》），一个未完成的长篇（《长河》），四十几个短篇小说集。在数量上，同时代的作家中很少有能和他相比的，至少在短篇小说方面。四十年代他写的东西就不多了。五十年代以后，基本上没有写什么。沈先生放下搞创作的笔，已经三十年了。

解放以后不久，我曾看到过一个对文艺有着卓识和具眼的党内负责同志给沈先生写的信（我不能忘记那秀整的字迹和直接在信纸上勾抹涂改的那种"修辞立其诚"的坦白态度），劝他继续写作，并建议如果一时不能写现实的题材，就先写写历史题材。沈先生在一九五七年出版的小说选集的《题记》中也表示："希望过些日子，还能够重新拿起手中的笔，和大家一道来讴歌人民在觉醒中，在胜利中，为建设祖国、建设家乡、保卫世界和平所贡献的劳力，和表现的坚固信心及充沛热情。我的生命和我手中这支笔，也自然会因此重新回复活泼而年青！"但是一晃三十年，他的那枝笔还在放着。只有你这个对沈从文小说怀有偏爱的人，才会在去年文代会期间结结巴巴地劝沈先生再回到文学上来。

这种可能性是几乎没有的了。他"变"成了一个文物专家。这也是命该如此。他是一个不可救药的"美"的爱好者，对于由于人的劳动而创造出来的一切美的东西具有一种宗教徒式的狂热。对于美，他永远不缺乏一个年轻的情人那样的惊喜与崇拜。直到现在，七十八岁了，也还是那样。这是这个人到现在还不老的一个重要原因。他的兴趣是那样的广。我在昆明当他的学生的时候，他跟我（以及其他人）谈文学的时候，远不如谈陶瓷，谈漆器，谈刺绣的时候多。他不知从哪里买了那么多少数民族的挑花布。沏了几杯茶，大家就跟着他对着这些挑花图案一起赞叹了一个晚上。有一阵，一上街，就到处搜罗缅漆盒子。这种漆盒，大概本是食具，圆形，竹胎，用竹笔刮绘出红黑两色的云龙人物图像，风格直接楚器，而自具缅族特点。不知道什么道理，流入昆明很多。他搞了很多。装印泥、图章、邮票的，装芙蓉糕萨其马的，无不是这种圆盒。昆明的熟人没有人家里没有沈从文送的这种漆盒。有一次他定睛对一个直径一尺的大漆盒看了很久，抚摸着，说："这可以做一个《红黑》杂志的封面！"有一次我陪他到故宫去看瓷器。一个莲子盅的造型吸引了人的眼睛。沈先生小声跟我说："这是按照一个女人的奶子做出来的。"四十年前，我向他借阅的谈工艺的书，无不经他密密地批注过，而且贴了很多条子。他的"变"，对我，以及一些熟人，并不突然。而且认为这和他的写小说，是可以相通的。他是一个高明的鉴赏家。不过所鉴赏的对象，一为人，一为物。这种例子，在文学史上不多见，因此局外人不免觉得难于理解。不管怎么说，在通常意义上，沈先生是改了行了，而且已经是无可挽回的了。你希望他"回来"，他只要动一动步，他的那些丝绸铜铁就都会叫起来的："沈老，沈老，别走，别走，我们要你！"

沈从文的"改行"，从整个文化史来说，是得是失，且容天下后世人去作结论吧，反正，他已经三十年不写小说了。

三十年。因此现在三十岁的年轻人多不知道沈从文这个名字。

四五十岁的呢？像你这样不声不响地读着沈从文小说的人很少了。他们也许知道这个人，在提及时也许会点起一枝烟，翘着一只腿，很潇洒地说："哈，沈从文，这个人的文字有特点！"六十岁的人，有些是读过他的作品并且受过影响的，但是多年来他们全都保持沉默，无一例外。因此，沈从文就被人忘记了。

谈话，都得大家来谈，互相启发，才可能说出精彩的，有智慧的意见。一个人说话，思想不易展开。幸亏有你这样一个好事者，我说话才有个对象，否则直是对着虚空演讲，情形不免滑稽。独学无友，这是难处之一。

难处之二，是我自己。我"老"了。我不是说我的年龄。我偶尔读了一些国外的研究沈从文的专家的文章，深深感到这一点。我不是说他们的见解怎么深刻、正确，而是我觉得那种不衫不履、无拘无束、纵意而谈的挥洒自如的风度，我没有了。我的思想老化了，僵硬了。我的语言失去了弹性，失去了滋润、柔软。我的才华（假如我曾经有过）枯竭了。我这才发现，我的思想背上了多么沉重的框框。我的思想穿了制服。三十年来，没有真正执行"百花齐放"的方针，使很多人的思想都浸染了官气，使很多人的才华没有得到正常发育，很多人的才华过早的枯萎，这是一个看不见的严重的损失。

以上，我说了我写这篇后记的难处，也许也正说出了沈先生的作品被人忘记的原因。那原因，其实是很清楚的：是政治上和艺术上的偏见。

请容许我说一两句可能也是偏激的话：我们的现代文学史（包括古代文学史也一样）不是文学史，是政治史，是文学运动史，文艺论争史，文学派别史。什么时候我们能够排除各种门户之见，直接从作家的作品去探讨它的社会意义和美学意义呢？

现在，要出版《沈从文选集》，这是一件好事！这是春天的信息，这是"百花齐放"的具体体现。

你来信说，你春节温书，读了沈先生的小说，想着一个问题：什么是艺术生命？你的意思是说，沈先生三十年前写的小说，为什么今天还有蓬勃的生命呢？你好像希望我回答这个问题。我也在想着一个问题：现在出版《沈从文选集》，意义是什么呢？是作为一种"资料"让人们知道"五四"以来有这样一个作家，写过这样一些作品，他的某些方法，某些技巧可以"借鉴"，可以"批判"地吸取？推而广之，契诃夫有什么意义？拉斐尔有什么意义？贝多芬有什么意义？演奏一首D大调奏鸣曲，只是为了让人们"研究"？它跟我们的现实生活不发生关系？……

我的问题和你的问题也许是一个。

这个问题很不好回答。我想了几天，后来还是在沈先生的小说里找到了答案，那是《长河》里夭夭所说的：

"好看的应该长远存在。"

一个乡下人对现代文明的抗议

沈从文是一个复杂的作家。他不是那种"让组织代替他去思想"的作家①。从内容到形式，从思想到表现方法，乃至造句修辞，

---

① 海明威语。

都有他自己的一套。

有一种流行的，轻率的说法，说沈从文是一个"没有思想"，"没有灵魂"，"空虚"的作家。一个作家，总有他的思想，尽管他的思想可能是肤浅的，庸俗的，晦涩难懂的，或是反动的。像沈先生这样严肃地，辛苦而固执地写了二十年小说的作家，没有思想，这种说法太离奇了。

沈先生自己也常说，他的某些小说是"习作"，是为了教学的需要，为了给学生示范，教他们学会"用不同方法处理不同问题"。或完全用对话，或一句对话也不用……如此等等。这也是事实。我在上他的"创作实习"课的时候，有一次写了一篇作业，写一个小县城的小店铺傍晚上灯时来往坐歇的各色人等活动，他就介绍我看他的《腐烂》。这就给了某些评论家以口实，说沈先生的小说是从形式出发的。用这样的办法评论一个作家，实在太省事了。教学生"用不同方法处理问题"是一回事，作家的思想是另一回事。两者不能混为一谈。创作本是不能教的。沈先生对一些不写小说，不写散文的文人兼书贾却在那里一本一本的出版"小说作法"、"散文作法"之类，觉得很可笑也很气愤（这种书当时是很多的），因此想出用自己的"习作"为学生作范例。我到现在，也还觉得这是教创作的很好的，也许是唯一可行的办法。我们，当过沈先生的学生的人，都觉得这是有效果的，实惠的。我倒愿意今天大学里教创作的老师也来试试这种办法。只是像沈先生那样能够试验各种"方法"，掌握各种"方法"的师资，恐怕很不易得。用自己的学习带领着学生去实践，从这个意义讲，沈先生把自己的许多作品叫作"习作"，是切合实际的，不是矫情自谦。但是总得有那

　　　　　　　　　　　　　　　　　　　汪曾祺文集·谈艺录

样的生活，并从生活中提出思想，又用这样的思想去透视生活，才能完成这样的"习作"。

沈先生是很注重形式的。他的"习作"里诚然有一些是形式重于内容的。比如《神巫之爱》和《月下小景》。《月下小景》摹仿《十日谈》，这是无可讳言的。"金狼旅店"在中国找不到，这很像是从塞万提斯的传奇里借用来的。《神巫之爱》里许多抒情歌也显然带着浓厚的异国情调。这些写得很美的诗让人想起萨孚的情歌、《圣经》里的《雅歌》。《月下小景》故事取于《法苑珠林》等书。在语言上仿照佛经的偈语，多四字为句；在叙事方法上也竭力铺排，重复华丽，如六朝译经体格。我们不妨说，这是沈先生对不同文体所作的尝试。我个人认为，这不是沈先生的重要作品，只是备一格而已。就是这样的试验文体的作品，也不是完全不倾注作者的思想。

沈先生曾说："这世界上或有想在沙基或水面上建造崇楼杰阁的人，那可不是我。"他对称他为"空虚"的，"没有思想"的评论家提出了无可奈何的抗议。他说他想建造神庙，这神庙里供奉的是"人性"。——什么是他所说的"人性"？

他的"人性"不是抽象的。不是欧洲中世纪的启蒙主义者反对基督的那种"人性"。简单地说，就是没有遭到外来的资本主义的物质文明和精神文明的侵略，没有被洋油、洋布所破坏前中国土著的抒情诗一样的品德。我们可以鲁莽一点，说沈从文是民族主义者。

沈先生对他的世界观其实是说得很清楚的，并且一再说到。

沈先生在《长河》题记中说："……用辰河流域一个小小的水

码头作背景，就我所熟习的人事作题材，来写写这个地方一些平凡人物生活上的'常'与'变'，以及在两相乘除中所有的哀乐。"他所说的"常"与"变"是什么？"常"就是"前一代固有的优点，尤其是长辈中妇女，祖母或老姑母行勤俭治生忠厚待人处，以及在素朴自然景物下衬托简单信仰蕴蓄了多少抒情诗气分"。所谓"变"就是这些品德"被外来洋布煤油逐渐破坏，年青人几乎全不认识，也毫无希望从学习中去认识"。"常"就是"农村社会所保有那点正直素朴人情美"；"变"就是"近二十年实际社会培养成功的一种唯实唯利庸俗人生观"。"常"与"变"，也就是沈先生在《边城》题记提出的"过去"与"当前"。抒情诗消失，人的生活越来越散文化，人应当怎样活下去，这是资本主义席卷世界之后，许多现代的作家探索和苦恼的问题。这是现代文学的压倒的主题。这也是沈先生全部小说的一个贯串性的主题。

多数现代作家对这个问题是绝望的。他们的调子是低沉的，哀悼的，尖刻的，愤世嫉俗的，冷嘲的。沈从文不是这样的人。他不是一个悲观主义者。一九四五年，在他离开昆明之际，他还郑重地跟我说："千万不要冷嘲。"这是对我的作人和作文的一个非常有分量的警告。最近我提及某些作品的玩世不恭的倾向，他又说："这不好。对现实可以不满，但一定要有感情。就是开玩笑，也要有感情。"《长河》的题记里说："横在我们面前许多事都使人痛苦，可是却不用悲观。骤然而来的风雨，说不定会把许多人的高尚理想，卷扫摧残，弄得无影无踪。然而一个人对于人类前途的热忱，和工作的虔敬态度，是应当永远存在，且必然给后来者以极大鼓励的！"沈从文的小说的调子自然不是昂扬的，但是是明朗的，引人向上的。

他叹息民族品德的消失，思索着品德的重造，并考虑从什么地方下手。他把希望寄托于"自然景物的明朗，和生长在这个环境中几个小儿女性情上的天真纯粹"。

沈先生有时在他的作品中发议论。《长河》是个有意用"夹叙夹议"的方法来写的作品。其他小说中也常常从正反两个方面阐述他的"民族品德重造论"。但是更多的时候他把他的思想包藏在形象中。

《从文自传》中说：

"我记得迭更司的《冰雪因缘》、《滑稽外史》、《贼史》这三部书反复约占去了我两个月的时间。我欢喜这种书，因为他告给我的正是我所要明白的。他不如别的书说道理，他只记下一些现象。即使他说的还是一种很陈腐的道理，但他却有本领把道理包含在现象中。"

沈先生那时大概没有读过恩格斯的书，然而他的认识和恩格斯的倾向性不要特别地说出，是很相近的。沈先生自己也正是这样做的。他把他的思想深深地隐藏在人物和故事的后面。以至当时人就有很多不知道他要说什么。他们不知道沈从文说的是什么，他们就以为他没有说什么。沈先生有些不平了。他在《从文小说习作选》的题记里说："你们能欣赏我的故事的清新，照例那作品背后蕴藏的热情却忽略了，你们能欣赏我文字的朴实，照例那作品背后隐伏的悲痛也忽略了。"他说他的作品在市场上流行，实际上近于"买椟还珠"。这原是难怪的，因为这种热情和悲痛不在表面上。

其实这也不错。作品的思想和它的诗意究竟不是"椟"和

"珠"的关系，它是水果的营养价值和红、香、酸甜的关系。人们吃水果不是吃营养。营养是看不见，尝不出来的。然而他看见了颜色，闻到了香气，入口觉得很爽快，这就很好了。

我不想讨论沈先生的民族品德重造论。沈先生在观察中国的问题时用的也不是一个社会学家或一个主教的眼睛。他是一个诗人。他说：

"我看一切，却并不把那个社会价值搅加进去，估定我的爱憎。……我永远不厌倦的是"看"一切。宇宙万汇在动中，在静止中，我皆能抓定它的最美丽与最调和的风度，但我的爱好却不能同一切目的相合。我不明白一切同人类生活相联结时的美恶，另外一句话说来，就是我不大能领会伦理的美。接近人生时我永远是个艺术家的感情。"

有诗意还是没有诗意，这是沈先生评价一切人和事物的唯一标准。他怀念祖母或老姑母们，是她们身上"蕴蓄了多少抒情诗气分"。他讨厌"时髦青年"，是讨厌他们的"唯实唯利的庸俗人生观"。沈从文的世界是一个充满乡土气息的抒情诗的世界。他一直把他的诗人气质完好地保存到七十八岁。文物，是他现在陶醉在里面的诗。只是由于这种陶醉，他却积累了一大堆吓人的知识。

水边的抒情诗人

大概每一个人都曾在一个时候保持着对于家乡的新鲜的记忆。他会清清楚楚地记得从自己的家走到所读的小学沿街的各种店铺、作坊、市招、响器、小庙、安放水龙的"局子"、火灾后留下的焦墙、糖坊煮麦芽的气味、竹厂烤竹子的气味……他可以挨着门数过去，一处不差。故乡的瓜果常常是远方的游子难忍的蛊惑。故乡的景物一定会在三四十岁时还会常常入梦的。一个人对生长居住的地方失去新鲜感，像一个贪吃的人失去食欲一样，那他也就写不出什么东西了。乡情的衰退的同时，就是诗情的锐减。可惜呀，我们很多人的乡情和诗情在累年的无情的生活折损中变得迟钝了。

沈先生是幸福的，他在三十几岁时写了一本《从文自传》。

这是一本奇妙的书。这样的书本来应该很多，但是却很少。在中国，好像只有这样一本。这本自传没有记载惊天动地的大事，没有干过大事的历史人物，也没有个人思想感情上的雷霆风暴，只是不加夸饰地记录了一个小地方，一个小小的人的所见、所闻、所感。文字非常朴素。在沈先生的作品中，《自传》的文字不是最讲究、最成熟的，然而却是最流畅的。沈先生说他写东西很少有一气呵成的时候。他的文章是"一个字一个字地雕出来的"。这本书是一个例外（写得比较顺畅的，另外还有一个《边城》）。沈先生说他写出一篇就拿去排印，连看一遍都没有，少有。这本书写得那样的生动、亲切、自然，曾经感动过很多人，当时有一个杂志（好像是《宇宙风》），向一些知名作家征求他本年最爱读的三本书，一向很不轻易地称许人的周作人，头一本就举了《从文自传》。为什么写得那样顺畅，而又那样生动、亲切、自然，是因为：

"我就生长到这样一个小城里，将近十五岁时方离开。出门两年半回过那小城一次以后，直到现在为止，那城门我还不再进去过。但那地方我是熟习的。现在还有许多人生活在那个城市里，我却常常生活在那个小城过去给我的印象里。"

这是一本文学自传。它告诉我们一个人是怎样成为作家的，一个作家需要具备哪些素质，接受哪些"教育"。"教育"的意思不是指他在《自传》里提到的《辞源》、迭更司、《薛氏彝器图录》和索靖的《出师颂》……沈先生是把各种人事、风景，自然界的各种颜色、声音、气味加于他的印象、感觉都算是对自己的教育的。

如果我说：一个作家应该有个好的鼻子，你将会认为这是一句开玩笑的话。不！我是很严肃的。

"薄暮的空气极其温柔，微风摇荡大气中，有稻草香味，有烂熟了山果香味，有甲虫类气味，有泥土气味。一切在成熟，在开始结束一个夏天阳光雨露所及长养生成的一切。……"

我最近到沈先生家去，说起他的《月下小景》，我说："你对于颜色、声音很敏感，对于气味……"

我说："'菌子已经没有了，但是菌子的气味留在空气里'，这写得很美，但是我还没有见到一个作家写到甲虫的气味！……"

我的师母张兆和，我习惯上叫她三姐，因为我发现了这一点而很兴奋，说：

"哎！甲虫的气味！"

沈先生笑眯眯地说："甲虫的分泌物。"

我说："我小时玩过天牛。我知道天牛的气味，很香，很甜！……"

沈先生还是笑眯眯地说："天牛是香的，金龟子也有气味。"
师母说："他的鼻子很灵！什么东西一闻……"

沈从文是一个风景画的大师，一个横绝一代，无与伦比的风景画家。——除了鲁迅的《故乡》、《社戏》，还没有人画出过这样的中国作风，中国气派的风景画。

他的风景画多是混合了颜色、声音和气味的。

举几个例：

"从碾坊往上看，看到堡子里比屋连墙，嘉树成荫，正是十分兴旺的样子。往下来，夹溪有无数山田，如堆积蒸糕；因此种田人借用水力，用大竹扎了无数水车，用椿木做成横轴同撑柱，圆圆的如一面锣，大小不等竖立在水边。这一群水车，就同一群游手好闲人一样，成日成夜不知疲倦的咿咿呀呀唱着意义含糊的歌。"

——《三三》

"辰河中部小吕岸吕家坪，河下游约有四十里一个小土坡上，名叫'枫树坳'，坳下有个滕姓祠堂。祠堂前后十几株老枫木树，叶子已被几个早上的严霜，镀上一片黄，一片红，一片紫。枫树下到处是这种彩色斑驳的美丽落叶。祠堂前枫树下有个摆小摊子的，放了三个大小不一的簸箕，簸箕中零星货物上也是这种美丽的落叶。祠堂位在山坳上，地点较高，向对河望去，但见千山草黄，起野火处有白烟如云。村落中为耕牛过冬预备的稻草，傍近树根堆积，无不如塔如坟。银杏白杨树成行高矗，大小叶片在微阳下翻飞，黄绿杂彩相间，如旗纛，如羽葆。又如有所招邀，有所期待。沿河橘子园尤呈奇观，绿叶浓翠，绵延小河两岸，缀系在枝头的果实，丹朱明黄，繁密如天上星子，远望但见一片光明，幻异不可形容。河下船埠边，有从土地上得来的萝蔔，薯芋，以及各种农产物，一堆堆放在那里，等待装运下船。三五个孩子，坐在这种庞大堆积物上，相互扭打游戏。河中乘流而下行驶的小船，也多数装满了这种深秋收获物，并装满了弄船人欢欣与希望，向辰溪县、浦市、辰州各个码头集中，到地后再把它卸到干涸河滩上去等待主顾。更远处有皮鼓铜锣声音，说明某一处村中人对于这一年来人与自然合作的结果，因为得到满意的收成，正在野地上举行谢土的仪式，向神表示感激，并预约'明年照常'的简单愿心。"

"土地已经疲倦了，似乎行将休息，灵物因之转增妍媚，天宇澄清，河水澄清。"

——《长河·秋（动中有静）》

在小说描写人物心情时，时或插进景物的描写，这种描写也无不充满着颜色、声音与气味，与人的心情相衬托，相一致。如：

"到午时，各处船上都已经有人在烧饭了。湿柴烧不燃，烟子到处窜，使人流泪打嚏。柴烟平铺到水面如薄绸。听到河街馆子里大师傅用铲子敲打锅边的声音，听到邻船上白菜落锅的声音，老七还不见回来。"

——《丈夫》

"在同一地方，另外一些小屋子里，一定也还有那种能够在小灶里塞上一点湿柴，升起晚餐烟火的人家，湿柴毕毕剥剥的在灶肚中燃着，满屋便窜着呛人的烟子。屋中人，借着灶口的火光，或另一小小的油灯光明，向那个黑色的锅里，倒下一碗鱼内脏或一把辣子，于是辛辣的气味同烟雾混合，屋中人皆打着喷嚏，把脸掉向另一方去。"

——《泥涂》

对于颜色、声音、气味的敏感，是一个画家，一个诗人必需具备的条件。这种敏感是要从小培养的。沈先生在给我们上课时就说过：要训练自己的感觉。学生之中有人学会一点感觉，从沈先生的谈吐里，从他的书里。沈先生说他从小就爱到处看，到处听，还到处嗅闻。"我的心总得为一种新鲜声音，新鲜气味而跳。"一本《从文自传》就是一些声音、颜色、气味的记录。当然，主要的还是人。声音、颜色、气味都是附着于人的。沈先生的小说里的人物大都在《自传》里可以找到影子。可以说，《自传》是他所有的小说的提要；他的小说是《自传》的长编。

沈先生的最好的小说是写他的家乡的。更具体的说，是写家乡的水的。沈先生曾写过一篇文章，题为《我的写作和水的关系》。"我幼小时较美丽的生活，大部分都与水不能分离。我的学校可以说是在水边的。我认识美，学会思索，水对我有极大关系"（《自传》）。湘西的一条辰河，流过沈从文的全部作品。他的小说的背景多在水边，随时出现的是广舶子、渡船、木筏、辇烟划子，磨坊、码头、吊脚楼……小说的人物是水边生活，靠水吃水的人，三三、夭夭、翠翠、天保、傩送、老七、水保……关于这条河有说不尽的故事。沈先生写了多少篇关于辰河、沅水、酉水的小说，即每一篇都有近似的色调，然而每一篇又各有特色，每一篇都有不同动人的艺术魅力。河水是不老的，沈先生的小说也永远是清新的。一个人不知疲倦地写着一条河的故事，原因只有一个：他爱家乡。

如果说沈先生的作品是乡土文学，只取这个名词的最好的意义，我想也许沈先生不会反对。

短篇小说的本质[1]
——在解鞋带和刷牙的时候之四

※

我们必须暂时稍微与世界隔离，不老摔不开我们是生活在怎样一个国度里这个意识，这就是说，假定我们有一个地方，有一种空气，容许并有利于我们说这个题目。不必要在一个水滨，一个虚廊，竹韵花影；就像这儿，现在，我们有可坐的桌子凳子，有可以起来走两步的空当，有一点随便，有说或不说的自由；没有个智慧超人，得意无言的家伙，脸上不动，连狡诈的眯眼也不给一个的在哪儿听着；没有个真正的小说家，像托老头子那样的人会声势凌人的闯进来；而且我们不是在"此处不是讲话之地"的大街上高谈阔论；这也就够了。我们的话都是草稿的草稿，只提出，不论断，几乎每一句前面都应加一句：假定我们可以这样说。我们所说的大半是平时思索的结果，也可能是从未想过，临时触起，信口开河。我想这是常有的事，要说的都没有说，尽抬架了些不知从那儿斜刺里杀出来的程咬金。有时又常话到嘴边，咽了下去；说了一半，或因思绪散断，或者觉得看来很要紧的意见原来毫不相干，全无道理，接不下去了。这都挺自然，不勉强，正要的是如此。我们是一些喜欢读，也多少读过一点，甚至想动笔，或已经试写了一阵子小说的人，可是千万别把我们的谈话弄得很职业气。我们不大中意那种玩

---

[1]　初刊于一九四七年五月三十一日天津《益世报·文学周刊》第四十三期，初收于北师大版《汪曾祺全集》第三卷。

儿票的派头，可是业余的身份是我们遭遇困难时的解脱藉口。不知为不知，我们没有责任搜索枯肠，找话支吾。我们说了的不是讲义，充其量是一条一条的札记，不必弄得四平八稳，分量平均，首尾相应，具一格局。好了，我们已经很不受拘束，放心说话吧。声音大，小，平缓，带舞台动作，发点脾气，骂骂人，一切随心所欲，悉听尊便。

在这许多方便之下，我呈出我的一份。

无庸讳言，大家心照，所有的话全是为了说的人自己而说的。唱大鼓的走上来，"学徒我今儿个伺候诸位一段大西厢"。唱到得意处，得意的仍是他自己。听唱的李大爹，王二爷也听得颇得意，他们得意的也是他们自己。我觉得李大爹王二爷实际也会唱得极好，甚至可能比台上人更唱得好，只是他们没有唱罢了。李大爹王二爷自小学了茶叶店糕饼店生意，他们注定了要搞旗枪明前，上素黑芝麻，他们没有学大鼓。没有学，可是懂。他摸得到顿、拨、沉、落、迴、扭、煞诸种差之毫厘失之千里的那么点个妙处。所以李大爹王二爷是来听他们自己唱，不，简直听他们自己整个儿的人来了。台上那段大西厢不过是他们的替身，或一部分的影子。李大爹看了一眼王二爷，头微微一点，王二爷看了一眼李大爹，头也那么一点。他们的意思是"是了！"在这一点上劳伦斯的"为我自己"，克罗采的传达说，我都觉得有道理。——阿，别瞪我，我只是借此而说明我现在要说的话是一个甚么性质。这，也是我对小说作者与读者间的关系的一个看法。这等一下大概还会再提起。真是，所有的要说恐怕都只是可以连在一处的道白而已。

时下的许多小说实在不能令人满意！

教我们写作的一位先生几乎每年给他的学生出一个题目：一个理想的短篇小说。——我当时写了三千字，不知说了些甚么东西；现在想重新交一次卷，虽然还一样不知会说些甚么东西。——可见，他大概也颇觉得许多小说不顶合乎理想。所以不顶理想，因为一般小说都好像有那么一个"标准"：

一般小说太像个小说了，因而不十分是一个小说。

悬定一个尺度，很难。小说的种类将不下于人格；而且照理两者的数量（假如可以计算）应当恰恰相等；鉴别小说，也如同品藻人物一样的不可具说。但我们也可以像看人一样的看小说，凭全面的、综合的印象，凭直觉。我们心平气和，体贴入微的看完一篇东西，我们说：这是小说，或者不是小说。有时候我们说的是这够或不够是一个小说。这跟前一句话全一样，够即是，不够的不是。在这一点上，小说的读者，你不必客气，你自然先假定自己是"够了"。哎，不必客气，这个够了并不是什么了不起的事情。不够，你还看什么小说呢！

那个时候，我因为要交卷，不得不找出一个"理想"的时候，正是卞之琳先生把《亨利第三》、《军旗手的爱与死》翻过来的时候，手边正好有一本，抓着就是，我们像憋了一点气，在课堂上大叫：

"一个理想的短篇小说应当是像《亨利第三》与《军旗手的爱与死》那样的！"

现在我的意思仍然如此，我愿意维持原来的那点感情，不过觉得需要加以补充。

我们看过的若干短篇小说，有些只是一个长篇小说的大纲，一个作者因为时间不够，事情忙，或者懒，有一堆材料，他大概组织分布了一下，有时甚至连组织分布都不干，马马虎虎的即照单抄出来交了货，我们只看到有几个人，在那里，做了什么事，说话了，动作了，走了，去了，死了。有时作者觉得这太不像小说，（就是这个倒霉的觉得害了他！）小说不能单是一串流水账，于是怎么样呢？描写了把那个人从头到脚的像裁缝师傅记出手下摆那么记一记，清楚是清楚了，可是我们本来心里可能有的浑然印象反教他挤掉了。我们只落得一堆零碎料子，多高的额头，多大的鼻子，长腿或短腿；外八字还是内八字脚，……这些"部分"彼此不粘不靠，不起作用，不相干。还有更不相干的，是那些连篇累牍的环境渲染。有时候我们看那段发生在秋天的黄昏的情节，并不是一定不能发生在春天的早晨。在进行演变上，落叶，溪水，夕阳，歌声，蟋蟀，当然风马牛不相及。这是七巧板那么拼出来的，是人为的，外加的，生造的不融合的。他没有把这些东西当着是从故事中分泌出来，为故事的一个契机，一分必不可少的成分。他的文字不是他要说的那个东西本身。自然主义用在许多人手里成了一个最不自然的主义。这些人为主义而牺牲了。有些，说得周详慎密，结构紧严，力量不懈，交待干净，不浪费笔墨也不偷工减料，文字时间与故事时间合了拍，把读者引上了路，觉得舒服得很；可是也只好算长篇小说之一章，很好的一章而已。更多的小说，比较鲜明生动，我以为把它收入中篇小说，较为佳适。再有一种则是"标准的"短篇小说。标准的短篇小说不是理想的短篇小说，也不能令我们满意。

我们的谈话行将进入一个比较枯糙困难的阶段，我们怕不能摆脱习惯的衍讲方式。我们尽量想避开让我们踏脚，也致我们疲惫的抽象名词，但事实上不易办到。先歇一歇力，在一块不大平滑的石头上坐一坐；给短篇小说来讲一个定义：不用麻烦拣选，反正我们掉一掉身子马上就来。中学教科书上写着，短篇小说是：

用最经济的文学手腕，描写事实中最精采的一段或一面。

我们且暂时义务的为这两句话作一注释。或者六经注我，靠它的帮忙说话。

我们不得已而用比喻，扣槃扪烛，求其大概。吴尔芙夫人以在火车中与白朗宁太太同了一段路的几位先生的不同感情冲动譬象几种不同的写小说法，我们现在单摘取同车一事来说明小说与其人物的关系。设想一位作者，我们称他为×先生，在某处与白朗宁太太一齐上了车，火车是小说，车门一关，汽笛拉动，车开了，小说起了头。×先生有墨水两瓶，钢笔尖二盒，一箱子纸，四磅烟草，白朗宁太太有的是全部生活。×先生收心放志，集中精神，松开领子，咬起大烟斗，白朗宁太太开始现身说法，开始表演。我们设想火车轨道经行之地是白朗宁太太的生活，这一列车随处可停，可左可右，可进可退，给×先生以诸方便，他可以得到他所需要的白朗宁太太生活中任何场景节目。白朗宁太太生来有个责任，即被写在小说里，她不厌烦，不掩饰省略，妥妥实实回答×先生一切问话。好了，除去吃饭睡觉等不可不要的动作之外，白朗宁太太一生尽在此中，×先生也颇累了，他们点点头，下车，分别。小说完成！

先生，你觉得这是可能的么？

有人说历史这个东西就是历史而已，既不是科学，也算不得是艺术。我们埋葬了一部分小说，也很可以在它们的墓碑上刻这样两句话。而且历史究竟还是历史，若干小说常不是科学，不是艺术，也不成其为小说。

长篇小说的本质，也是它的守护神，是因果。但我们很少看到一本长篇小说从千百种可能之中挑选出一个，一个一个连编起来，这其间有什么是必然，有决定性的。人的一生是散漫的，不很连贯，充满偶然，千头万绪，兔起鹘落，从来没有一个人每一秒钟相当于小说的一段，一句，一字，一标点，或一空格，而长篇小说首先得悍然不顾这个情形。结构，这是一个长篇最紧要的部分，而且简直是小说的全部，但那根本是个不合理的东西。我们知道一个小说不是天成的，是编排连缀出来的，我所怀疑的是一个作者的精神是否能够照顾得过来，特别是他的记忆力是不是能够写到第十五章时还清清楚楚对他在第三章中所说的话的分量和速度有个印象？整本小说是否一气呵成天衣无缝，增一分则太长，减一分则太短，不能倒置，翻覆，简直是那样便是那样，毫无商量余地了？

从来也没有一个音乐家想写一个连续演奏十小时以上的乐章吧，（读《战争与和平》一遍需要多少时候？）而我们的小说家，想做不可能的事。看他们把一厚册一厚册的原稿销毁，一次一次的重写，我们寒心那是多苦的事。有几个人，他们是一种英雄式的人，自人中走出，与大家不同，他们不是为生活而写，简直活着就为的是写他的小说，他全部时间入于海，海是小说，居然做到离理想不远了。第一个忘不了的是狠辣的陀思退亦夫斯基。他像是一咬牙就没有松开过。可是我们承认他的小说是一种很伟大的东西，却不一定是亲切的东西。什么样的人是陀思退亦夫斯基的合适读者？

应是科学家。

我宁愿通过工具的艰难，放下又拿起，翻到后面又倒回前头，随便挑一节，抄两句，不求甚解，自以为是，什么时候，悠然见南山，飞鸟相与还，以我之所有向他所描画的对照对照那么读一遍《尤利色斯》去。

小说与人生之间不能描画一个等号。

于是有中篇小说。

如果读长篇小说的时间是阴冷的冬夜，那么中篇小说是宜于在秋天下午。一本中篇正好陪我们过五六点钟，连阅读带整个人受影响作用，引起潜移默化所需的时间。

一个长篇的作者自己在他的小说中生活过一遭，他命使读者的便是绝对的入乎其内。一个长篇常常长到跟人生一样的长，（这跟我们前面一段有些话并不相冲突，）可以说是另外一个人生，尽可以跟我们这一个完全一样，但□□是另外一个。（不是一段，一面，）我们必须放开我们自己的恩怨憎喜，宗教饮食，被拉了上去，关上门，靠窗坐定，随那节车子带我们到那里去旅行。作者作向导，山山水水他都熟习，而假定我们一无所知。我们只有也必须死心塌地的作个素人。我们应当视而不见，听而不闻，食而不知其味；应当醉于书中的酒，字里的香，我们说：哦，这是玫瑰，多美，这是山，好大呀！好像我们从来没有见过一座山，不知道玫瑰是甚么东西。——可是一般人不是那么容易的死于生活，活于书本，不会一直入彀。有比较体贴，近人情，会说话的可爱的人就为了我们而写另外一种性质的书，叫作中篇小说。（Once upon a time）他自自然然的谈起来了。他跟我们抵掌促膝，不高不可攀，耳提指图，他说得流利，娓婉，不疾不徐，轻重得当，不口吃，不上气不接下气，他用志不纷，胸有成竹。他才说了十多分钟，我们已经觉得：他说得真好。我们入神了，颔首了，暖然似春，凄然似秋了，毫不反抗的给出他向我们要的感动。有话则长，无话则短，他知道他是在说一个故事。花开两朵，各表一枝，分即全，一切一切，他不弄得过分麻烦冗重。有时他插一点闲话，聊点儿别的；他更带着一堆画片，一张一张拍得光线强弱，距离远近都对了的照相，他一边说故事，一边指点我们看。这些纪念品不一定是绘摄的大场面，有时也许一片阳光，一堆倒影，破风上一角残蚀的浮雕，唱歌的树，嘴上生花的人，……我们也明知他提起这话目的何在，但他对于那些小玩意确具真情，有眼光，而且趣味与我们相投，但听他说说这些即颇过瘾了。我们最中意的是他要我们跟他合作。也空出许多地方，留出足够的时间，让读者自己说。他不一个劲儿讲演，他也听。来一杯咖啡么，我们的中篇小说家？

如果长篇小说的作者与读者的地位是前后，中篇是对面，则短篇小说的作者是请他的读者并排着起坐行走的。

常听到短篇小说的作者劝他的熟人："你也写么，我相信你可以写得很好。没有什么了不起的，花一点时间，多试验几种方法，不怕费事，找到你觉得那么着写合适的形式，你就写，不会不成功的。凭你那个脑子，那点了解人事的深度，生活的广度，对于文字的精敏感觉，还有那一分真挚深沉的爱，你早就该着笔了。"短篇小说家从来就把我们当着跟他一样的人，跟他生活在同一世界之中，对于他所写的那回事的前前后后也知道得一样仔细真切。我们与他之间只是为不为，没有能不能的差异。短篇小说的作者是假设他的读者都是短篇小说家的。

唯其如此，他才能挑出事实中最精采的一段或一面，来描写。

也许有人天生是个短篇小说家，他只要动笔，得来全不费工夫，他一小从老祖母，从疯瘫的师爷，从鸦片铺上、茶馆里，码头旁边，耳濡目染，不知不觉之中领会了许多方法；他的窗口开得好，一片又一片的材料本身剪裁的好好的在那儿，他略一凝睇，翩翩已得；交出去，印出来，大家传诵了，街谈巷议，"这才真是我们所需要的，从头到尾，每一个字是短篇小说！"而我们的作者倚在他的窗口悠然下看：这些人扰攘些甚么，甚么事大惊小怪的？风吹得他身轻神爽，也许他想到一条河边走走，听听修桥工人唱那种忧郁而雄浑的歌去；而在他转身想带着他的烟盒子时，窗下一个读者议论他的小说，激动的高叹声吸引了他，他看了一眼，想：甚么叫小说么，问我，我可不知道，你那个瘦瓜瓜的后脑，微高的左肩，正是我需要的，我要把你写下来，你就是小说，傻小子，你为甚么不问问你自己？他不出去了。坐下，抽上两枝烟，到天黑肚饥时一篇小说也已经写了五分之四，好了，晚饭一吃，一天过去；他的新小说也完成了，但大多数的小说作者都得经过一个比较长时期的试验。他明白，他必须"找到了自己的方法"，必须用他自己的方法来写，他才站得住，他得在浩如烟海的文学作品，在也一样浩如烟海的短篇小说之中，为他自己的篇什觅得一个位置。天知道那是多么荒时废日的事情！

世上尽有从来不看小说的诗人，但一个写短篇小说的人能全然不管前此与当代的诗歌么？一个小说家即使不是彻头彻尾的诗人，至少也是半仙之分，部分的诗人，也许他有时会懊悔他当初为什么不一直推敲韵脚，部署抑扬，飞上枝头变凤凰，什么一念教他拣定现在卑微的工作的？他羡慕戏剧家的规矩，也向往散文作者的自在，甚至跟他相去不远的长篇中篇小说家他也嫉妒。威严，对于威严的敬重；优美的风度，对于优美风度的友爱，他全不能有，得不着。短篇小说的作者所希望的是给他的劳绩一个说得过去的地位。他希望报纸的排字工人不要把他的东西拆得东一块西一块的，不要随便给它分栏，加什么花边，不要当中挖了一方嵌一个与它毫不相干的木刻漫画，不要在一行的头上来一个吓人的惊叹号，不要在他的文章下面补两句嘉言语录，名人轶事，还有错字不太多，字体稍为清楚一点；……对于一个杂志的编辑他很想求求他一个稍为公平一点的篇幅，他希望天地头留着大些，前头能空出两页不印最好。……他不是难伺候，闹脾气，他是为了他的文章命运而争。他以为他的小说的形式即是他要表达的那个东西本身，不能随便玷辱它，而且一个短篇没有写出的比写出来的要多得多，需要足够的空间，好让读者自己从从容容来抒写。对于较长篇幅的文章，一般读者有读它的心理准备，他心甘情愿的让出时间，留下闲豫，来接受一些东西。只要披沙拣金，往往见宝，即为足矣。他们深切的感到那份力量，领得那种智巧。而他们读短篇小说则都是誓翦灭此而后朝食，你不难想象一个读者如何恶狠狠的抓过一篇短篇小说，一边嚼着他的火腿面包，一边狼吞虎咽的看下去，忽然拍案而起，"混蛋，这是什么平淡无奇的东西！"他骂的是他的咖啡，但小说遭了殃，他叭了一下扔了，挤起左眼看了那个可怜的题目，又来了一句，"什么东西！"好了，他要是看进去两句那就怪。一个短篇小说作者简直非把它弄得灿若舒锦，无处不佳不可！小说作者可又还不能像一个高大强壮的猪眼厨师傅两手撑在腰上大吼"就是这样，爱吃不吃！"即是真的从头到尾都是心血，你从那里得到青眼？

这位残暴的午茶餐客如果也想，他想的是：这是什么玩意，谁写不出来，我也……真的，他还不屑于写这种东西！我们原说过，只要他肯，他未始不可以写短篇小说。我们不能怪他，第一他生活太忙，太乱，而且受到许多像那位猪眼大师傅的气，他想借小说来忘去他的生活，或者真的生活一下，短篇似乎不能满足他；第二，他相当有文学修养，他看过许多诗，戏剧，散文，他还更看过那么多那么多的小说，再不要看这一篇。一个短篇小说作家，你该怎么办？

短篇小说能够一脉相承的存在下来，应当归功于代有所出的人才，不断给它新的素质，不断变易其面目，推广，加深它。日光之下无新事，就看你如何以故为新，如何看，如何捞网捕捉，如何留住过眼烟云，如何有心中的佛，花上的天堂。文学革命初期以"创作"称短篇小说，是的，你要创作。你不应抄袭别人，要叫你有你的，有不同于别人的；且不能抄袭自己，你不能叫这一篇是那一篇的副本，得每一篇是每一篇的样子，每一篇小说有它应当有的形式，风格。简直的，你不能写出任何一个世界上已经有过的句子。你得突破，超出，稍偏颇于那个"标准"。这是老话，但须要我们不断的用各种声音提起。

我们宁可一个短篇小说像诗，像散文，像戏，什么也不像也行，可是不愿意它太像个小说，那只有注定它的死灭。我们那种旧小说，那种标准的短篇小说，必然将是个历史上的东西。许多本来可以写的在小说里的东西老早老早就有另外方式代替了去。比如电影，简直老小说中的大部分，而且是最要紧的部分，它全能代劳，而且比较更准确，有声有形，证诸耳目，直接得多。念小说已成了一个过时的娱乐，一种古怪固执的癖好了。此世纪中的诗，戏，甚至散文，都已显然与前一世纪异趣，而我们的小说仍是十八世纪的方法，真不可解。一切全因制度的变而变了，小说动得那么懒，什么道理。

我们耳熟了"现代音乐"，"现代绘画"，"现代塑刻"，"现代建筑"，"现代服装"，"现代烹调术"，可是"现代小说"在我们这儿远是个不太流行的名词。唉！"小说的保守性"，是个值得一作的毕业论文题目；本来小说这东西一向是跟在后面老成持重的走的。但走得如此之慢，特别是在东方一个又很大又很小的国度中简直一步也不动，是颇可诧异的现象。多打开几面窗子吧，这里的空气实在该换一换，闷得受不了了。

多打开几面窗子吧！只要是吹的，不管是什么风。

也好，没有人重视短篇小说，因此它也从来没有一个严格的画界，我们可以从别的部门搬两块石头来垫一垫基脚。要紧的是要它改一改样子再说。从戏剧里，尤其是新一点的戏里我们可以得到一点活泼，尖深，顽皮，作态。（一切在真与纯之上的相反相成的东西。）萧伯纳皮蓝德娄从小说中偷去的，我们得讨一点回来。至于戏的原有长处，节奏清显，擒纵利落，起伏明灭，了然在心，则许多小说中早已暗暗的放进去了。小说之离不开诗，更是昭然若揭的。一个小说家才真是个谪仙人，他一念红尘，堕落人间，他不断体验由泥淖至青云之间的挣扎，深知人在凡庸，卑微，罪恶之中不死去者，端因还承认有个天上，相信有许多更好的东西不是一句谎话，人所要的，是诗。一个真正的小说家的气质也是一个诗人。就这两方面说，《亨利第三》与《军旗手的爱与死》，是一个理想的型范。我不觉得我的话有什么夸张之处。那两篇东西所缺少的，也许是一点散文的美，散文的广度，一点"大块噫气其名为风"的那种遇到什么都抚摸一下，随时会留连片刻，参差荇菜，左右缭之，喜欢到亭边小道上张张望望的，不衫不履，落帽风前，振衣高岗的气派，缺少点开头我要求的一点随意说话的自然。

太戈尔告诉罗曼罗兰他要学画了，他觉得有些东西文字表达不出来，只有颜色线条胜任；勃罗斯忒在他的书里忽然来了一段五线谱，任何一个写作的人必都同情，不是同情，是赞同他们。我们设想将来有一种新艺术，能够包融一切，但不复是一切本来形象，又与电影全然不同的，那东西的名字是短篇小说。这不知什么时候才办得到，也许永远办不到。至少我们希望短篇小说能够吸收诗，戏剧，散文一切长处，而仍旧是一个它应当是的东西，一个短篇小说。

我们前面既说过一个短篇小说的作者假定他的读者都是短篇小说家，假定读者对于他所依附而写的那回事情的前前后后清楚得跟他自己一样，假定读者跟他平肩并排，所以"事"的本身在短篇小说中的地位行将越来越不重要。一个画家在一个乡下人面前画一棵树，他告诉他"我画的是那棵树"。乡下人一面奇怪树已经直端端生在那儿了，画它干什么？一面看了又看，觉得这位先生实在不大会画，画得简直不像。一会儿画家来了个朋友，也是一个画家。画家之一画，画家之二看，两人一句话不说。也许有时他们互相看一眼，微微一点头，犹如李大爹王二爷听大鼓，眼睛里一句话："是了！"问画家到底画的甚么，他该回答的是："我画那个画"。真正的小说家也是，不是为写那件事，他只是写小说。——我们已经听到好多声音，"不懂，不懂！"其实他懂的，他装着不懂。毕加索给我们举了一个例。他用同一"对象"画了三张画，第一张人像个人，狗像条狗；第二张不顶像了，不过还大体认得出来；第三张，简直不知道是什么东西了。人应当最能够从第三张得到"快乐"，不过常识每每把人谋害在第一张之前。小说也许不该像第三张，但至少该往第二张上走一走吧？很久以前，有人提出"纯诗"的理想，纪德说过他要写"纯小说"；虽未能至，心向往之。我们希望短篇小说能向"纯"的方向作去，虽然这里所说的"纯"与纪德所提出的好像不一样。严格说来，短篇小说者，是在一定时间，一定空间之内，利用一定工具制作出来的一种比较轻巧的艺术，一个短篇小说家是一种语言的艺术家。——我看出有人颇不耐烦了，他心里泛起了一阵酸，许多过了时的标准口号在他耳根雷鸣，他随便抓得一块砖头，"唯美主义"，要往我脑袋上砸。

听我告诉你一个秘密，我有个朋友，是个航空员，他凭一股热气，放下一切，去学开飞机，百战归来，同班毕业的已经所剩无几了；我问他你在天上是否不断的想起民族的仇恨？他非常严肃的说："当你从事于某一工作时，不可想一切无关的事。我的手在驾驶盘上，我只想如何把得它稳当，准确。我只集中精神于转弯，抬起，俯降。我的眼睛看着前头云雾山头。我不能分心于外物，否则一定出毛病。——有一回C的信上说了我几句话，教我放不下来，我一翅飞到芷江上空，差点儿没跟她那几句一齐摔下去！"小说家在安排他的小说时他也不能想得太多，他得沉酣于他的工作。他只知道如何能不颠不簸，不滞不滑，求其所安，不摔下来跌死了。一个小说家有什么样的责任，这是另外一个题目，有机会不妨讨论讨论。今天到此为止，我们再总结一句：一个短篇小说，是一种思索方式，一种情感形态，是人类智慧的一种模样。或者：一个短篇小说是一个短篇小说，不多，也不少。

三十六年五月六日晨四时脱稿。自落笔至完工计费约二十一小时，前后五夜。在上海市中心区之听水斋。

小说笔谈[1]

※

语言

在西单听见交通安全宣传车播出："横穿马路不要低头猛跑"，我觉得这是很好的语言。在校尉营一派出所外宣传夏令卫生的墙报上看到一句话："残菜剩饭必须回锅见开再吃"，我觉得这也是很好的语言。这样的语言真是可以悬之国门，不能增减一字。

语言的目的是使人一看就明白，一听就记住。语言的唯一标准，是准确。

北京的店铺，过去都用八个字标明其特点。有的刻在匾上，有的用黑漆漆在店面两旁的粉墙上，都非常贴切。"尘飞白雪，品重红绫"，这是点心铺。"味珍鸡蹠，香渍豚蹄"是桂香村。煤铺的门额上写着"乌金墨玉，石火光恒"，很美。八面槽有一家"老娘"（接生婆）的门口写的是："轻车快马，吉祥姥姥"，这是诗。

店铺的告白，往往写得非常醒目。如"照配钥匙，立等可取"。在西四看见一家，门口写着："出售新藤椅，修理旧棕床"，很好。过去的澡堂，一进门就看见四个大字："各照衣帽"，真是简到不能再简。

---

① 初刊于《天津日报·文艺》一九八二年第一期，初收于《晚翠文谈》。

《世说新语》全书的语言都很讲究。

同样的话，这样说，那样说，多几个字，少几个字，味道便不同。张岱记他的一个亲戚的话："你张氏兄弟真是奇。肉只是吃，不知好吃不好吃；酒只是不吃，不知会吃不会吃。"有一个人把这几句话略改了几个字，张岱便斥之为"伧父"。

一个写小说的人得训练自己的"语感"。

要辨别得出，什么语言是无味的。

结构

戏剧的结构像建筑，小说的结构像树。

戏剧的结构是比较外在的、理智的。写戏总要有介绍人物，矛盾冲突、高潮（写戏一般都要先有提纲，并且要经过讨论），多少是强迫读者（观众）接受这些东西的。戏剧是愚弄。

小说不是这样。一棵树是不会事先想到怎样长一个枝子，一片叶子，再长的。它就是这样长出来了。然而这一个枝子，这一片叶子，这样长，又都是有道理的。从来没有两个树枝、两片树叶是长在一个空间的。

小说的结构是更内在的，更自然的。

我想用另外一个概念代替"结构"——节奏。

中国过去讲"文气"，很有道理。什么是"文气"？我以为是内在的节奏。"血脉流通"、"气韵生动"，说得都很好。

小说的结构是更精细，更复杂，更无迹可求的。

苏东坡说："但常行于所当行，止于所不可不止"，说的是结构。

章太炎《蓟汉微言》论汪容甫的骈体文，"起止自在，无首尾呼应之式"。写小说者，正当如此。

小说的结构的特点，是：随便。

叙事与抒情

现在的年轻人写小说是有点爱发议论。夹叙夹议，或者离开故事单独抒情。这种议论和抒情有时是可有可无的。

法郎士专爱在小说里发议论。他的一些小说是以议论为主的，故事无关重要。他不过借一个故事多发表一通牵涉到某一方面的社会问题的大议论。但是法郎士的议论很精彩，很警辟，很深刻。法郎士是哲学家。我们不是。我们发不出很高深的议论。因此，不宜多发。

倾向性不要特别地说出。

一件事可以这样叙述，也可以那样叙述。怎样叙述，都有倾向性。可以是超然的、客观的，尖刻的、嘲讽的（比如鲁迅的《肥皂》、《高老夫子》），也可以是寄予深切的同情的（比如《祝福》、《伤逝》）。

董解元《西厢记》写张生和莺莺分别："马儿登程，坐车儿归舍；马儿往西行，坐车儿往东拽：两口儿一步儿离得远如一步也！"这是叙事。但这里流露出董解元对张生和莺莺的恋爱的态度，充满了感情。"一步儿离得远如一步也"，何等痛切。作者如无深情，便不能写得如此痛切。

在叙事中抒情，用抒情的笔触叙事。

怎样表现倾向性？中国的古话说得好：字里行间。

悠闲和精细

写小说就是要把一件平平淡淡的事说得很有情致（世界上哪有
许多惊心动魄的事呢）。同样一件事，一个人可以说得娓娓动听，
使人如同身临其境；另一个人也许说得索然无味。

《董西厢》是用韵文写的，但是你简直感觉不出是押了韵的。
董解元把韵文运用得如此熟练，比用散文还要流畅自如，细致入
微，神情毕肖。

写张生问店二哥蒲州有什么可以散心处，店二哥介绍了普
救寺：

> 店都知，说一和，道："国家修造了数载余过，其间盖造
> 的非小可，想天宫上光景，赛他不过。说谎后，小人图什么？
> 普天之下，更没两座。"张生当时听说破，道："譬如闲走，
> 与你看去则个。"

张生与店二哥的对话，语气神情，都非常贴切。"说谎后，小
人图什么"，活脱是一个二哥的口吻。

写张生游览了普救寺，前面铺叙了许多景物，最后写：

> 张生觑了，失声地道："果然好！"频频地稽首。欲待问

是何年建，见梁文上明写着："垂拱二年修"。

这真是神来之笔。"垂拱二年修"，"修"字押得非常稳。这一句把张生的思想活动，神情，动态，全写出来了。——换一个写法就可能很呆板。

要把一件事说得有滋有味，得要慢慢地说，不能着急，这样才能体察人情物理，审词定气，从而提神醒脑，引人入胜。急于要告诉人一件什么事，还想告诉人这件事当中包含的道理，面红耳赤，是不会使人留下印象的。

张岱记柳敬亭说武松打虎，武松到酒店里，蓦地一声，店中的空酒坛都嗡嗡作响，说他"闲中着色，精细至此"。

唯悠闲才能精细。

不要着急。

董解元《西厢记》与其说是戏曲，不如说是小说。人民文学出版社出版的《董西厢》的《前言》里说："它的组织形式和它采取的艺术手法，为后来的戏曲，小说开阔了蹊径"，是很有见识的话。从小说的角度来看，《董西厢》的许多细致处远胜于许多话本。它的许多方法，到现在对我们还有用，看起来还很"新"。

风格和时尚

齐白石在他的一本画集的前面题了四句诗："冷艳如雪箇，来京不值钱。此翁无肝胆，空负一千年。"他后来创出了红花黑叶一派，他的画被买主，——首先是那些壁悬名人字画的大饭庄，所接受了。

于非闇开始的画也是吴昌硕式的大写意的。后来张大千告诉他："现在画吴昌硕式的人这样多，你几时才能出头？"他建议于非闇改画院体的工笔画。于非闇于是改画勾勒重彩。于非闇的画也被北京的市民接受了。

扬州八怪的知音是当时的盐商。

我不以为盐商是不懂艺术的。

艺术是要卖钱的，是要被人们欣赏、接受的。

红花黑叶、勾勒重彩、扬州八怪，一时成为风尚。实际上决定一时风尚的是买主。画家的风格不能脱离欣赏者的趣味太远。

小说也是这样。就是像卡夫卡那样的作家，如果他的小说没有一个人欣赏，他的作品是不会存在的。

但是一个作家的风格总得走在时尚前面一点，他的风格才有可能转而成为时尚。

追随时尚的作家，就会为时尚所抛弃。

作家五人谈①

※

昨天心武说，现代西方小说的语言比较冷静，我觉得这是现代文学和传统文学的重要区别之一。语言简练朴素，用一般的叙述语言，尽量不带感情色彩，不动声色，而且不像屠格涅夫的语言有很多词藻，有很多定语状语。它的许多比喻、句式都非常简单，句子也很短，都是生活中的语言。而我们现在的许多小说，作者本身的倾向、爱憎、感情流露过于明显。即使如此，可能有些编辑同志觉得还不够热情，感情还不足，还要求作者把他想说的完全写出来，完全告诉读者。这样确实叫读者没有回味余地，有点耳提面命，就是我要说的话，我的思想感情，读者你得好好听着！可现在的读者不吃这一套。我认为作者写作当然要有很深的感情，很强烈的爱憎，不能说作家本身是无动于衷，没有态度和感觉的，但最好是不要表露出来，一露就浅，一浅就没有意思。作者的倾向性不要说出来，感情当然也得流露出来，但要通过作品的字里行间含蓄地流露。即使有褒贬，也在叙述中自然出现，不要单独说出来。我有个折衷的想法，叙述语言是否也带一定的抒情性？自己有个切身体会，我对《大淖记事》里的主人公很有感情，可我并没有多去夸奖他，尽管如此，我觉得还是扣住了自己的感情写。我这样结尾——"十一子的伤会好么？会。当然会！"这两句话就是我对这个人物

① 初刊于《文谭》一九八二年第七期，是作者在成都参加文学座谈会的发言摘要，收入本卷时仅保留作者发言内容。

的全部态度。也许最好连这个也不说。海明威是很厉害的，连这种感情也不流露，完全客观，冷静地叙述。我当然不能完全像他，各人的气质不一样。这就是所谓态度冷静、语言控制、感情节制的问题。我并不反对有时发点议论，我认为这要以题材而异，有些题材不发议论，有些我就要发议论。弗朗西斯的小说就主要是发议论，故事很简单，不占主要成份，你不能说它不是好小说。

另外，我觉得好的语言，首先是朴素，越朴素的语言越好。我赞成用大众一听就懂的，凡是只有翻翻字典方知道意思的词最好不用。有个评论家评我的小说，说我的语言很奇怪，每句话拆开看很平淡，搁在一块儿就很有味道了。当然是过奖了，但我确实是想追求这种语言。每句话拆开来平平淡淡，关键在这句话和那句话之间的关系。古人所谓的文气，就是指语言的内在结构。

另外，小说的语言要和你所写的那个人物贴切，如果你写大学生的生活，就尽量用接近大学生的语言，以此类推。不仅对话，叙述也如此。这几年我比较注意这个问题。最近写了我中学时代的一个语文教员，语言就和前几篇完全不一样，用语半文不白，甚至整段整段用文言文。因为这个人物需要这种语言来刻画他。

人们往往有个误解，认为对话要有哲理，再加一点诗意，和普通人说话不一样。其实对话就是普通说话。我记得大学二年级时写小说反映大学生活，人物说话都很机智、很俏皮、很有诗意，再加些哲理等等，我的老师说那不是对话，是两个聪明脑袋在打架，实际生活里没有那么说话的。托尔斯泰和高尔基都说过类似的话：人是不能用警句交谈的。有人老想在对话中说出警句，这不行。当然，戏剧语言和小说语言有区别，如果我想写个史诗剧，朗诵本身就诗化了。戏剧机动性高，可以有格言，警句，像莎士比亚"活着，还是去死"之类的话。生活里如果有谁在那儿高叫："活着，还是去死"，那就可笑了。

要赋予普通语言以新的意义，把通用词变成自己独创的词。例如有位作家写一棵大树倒下——"大树叹息着，庄重地倒下了。"庄重这词谁都能用，但用在大树倒下，我觉得再贴切没有了。用普通的词给人一个独特的形象，这就是独创了词。这叫"人人心里有，笔下除我无"。

补充一点。一个地区出现文艺的繁荣，和刊物关系很大。举个例子，这几年我又重新写作，跟发表《受戒》有关系。《受戒》的发表是很偶然的，我说写出来没人敢发，我写着自己看，束之高阁。后来有人告诉《北京文学》当时的主编，说有这么个人写了这么篇小说。主编同志很想看看，我说这种东西是不能发表的，发表需要很大的胆量。可他看完后很快就发表了。他说不管什么时候，文学都必须和胆识联在一块。的确如此，一个刊物的编辑，尤其是主编，是要有胆识，而且要独具慧眼，要作伯乐。一种小说已发表很多了，再发表有什么意思。往往发表一篇新东西，就会给创作打开一个新天地。

一九八二年四月十三日

说短①

短，是现代小说的特征之一。

短，是出于对读者的尊重。

现代小说是忙书，不是闲书。现代小说不是在花园里读的，不是在书斋里读的。现代小说的读者不是有钱的老妇人，躺在樱桃花的阴影里，由陪伴女郎读给她听。不是文人雅士，明窗净几，竹韵茶烟。现代小说的读者是工人、学生、干部。他们读小说都是抓空儿。他们在码头上、候车室里、集体宿舍、小饭馆里读小说，一面读小说，一面抓起一个芝麻烧饼或者汉堡包（看也不看）送进嘴里，同时思索着生活。现代小说要符合现代生活方式，现代生活的节奏。现代小说是快餐，是芝麻烧饼或汉堡包。当然，要做得好吃一些。

小说写得长，主要原因是情节过于曲折。现代小说不要太多的情节。

以前人读小说是想知道一些他不知道的生活，或者世界上根本不存在的生活。他要读的不是生活，而是故事，或者还加上作者华丽的文笔。现代的读者是严肃的。他们有时也要读读大仲马的小说，但是只是看看玩玩，谁也不相信他编造的那一套。现代读者要求的是真实，想读的是生活，生活本身。现代读者不能容忍编造。

---

① 初刊于一九八二年七月一日《光明日报》，初收于《晚翠文谈》。

一个作者的责任只是把你看到的、想过的一点生活诚实地告诉读者。你相信，这一点生活读者也是知道的，并且他也是完全可以写出来的。作者的责任只是用你自己的方式，尽量把这一点生活说得有意思一些。现代小说的作者和读者之间的界线逐渐在泯除。作者和读者的地位是平等的。最好不要想到我写小说，你看。而是，咱们来谈谈生活。生活，是没有多少情节的。

小说长，另一个原因是描写过多。

屠格涅夫的风景描写很优美。但那是屠格涅夫式的风景，屠格涅夫眼中的风景，不是人物所感受到的风景。屠格涅夫所写的是没落的俄罗斯贵族，他们的感觉和屠格涅夫有相通之处，所以把这些人物放在屠格涅夫式的风景之中还不"格生"。写现代人，现代的中国人，就不能用这种写景方式，不能脱离人物来写景。小说中的景最好是人物眼中之景，心中之景。至少景与人要协调。现代小说写景，只要是："天黑下来了……"，"雾很大……"，"树叶都落光了……"，就够了。

巴尔扎克长于刻画人物，画了很多人物肖像，作了许多很长很生动的人物性格描写。这种方式不适用于现代小说。这种方式对读者带有很大的强迫性，逼得人只能按照巴尔扎克的方式观察生活。现代读者是自由的，他不愿听人驱使，他要用自己的眼睛看生活，你只要扼要地跟他谈一个人，一件事，不要过多地描写。作者最好客观一点，尽量闪在一边，让人物自己去行动，让读者自己接近人物。

我不大喜欢"性格"这个词。一说"性格"就总意味着一个奇异独特的人。现代小说写的只是平常的"人"。

小说长，还有一个原因是对话多。

有些小说让人物作长篇对话，有思想、有学问，成了坐而论道或相对谈诗，而且所用的语言都很规整，这在生活里是没有的。生活里有谁这样地谈话，别人将会回过头来看着他们，心想：这几位是怎么了？

对话要少，要自然。对话只是平常的说话，只是于平常中却有韵味。对话，要像一串结得很好的果子。

对话要和叙述语言衔接，就像果子在树叶里。

长，还因为议论和抒情太多。

我并不一般地反对在小说里发议论，但议论必须很富于机智。带有讽刺性的小说常有议论，所谓嬉笑怒骂，皆成文章。

抒情，不要流于感伤。一篇短篇小说，有一句抒情诗就足够了。抒情就像菜里的味精一样，不能多放。

长还有一个原因是句子长，句子太规整。写小说要像说话，要有语态。说话，不可能每一个句子都很规整，主语、谓语、附加语全都齐备，像教科书上的语言。教科书的语言是呆板的语言。要使语言生动，要把句子尽量写得短，能切开就切开，这样的语言才明确。平常说话没有说挺老长的句子的。能省略的部分都省掉。我在《异秉》中写陈相公一天的生活，碾药就写"碾药"。裁纸就写"裁纸"，两个字就算一句。因为生活里叙述一件事就是这样叙述的。如果把句子写齐全了，就会成为："他生活里的另一个项目是碾药"，"他生活里的又一个项目是裁纸"，那多噜嗦！——而且，让人感到你这个人说话像做文章（你和读者的距离立刻就拉远了）。写小说决不能做文章，所用的语言必须是活的，就像聊天说话一样。

现代小说的语言大都是很简短的。从这个意义来说，我觉得海明威比曹雪芹离我更近一些。

鲁迅的教导是非常有益的：竭力将可有可无的字句删去。

我写《徒》，原来是这样开头的：

"世界上曾经有过很多歌，都已经消失了。"

我出去散了一会步，改成了：

"很多歌消失了。"

我牺牲了一些字，赢得的是文体的峻洁。

短，才有风格。现代小说的风格，几乎就等于：短。

短，也是为了自己。

小说创作随谈①

※

我的讲话，自己可以事先作个评价，八个大字，叫作"空空洞洞，乱七八糟"。从北京来的时候，没有作思想准备，走得很匆忙，到长沙后，编辑部的同志才说要我作个发言，谈谈自己的创作。如果我早知道有这么个节目，准备一下，可能会好一些，现在已没有时间准备了。在创作上，我是个"两栖类动物"，搞搞戏曲，也搞搞小说创作。我写小说的资历应该说是比较长的，1940年就发表小说了。解放以前出了个集子，但是后来中断了很久。解放后，我搞了相当长时间的编辑工作。编过《北京文学》，编过《说说唱唱》，编过《民间文学》。到六十年代初，才偶尔写几篇小说，之后一直没写，写剧本去了，前后中断了二十多年。一直到一九七九年，在一些同志，就是北京的几个老朋友，特别是林斤澜、邓友梅他们的鼓励、支持和责怪下，我才又开始写了一些。第三次起步的时间是比较晚的。因为我长期脱离文学工作，而且我现在的职务还是在剧团里，所以对文学方面的情况很不了解，作品也看得很少，不了解情况，我说的话跟当前文学界的情况很可能是脱节的。

首先谈生活问题。文学是反映生活的，所以作者必须有深厚的生活基础。前几年我听到一种我不大理解的理论，说文学不是反映

---

① 初刊于《芙蓉》一九八三年第三期，初收于《晚翠文谈》。

生活，而是表现我对生活的看法。我不大懂其中区别何在。对生活的看法也不能离开生活本身嘛，你不能单独写你对生活的看法呀！我还是认为文学必须反映生活，必须从生活出发。一个作家当然会对生活有看法，但客体不能没有。作为主体，观察生活的人，没有生活本身，那总不行吧？什么叫"创作自由"？我认为这个"创作自由"不只是说政治尺度的宽窄，容许写什么，不容许写什么。我认为要获得创作自由，有一个前提，那就是一个作家对生活要非常熟悉，熟悉得可以随心所欲，可以挥洒自如，那才有了真正的创作自由了。你有那么多生活可以让你想象、虚构、概括集中，这样你也就有了创作自由了。而且你也有了创作自信。我深信我写的东西都是真实的，不是捏造的，生活就是那样。一个作家不但要熟悉你所写的那个题材本身的生活，也要熟悉跟你这个题材有关的生活，还要熟悉与你这次所写的题材无关的生活。一句话，各种生活你都要去熟悉。海明威这句话我很欣赏："冰山之所以雄伟，就因为它露在水面上的只有七分之一。"在构思时，材料比写出来的多得多。你要有可以舍弃的本钱，不能手里只有五百块钱，却要买六百块钱的东西，你起码得有一千块钱，只买五百块钱的东西，你才会感到从容。鲁迅说："宁可把一个短篇小说压缩成一个Sketch（速写），千万不要把一个Sketch拉成一个短篇小说。"有人说我的一些小说，比如《大淖记事》，浪费了材料，你稍微抻一抻就变成中篇了。我说我不抻，我就是这样。拉长了干什么呀？我要表达的东西那一万二千字就够了。作品写短有个好处，就是作品的实际容量是比抻长了要大，你没写出的生活并不是浪费，读者是可以感觉得到的。读者感觉到这个作品很饱满，那个作品很单薄，就是因为作者的生活底子不同，反映在作品里的分量也就不同。生活只有那么一点，又要拉得很长，其结果只有一途，就是瞎编。瞎编和虚构不是一回事。瞎编是你根本不知道那个生活。我在《光明日报》上发表过一篇很短的文章，叫做《说短》。我主张宁可把长文章写短了，不可把短文章抻长了。这是上算的事情。因为你作品总的分量还是在那儿，压缩了的文章的感人力量会更强一些。写小说很重要的一点就是要懂得舍弃。

第二谈谈思想问题。一个作家当然要有自己的思想。作家所创作的形象没有一个不是浸透了作家自己的思想的，完全客观的形象是不可能有的。但这个思想必须是你自己的思想，你自己从生活里头直接得到的想法。也就是说你对你所写的那个生活、那个人、那个事件的态度，要具体化为你的感情，不能是个概念的东西。当然我们的思想应该是在马克思主义、毛泽东思想的指导之下，但是你不能把马克思的某一句话，或是某一个政策条文，拿来当作你的思想。那个是引导、指导你思想的东西，而不是你本人的思想。作家写作品，常有最初触发他的东西，有原始的冲动，用文学理论教科书上的话来说，就是创作的契因。这是从哪里来的？是你看了生活以后有所感，有所动，有了些想法的结果。可能你的想法还是朦胧的，但是真切的、真实的。这一点是很重要的。我为什么写《受戒》？我看到那些和尚、那些村姑，感觉到他们的感情是纯洁的、高贵的、健康的，比我生活圈中的人，要更优美些。按现在的话说就是对劳动人民的情操有了理解，因此我想写出它来。最初写时我没打算发表，当时发表这种小说的可能性也不太大。要不是《北京文学》的李清泉同志，根本不可能发表。在一个谈创作思想问题的会上，有人知道我写了这样一篇小说，还把它作为一种文艺动态来汇报。但我就是有这个创作的欲望、冲动，想表现表现这样一些人。我给它取个说法，叫"满足我自己美学感情的需要"。人家说："你没打算发表，写它干什么？"我说："我自己想写，我写出来留着自己玩儿。"我把自己对生活的看法表现出来了，我觉得要有这个追求。《大淖记事》是怎样写出来的？我小时候就知道，有一个小锡匠和一个水上保安队的情妇发生恋爱关系，叫水上保安队的兵把他打死过去，后来拿尿碱把他救活了。我那时才十六岁，还没有什么"优美的感情、高尚的情操"这么一些概念，但他们这些人对爱情执着的态度给了我很深的感触。朦朦胧胧地觉得，他为了爱情打死了都干。写巧云的模特儿是另外一个人，不是她，我把她挪到这儿来了，这是常有的事。我们家巷子口是挑夫集中的地方，还有一些轿夫。有一个姓黄的轿夫，他的姓我现在还记得，他突然得了血丝虫病，就是象腿病。腿那么粗，抬轿是靠腿脚吃饭的，腿搞成那个样子，就完了！怎么生活下去呢？他有个老婆，不很起眼，头发黄黄的，衣服也不整齐，也不是很精神的，我每天上学都看见她。过两天，我再看见她时，咦，变了个样儿！头发梳得光光的，衣服也穿得很整齐，她去当挑夫去了。用现在的话说，是勇敢地担负起全家生活的担子。当时我很惊奇，或者说我很佩服。这种最初激动你，刺激你的那个东西很重要。没有那个东西，你写出的东西很可能是从概念出发的。对生活的看法，对人和事的看法，最后要具体化为你对这些人的感情，不能单是概念的，理念的东西。单有那个东西恐怕不行。你的这种感情，这种倾向性，这种思想，是不是要在作品中表现出来？据我了解大概有三种态度。一种是极力把自己的思想、感情说出来。有时候正面地发些议论，作者跳出来说话，表明我对这个事情是什么什么看法。这个也不是不可以。还有一种是不动声色，只是把这个事儿，表面上很平静地说出来，海明威就是这样。海明威写《老人与海》，他并不在里面表态。还有一种，是取前面二者而折衷，是折衷主义。我就是这种态度。我觉得作者的态度、感情是要表现出来的，但是不能自己站出来说，只能在你的叙述之中，在你的描写里面，把你的感情、你的思想溶化进去，在字里行间让读者感觉到你的感情，你的思想。

第三我谈谈结构技巧问题。我在大学里跟沈从文先生学了几门课。沈先生不会讲话，加上一口湘西凤凰腔，很不好懂。他没有说出什么大道理，只是讲了些很普通的经验。他讲了一句话，对我的整个写作是很有指导作用的，但当时我们有些同学不理解他的话。他翻来覆去地说要："贴到人物来写"，要"紧紧地贴到人物来写"。有同学说"这是什么意思？"以我的理解，一个是他对人物很重视。我觉得在小说里，人物是主要的，或者是主导的，其他各个部分是次要的，是派生的。当然也有些小说不写人物，有些写动物，但那实际上还是写人物；有些着重写事件；还有的小说甚至也没人物也没事件，就是写一种气氛，那当然也可以，我过去也试验过。但是，我觉得，大量的小说还是以人物为主，其他部分如景物描写等等，都还是从人物中派生出来的。现在谈我的第二点理解。当然，我对沈先生这话的理解，可能是"歪批《三国》"，完全讲错了的。我认为沈先生这句话的第二层意思是指作者和人物的关系问题。作者对人物是站在居高临下的态度，还是和人物站在平等地位的态度？我觉得应该和人物平等。当然，讽刺小说要除外，那一般是居高临下的。因为那种作品的人物是讽刺的对象，不能和他站在平等的地位。但对正面人物是要有感情的。沈先生说他对农民、士兵、手工业者怀着"不可言说的温爱"。我很欣赏"温爱"这两个字。他没有用"热爱"而用"温爱"，表明与人物稍微有点距离。即使写坏人，写批判的人物，也要和他站在比较平等的地位，写坏人也要写得是可以理解的，甚至还可以有一点儿"同情"。这样这个坏人才是一个活人，才是深刻的人物。作家在构思和写作的过程中，大部分时间要和人物溶为一体。我说大部分时间，不是全过程，有时要离开一些，但大部分时间要和人物"贴"得很紧，人物的哀乐就是你的哀乐。不管叙述也好，描写也好，每句话都应从你的肺腑中流出，也就是从人物的肺腑中流出。这样紧紧地"贴"着人物，你才会写得真切，而且才可能在写作中出现"神来之笔"。我的习惯是先打腹稿，腹稿打得很成熟后，再坐下来写。但就是这样，写的时候也还是有些东西是原来没想到的。比如《大淖记事》写十一子被打死了，巧云拿来一碗尿碱汤，在他耳边说："十一子，十一子，你喝了！"十一子睁开眼，她把尿碱汤灌了进去。我写到这儿，不由自主地加了一句："不知道为什么，她自己也尝了一口。"我写这一句时是流了眼泪的，就是我"贴"到了人物，我感到了人物的感情，知道她一定会这样做。这个细节是事先没有想到的。当然人物是你创造的，但当人物在你心里活起来之后，你就得随时跟着他。王蒙说小说有两种，一种是贴着人物写，一种是不贴着人物写（他的这篇谈话我没有看到，是听别人说的）。当然不贴着人物写也是可以的。有的小说主要不是在写人物，它是借题发挥，借人物发议论。比如法郎士的小说，他写卖菜的小贩骂警察，就是这么点事。他也没有详细地写小贩怎么着，他拉开发了一大通议论，实际是通过卖菜的小事件发挥对资产阶级虚伪的法制的批判。但大部分小说是写人物的，还是贴着人物写比较好。第三，沈先生所谓"贴到人物写"，我的理解，就是写其他部分都要附丽于人物。比如说写风景也不能与人物无关。风景就是人物活动的环境，同时也是人物对周围环境的感觉。风景是人物眼中的风景，大部分时候要用人物的眼睛去看风景，用人物的耳朵去听声音，用人物的感觉去感觉周围的事件。你写秋天，写一个农民，只能是农民感觉的秋天，不能用写大学生感觉的秋天来写农民眼里的秋天。这种情况是有的，就是游离出去了，环境描写与人物相脱节，相游离。如果贴着人物写景物，那么不直接写人物也是写人物。我曾经有一句没有解释清楚的话，我认为"气氛即人物"，讲明白一点，即是全篇每一个地方都应浸透人物的色彩。叙述语言应该尽量与人物靠近，不能完全是你自己的语言。对话当然必须切合人物的身份，不能让农民讲大学生的话。对话最好平淡一些，简单一些，就是普通人说的日常话，不要企图在对话里赋予很多的诗意，很多哲理。托尔斯泰有句名言："人是不能用警句交谈的。"有些青年人给我寄来的稿子里，大家都在说警句，生活要真那样，受得了吗？年轻时我也那么干过，我写两个知识分子，自己觉得好像写得很漂亮。可是我的老师沈从文看后却说："你这不是两个人在对话，是两个聪明脑壳在打架。"我事后想，觉得也有道理，即使是知识分子也不能老是用警句交谈啊。写小说尤其要注意这一点，它与写戏剧不一样。戏剧可以允许人物说一点警句，比如莎士比亚写"活着还是不活，这是个问题……"放在小说里就不行。另外戏剧人物可以长篇大论，生活中的人物却不可能长篇大论。李笠翁有句名言很有道理，他说："写诗文不可写尽，有十分只能说出二三分。"这个见解很精辟。写戏不行，有十分就得写出十分，因为它不是思索的艺术，不能说我看着看着可以掩卷深思，掩卷深思这场就过去了！我曾经写过一篇很短的小说，写一个孩子，在口外坝上，坐在牛车上，好几里地都是马兰花。这花湖南好像没有，像蝴蝶花似的，淡紫蓝色，花开得很大。我写这个孩子的感觉，也就是我自己的亲身感觉。我曾经坐过这样的牛车，我当时的感觉好像真是到了一个童话的世界。但我写这个孩子就不能用这句话，因为孩子是河北省农村没上过学的孩子，他根本不知道何为童话。如果我写他想"真是在一个童话里"，那就蛮不真实了。我只好写他觉得好像在一个梦里，这还差不多。我在一个作品里写一个放羊的孩子，到农业科学研究所去参观温室。他没见过温室，是个山里的孩子。他很惊奇，很有兴趣，把它叫"暖房"。暖房里冬天也结黄瓜，也结西红柿。我要写他对黄瓜、西红柿是什么感觉。如果我写他觉得黄瓜、西红柿都长得很鲜艳，那完了！山里孩子的嘴里是不会说"鲜艳"两字的。我琢磨他的感觉，黄瓜那样绿，西红柿那样红，"好像上了颜色一样"。我觉得这样的叙述语言跟人物比较"贴"。我发现有些作品写对话时还像个农民，但描写的时候就跟人物脱节了，这就不能说"贴"住了人物。

另外谈谈语言的问题。我的老师沈从文告诉我，语言只有一个标准，就是准确。一句话要找一个最好的说法，用朴素的语言加以表达。当然也有华丽的语言，但我觉得一般地说，特别是现代小说，语言是越来越朴素，越来越简单。比如海明威的小说，都是写的很简单的事情，句子很短。

下面再讲讲结构问题。结构是多种多样的，没有个成法。大体上有两种结构，一种是较严谨的结构，一种是较松散的结构。莫泊桑的结构比较严谨，契诃夫的结构就比较松散。我是倾向于松散的。我主张按照生活本身的形式来结构作品。有的人说中国结构的特点是有头有尾，从头说到尾。我觉得不一定，用比较跳动的手法也完全可以。我很欣赏苏辙（大概是苏辙）对白居易的评价。他说白居易"拙于记事，寸步不离，犹恐失之"。乍听这种说法会很奇怪，白居易是有名的善于写叙事诗的，苏辙却说他"拙于记事"。其实苏辙的话是有道理的，因为白居易"寸步不离"，对事儿一步不敢离开，"犹恐失之"，生怕把事儿写丢了，这样的写法必定是费力不讨好的。苏辙还说杜甫的《丽人行》是高明的杰作。他说《丽人行》同样是写杨贵妃的，然而却"……似百金战马，注坡蓦涧，如履平地"。也就是用打乱了的、跳动的结构。我是主张搞民族形式的，但是说民族形式就是有头有尾，那不一定对。我欣赏中国的一个说法，叫做"文气"，我觉得这是比结构更精微，更内在的一个概念。什么叫文气？我的解释就是内在的节奏。"桐城派"提出，所谓文气就是文章应该怎么想，怎么落，怎么断，怎么连，怎么顿等等这样一些东西，讲究这些东西，文章内在的节奏感就很强。清代的叶燮讲诗讲得很好，说如泰山出云，泰山不会先想好了，我先出哪儿，后出哪儿，没有这套，它是自然冒出来的。这就是说文章有内在的规律，要写得自然。我觉得如果掌握了"文气"，比讲结构更容易形成风格。文章内在的各部分之间的有机联系是非常重要的。有的文章看起来很死板，有些看起来很活。这个

"活"，就是内在的有机联系，不要单纯地讲表面的整齐、对称、呼应。

最后谈谈作者的修养问题。在北京有个年轻同志问我："你的修养是怎么形成的？"我告诉他："古今中外、乱七八糟。"我说你应该广泛地汲收。写小说的除了看小说，还要多看点别的东西。要读点民歌，读点戏剧，这里头有很多好东西，值得我们搞小说创作的人学习。我的话说得太多了，瞎说一气，很多地方是我的一家之言！

小说技巧常谈[①]

※

成语·乡谈·四字句

春节前与林斤澜同去看沈从文先生。座间谈起一位青年作家的小说，沈先生说："他爱用成语写景，这不行。写景不能用成语。"这真是一针见血的经验之谈。写景是为了写人，不能一般化。必须状难状之景，如在目前，这样才能为人物设置一个特殊的环境，使读者能感触到人物所生存的世界。用成语写景，必然是似是而非，模模糊糊，因而也就是可有可无，衬托不出人物。《西游记》爱写景，常于"但见"之后，写一段骈四俪六的通俗小赋，对仗工整，声调铿锵，但多是"四时不谢之花，八节常春之草"一类的陈词套语，读者看到这里大都跳了过去，因为没有特点。

由沈先生的话使我连带想到，不但写景，就是描写人物，也不宜多用成语。旧小说多用成语描写人物的外貌，如"面如重枣"、"面如锅底"、"豹头环眼"、"虎背熊腰"，给人的印象是"差不多"。评书里有许多"赞"，如"美人赞"，无非是"柳叶眉、杏核眼，樱桃小口一点点"。刘金定是这样，樊梨花也是这样。《红楼梦》写凤姐极生动，但多于其口角言谈，声音笑貌中得之，至于写她出场时的"亮相"，说她"两弯柳叶吊梢眉，一双丹凤三

---

① 初刊于《钟山》一九八三年第四期，初收于《晚翠文谈》。

角眼"，形象实在不大美，也不准确，就是因为受了评书的"赞"的影响，用了成语。

看来凡属描写，无论写景写人，都不宜用成语。

至于叙述语言，则不妨适当地使用一点成语。盖叙述是交代过程，来龙去脉，读者可以想见，稍用成语，能够节省笔墨。但也不宜多用。满篇都是成语，容易有市井气，有伤文体的庄重。

听说欧阳山同志劝广东的青年作家都到北京住几年，广东作家都要过语言关。孙犁同志说老舍在语言上得天独厚。这都是实情话。北京的作家在语言上占了很大的便宜。

大概从明朝起，北京话就成了"官话"。中国自有白话小说，用的就是官话。"三言"、"二拍"的编著者，冯梦龙是苏州人，凌濛初是浙江乌程（即吴兴）人，但文中用吴语甚少。冯梦龙偶尔在对话中用一点吴语，如"直待两脚壁立直，那时不关我事得"（《滕大尹鬼断家私》）。凌濛初的叙述语言中偶有吴语词汇，如"不匡"（即苏州话里的"弗壳张"，想不到的意思）。《儒林外史》里有安徽话，《西游记》里淮安土语颇多（如"不当人子"）。但是这些小说大体都是用全国通行的官话写的。《红楼梦》是用地道的北京话写的。《红楼梦》对中国现代文学语言的形成，有着不可估量的影响。

有了官话文学，"白话文"的出现就是水到渠成的事。白话文运动的策源地在北京。五四时期许多外省籍的作家都是用普通话即官话写作的。有的是有意识地用北京话写作的。闻一多先生的《飞毛腿》就是用纯粹的北京口语写成的。朱自清先生晚年写的随笔，北京味儿也颇浓。

咱们现在都用普通话写作。普通话是以北方话作为基础方言，吸收别处方言的有用成分，以北京音为标准音的。"北方话"包括的范围很广，但是事实上北京话却是北方话的核心，也就是说是普通话的核心。北京话也是一种方言。普通话也仍然带有方言色彩。张奚若先生在当教育部长时作了一次报告，指出"普通话"是普遍通行的话，不是寻常的普普通通的话。就是说，不是没有个性，没有特点，没有地方色彩的话。普通话不是全国语言的最大公约数，不是把词汇压缩到最低程度，因而是缺乏艺术表现力的蒸馏水式的语言。普通话也有其生长的土壤，它的根扎在北京。要精通一种语言，最好是到那个地方住一阵子。欧阳山同志的忠告，是有道理的。

不能到北京，那就只好从书面语言去学，从作品学，那怎么说也是隔了一层。

吸收别处方言的有用成分，别处方言，首先是作家的家乡话。一个人最熟悉，理解最深，最能懂得其传神妙处的，还是自己的家乡话，即"母舌"。有些地区的作家比较占便宜，比如云、贵、川的作家。云、贵、川的话属西南官话，也算在"北方话"之内。这样他们就可以用家乡话写作，既有乡土气息，又易为外方人所懂，也可以说是"得天独厚"。沙汀、艾芜、何士光、周克芹都是这样。有的名物，各地歧异甚大，我以为不必强求统一。比如何士光的《种包谷的老人》，如果改成《种玉米的老人》，读者就会以为这是写的华北的故事。有些地方语词，只能以声音传情，很难望文生义，就有点麻烦。我的家乡（我的家乡属苏北官话区）把一个人穿衣服干净、整齐，挺括，有样子，叫做"格挣挣的"。我在写《受戒》时想用这个词，踌躇了很久。后来发现山西话里也有这个说法，并在元曲里也发现"格挣"这个词，才放心地用了。有些地方话不属"北方话"，比如吴语、粤语、闽南语、闽北语，就更加麻烦了。有些不得不用，无法代替的语词，最好加一点注解。高晓声小说中用了"投煞青鱼"，我到现在还不知道这究竟是什么意思。

作家最好多懂几种方言。有时为了加强地方色彩，作者不得不刻苦地学习这个地方的话。周立波是湖南益阳人，平常说话，乡音未改，《暴风骤雨》里却用了很多东北土话。旧小说里写一个人聪明伶俐，见多识广，每说他"能打各省乡谈"，比如浪子燕青。能多掌握几种方言，也是作家生活知识比较丰富的标志。

听说有些中青年作家非常反对用四字句，说是一看到四字句就讨厌。这使我有点觉得奇怪。

中国语言里本来就有许多四字句，不妨说四字句多是中国语言的特点之一。

我是主张适当地用一点四字句的。理由是：一、可以使文章有点中国味儿。二、经过锤炼的四字句往往比自然状态的口语更为简洁，更能传神。若干年前，偶读张恨水的一本小说，写几个政客在妓院里磋商政局，其中一人，"闭目抽烟，烟灰自落"。老谋深算，不动声色，只此八字，完全画出。三、连用四字句，可以把句与句之间的连词、介词，甚至主语都省掉，把有转折、多层次的几件事贯在一起，造成一种明快流畅的节奏。如："乃瞻衡宇，载欣载奔。僮仆欢迎，稚子候门。三径就荒，松菊犹存。携幼入室，有酒盈樽。"（陶渊明《归去来兮辞》）

反对用四字句，我想有两方面的原因。一方面是作者习惯于用外来的，即"洋"一点的方式叙述，四字句与这种叙述方式格格不入。一方面是觉得滥用四字句，容易使文体滑俗，带评书气。如果是第二种，我觉得可以同情。我并不主张用说评书的语言写小说。如果用一种"别体"，有意地用评书体甚至相声体来写小说，那另当别论。但是评书和相声与现代小说毕竟不是一回事。

呼应

我曾在一篇谈小说创作的短文中提到章太炎论汪容甫的骈文，"起止自在，无首尾呼应之式"，表示很欣赏。汪容甫能把骈体文写得那样"自在"，行云流水，不讲起承转合那一套，读起来很有生气，不像一般四六文那样呆板，确实很不容易。但这是指行文布局，不是说小说的情节和细节的安排。小说的情节和细节，是要有呼应的。

李笠翁论戏曲讲究"密针线"，讲究照应和埋伏。《闲情偶寄》有一段说得很好：

> 编戏有如缝衣，其初则以完全者剪碎，其后又以剪碎者凑成。剪碎易，凑成难。凑成之工，全在针线紧密。一节偶疏，

全篇之破绽出矣。每编一折，必须前顾数折，后顾数折。顾前者欲其照映，顾后者便于埋伏。照映、埋伏，不止照映一人，埋伏一事，凡是剧中有名之人，关涉之事，与前此后此所说之话，节节俱要想到。

我是习惯于打好腹稿的。但一篇较长的小说，如超过一万字，总不能从头至尾每一个字都想好，有了一个总体构思之后，总得一边写一边想。写的时候要往前想几段，往后想几段，不能写这段只想这段。有埋伏，有呼应，这样才能使各段之间互相沟通，成为一体，否则就成了拼盘或北京人过年吃的杂拌儿。譬如一弯流水，曲折流去，不断向前，又时时回顾，才能生动多姿。一边写一边想，顾前顾后，会写出一些原来没有想到的细节，或使原来想到但还不够鲜明的细节鲜明起来。我写《八千岁》，写了他允许儿子养几只鸽子，他自己有时也去看看鸽子，原来只是想写他也是个人，对生活的兴趣并未泯灭，但他在被八舅太爷敲了一笔竹杠，到赵厨房去参观满汉全席，赵厨房说鸽蛋燕窝里鸽蛋不够，他说了一句："你要鸽子蛋，我那里有"，都是事前没有想到的。只是觉得他的处境又可怜又可笑，才信手拈来，写了这样一笔。他平日自奉甚薄，饮食粗粝，老吃"草炉烧饼"，遭了变故，后来吃得好一点，我是想到的。但让他吃什么，却还没有想好。直到写到快结束时，我才想起在他的儿子把照例的"晚茶"——两个烧饼拿来时，他把烧饼往桌上一拍，大声说："给我去叫一碗三鲜面！"边写边想，前后照顾，可以情文相生，时出新意。

埋伏和照映是要惨淡经营的，但也不能过分地刻意求之。埋伏处要能轻轻一笔，若不经意。照映处要顺理成章，水到渠成。要使读者看不出斧凿痕迹，只觉得自自然然，完完整整，如一丛花，如一棵菜。虽由人力，却似天成。如果使人看出来这里是埋伏，这里是照映，便成死症。

含藏

"逢人只说三分话，未可全抛一片心"，这是一种庸俗的处世哲学。写小说却必须这样。李笠翁云，作诗文不可说尽，十分只说得二三分。都说出来，就没有意思了。

侯宝林有一个相声小段《买佛龛》。一个老太太买了一个祭灶用的佛龛，一个小伙子问她："老太太，您这佛龛是哪儿买的？"——"嗨，小伙子，这不能说买，得说'请'！""那您是多少钱'请'的？"——"嘻！这么个玩意——八毛！"听众都笑了。这就够了。如果侯宝林"批讲"一番，说老太太一提到钱，心疼，就把对佛龛的敬意给忘了，那还有什么意思呢？话全说白了，没个捉摸头了。契诃夫写《万卡》，万卡给爷爷写了一封很长的信，诉说他的悲惨的生活，写完了，写信封，信封上写道："寄给乡下的爷爷收"。如果契诃夫写出：万卡不知道，这封信爷爷是不会收到的，那这篇小说的感人的力量就大大削弱了，契诃夫也就不是契诃夫了。

我写《异秉》，写到大家听到王二的"大小解分清"的异秉后，陈相公不见了，"原来陈相公在厕所里。这是陶先生发现的。他一头走进厕所，发现陈相公已经蹲在那里。本来，这时候都不是他们俩解大手的时候"。一位评论家在一次讨论会上，说他看到这里，过了半天，才大笑出来。如果我说破了他们是想试试自己也能不能做到"大小解分清"，就不会有这样的效果。如果再发一通议论，说："他们竟然把生活的希望寄托在这样的微不足道的，可笑的生理特征上，庸俗而又可悲悯的小市民呀！"那就更完了。

"话到嘴边留半句"，在一点就破的地方，偏偏不要去点。在"裉节儿"上，"七寸三分"的地方，一定要"留"得住。尤三姐有言："提着影戏人儿上场，好歹别戳破这层纸儿。"把作者的立意点出来，主题倒是清楚了，但也就使主题受到局限，而且意味也就索然了。

小说不宜点题。

一九八三年四月四日

关于小说的语言（札记）①

※

语言是本质的东西

"他的文字不仅是表现思想的工具，似乎也是一种目的。"
（闻一多：《庄子》）

语言不只是技巧，不只是形式。小说的语言不是纯粹外部的东西。语言和内容是同时存在的，不可剥离的。

语言决定于作家的气质。"气以实志，志以定言，吐纳英华，莫非情性"（《文心雕龙·体性》）。鲁迅有鲁迅的语言，废名有废名的语言，沈从文有沈从文的语言，孙犁有孙犁的语言……何立伟有何立伟的语言，阿城有阿城的语言。我们的理论批评，谈作品的多，谈作家的少，谈作家气质的少。"诵其诗，读其书，不知其人可乎？"（《孟子·万章》）理论批评家的任务，首先在知人。要从总体上把握住一个作家的性格，才能分析他的全部作品。什么是接近一个作家的可靠的途径？——语言。

小说作者的语言是他的人格的一部分。语言体现小说作者对生活的基本的态度。

从小说家的角度看：文如其人；从评论家的角度看：人如其文。

---

① 初刊于《文艺研究》一九八六年第四期，初收于《晚翠文谈》。

成熟的作者大都有比较稳定的语言风格，但又往往能"文备众体"，写不同的题材用不同的语言。作者对不同的生活，不同的人、事的不同的感情，可以从他的语言的色调上感觉出来。鲁迅对祥林嫂寄予深刻的同情，对于高尔础、四铭是深恶痛绝的。《祝福》和《肥皂》的语调是很不相同的。探索一个作家作品的思想内涵，观察他的倾向性，首先必需掌握他的叙述的语调。《文心雕龙·知音》篇说："夫缀文者情动而辞发，观文者披文以入情。沿波讨源，虽幽必显。世远莫见其面，觇文辄见其心。"一个作品吸引读者（评论者），使读者产生同感的，首先是作者的语言。

研究创作的内部规律，探索作者的思维方式、心理结构，不能不玩味作者的语言。是的，"玩味"。

从众和脱俗

外国的研究者爱统计作家所用的辞汇。莎士比亚用了多少辞汇，托尔斯泰用了多少辞汇，屠格涅夫用了多少辞汇。似乎辞汇用得越多，这个作家的语言越丰富，还有人编过某一作家的字典。我没有见过这种统计和字典，不能评论它的科学意义，但是我觉得在中国这样做是相当困难的。中国字的歧义很多，语词的组合又很复杂。如果编一本中国文学字典（且不说某一作家的字典），粗略了，意思不大；要精当可读，那是要费很大功夫的。

现代中国小说家的语言趋向于简洁平常。他们力求使自己的语言接近生活语言，少事雕琢，不尚辞藻。现在没有人用唐人小说的语言写作。很少人用梅里美式的语言、屠格涅夫式的语言写作。用徐志摩式的"浓得化不开"的语言写小说的人也极少。小说作者要求自己的语言能产生具体的实感，以区别于其他的书面语言，比如报纸语言、广播语言。我们经常在广播里听到一句话："绚丽多彩"，"绚丽"到底是什么样子呢？这样的语言为小说作者所不取。中国的书面语言有多用双音词的趋势。但是生活语言还保留很多单音的词。避开一般书面语言的双音词，采择口语里的单音词，此是从众，亦是脱俗之一法。如鲁迅的《采薇》：

> 他愈嚼，就愈皱眉，直着脖子咽了几咽，倒哇的一声吐出来了，诉苦似的看着叔齐道：
> "苦……粗……"
> 这时候，叔齐真好像落在深潭里，什么希望也没有了。抖抖的也拗了一角，咀嚼起来，可真也毫没有可吃的样子：
> 苦……粗……

"苦……粗……"到了广播电台的编辑的手里，大概会提笔改成"苦涩……粗糙……"那么，全完了！鲁迅的特有的温和的讽刺、鲁迅的幽默感，全都完了！

从众和脱俗是一回事。

小说家的语言的独特处不在他能用别人不用的词，而在在别人也用的词里赋以别人想不到的意蕴（他们不去想，只是抄）。

张戒《诗话》："古诗：'白杨多悲风，萧萧愁杀人'，萧萧两字处处可用，然惟坟墓之间，白杨悲风尤为至切，所以为奇。"

鲁迅用字至切，然所用多为常人语也。《高老夫子》：

我没有再教下去的意思。女学堂真不知要闹成什么样子。我辈正经人，确乎犯不上酱在一起……

"酱在一起"大概是绍兴土话。但是非常准确。
《祝福》：

　　他是我的本家，比我长一辈，应该称之曰"四叔"，是一个讲理学的老监生。但比先前并没有什么大改变，单是老了些，但也还未留胡子，一见面是寒暄，寒暄之后说我"胖了"，说我胖了之后即大骂其新党。但我知道，这并非借题在骂我：因为他所骂的还是康有为。但是，谈话总是不投机的了，于是不多久，我便一个人剩在书房里。

　　假如要编一本鲁迅字典，这个"剩"字将怎样注释呢？除了注明出处（把我前引的一段抄上去），标出绍兴话的读音之外，大概只有这样写：

　　剩　是余下的意思。有一种说不出来的孤寂无聊之感，仿佛被这世界所遗弃，孑然地存在着了。而且连四叔何时离去的，也都未觉察，可见四叔既不以鲁迅为意，鲁迅也对四叔并不挽留，确实是不投机的了。四叔似乎已经走了一会了，鲁迅方发现只有自己一个人剩在那里。这不是鲁迅的世界，鲁迅只有走。

这样的注释，行么？推敲推敲，也许行。

小说家在下一个字的时候，总得有许多"言外之意"。"看似寻常最奇崛，成如容易却艰辛"，凡是真正意识到小说是语言的艺术的，都深知其中的甘苦。姜白石说："人所常言，我寡言之；人所难言，我易言之，自不俗。"说得不错。一个小说作家在写每一句话时，都要像第一次学会说这句话。中国的画家说"画到生时是熟时"，作画须由生入熟，再由熟入生。语言写到"生"时，才会有味。语言要流畅，但不能"熟"。援笔即来，就会是"大路活"。

现代小说作家所留心的，不止于"用字"，他们更注意的是语言的神气。

神气·音节·字句

"文气论"是中国文论的一个源远流长的重要的范畴。

韩愈提出"气盛言宜"："气，水也；言，浮物也。水大而物之浮者大小毕浮。气之与言，犹是也。气盛则言之短长与声之高下者皆宜。"他所谓"气盛"，我们似可理解为作者的思想充实，情绪饱满。他第一次提出作者的心理状态与表达的语言的关系。

桐城派把"文气论"阐说得很具体。他们所说的"文气"，实际上是语言的内在的节奏，语言的流动感。"文气"是一个精微的概念，但不是不可捉摸。桐城派解释得很实在。刘大櫆认为为文之能事分为三个步骤：一神气，"文字是最精处也"；二音节，"文之稍粗处也"；三字句，"文之最粗处也"。桐城派很注重字句。论文章，重字句，似乎有点卑之勿甚高论，但桐城派老老实实地承认这是文章的根本。刘大櫆说："近人论文不知有所谓音节者，至语以字句，则必笑为末事。此论似高实谬。作文若字句安顿不妙，岂复有文字乎？"他们所说的"字句"，说的是字句的声音，不是它的意义。刘大櫆认为："音节者，神气之迹也。字句者音节之矩也。神气不可见，于音节见之；音节无可准，以字句准之"。"凡行文多寡短长抑扬高下，无一定之律，而有一定之妙，可以意会而不可以言传。学者求神气而得之于音节，求音节而得之于字句，则思过半矣。"如何以字句准音节？他说得非常具体。"一句之中或多一字，或少一字；一句之中或用平声，或用仄声；同一平字仄字，或用阴平阳平上声去声入声，则音节迥异。"

这样重视字句的声音，以为这是文学语言的精髓，是中国文论的一个很独特的见解。别的国家的文艺学里也有涉及语言的声音的，但都没有提到这样的高度，也说不到这样的精辟。这种见解，桐城派以前就有。韩愈所说的"气盛言宜"，"言宜"就包括"言之长短"和"声之高下"。不过到了桐城派就更清楚地意识到这一点，发挥得也更完备了。

二十年代、三十年代的作家是很注意字句的。看看他们的原稿，特别是改动的地方，是会对我们很有启发的。有些改动，看来不改也过得去，但改了之后，确实好得多。《鲁迅全集》第二卷卷首影印了一页《眉间尺》的手稿，末行有一句：

　　他跨下床，借着月光走向门背后，摸到钻火家伙，点上松明，向水瓮里一照。

细看手稿，"走向"原来是"走到"；"摸到"原来是"摸着"。捉摸一下，改了之后，比原来的好。特别是"摸到"比"摸着"好得多。

传统的语言论对我们今天仍然是有用的。我们使用语言时，所注意的无非是两点：一是长短，一是高下。语言之道，说起来复杂，其实也很简单。不过运用之妙，可就存乎一心了。不是懂得简单的道理，就能写得出好语言的。

"积字成句，积句成章，积章成篇。合而读之，音节见矣；歌而咏之，神气出矣"。一篇小说，要有一个贯串全篇的节奏，但是首先要写好每一句话。

有一些青年作家意识到了语言的声音的重要性。所谓"可读性"，首先要悦耳。

小说语言的诗化

意境说也是中国文艺理论的重要范畴，它的影响，它的生命力不下于文气说。意境说最初只应用于诗歌，后来波及到了小说。废名说过："我写小说同唐人写绝句一样。"何立伟的一些小说也近似唐人绝句。所谓"唐人绝句"，就是不着重写人物，写故事，而着重写意境，写印象，写感觉。物我同一，作者的主体意识很强。这就使传统的小说观念发生了很大的变化，使小说和诗变得难解难分。这种小说被称为诗化小说。这种小说的语言也就不能不发生变化。这种语言，可以称之为诗化的小说语言——因为它毕竟和诗还不一样。所谓诗化小说的语言，即不同于传统小说的纯散文的语言。这种语言，句与句之间的跨度较大，往往超越了逻辑，超越了合乎一般语法的句式（比如动宾结构）。比如：

> 老白粗茶淡饭，怡然自得。化纸之后，关门独坐。门外长流水，日长如小年。
>
> （《故人往事·收字纸的老人》）

如果用逻辑紧严，合乎语法的散文写，也是可以的，但不易产生如此恬淡的意境。

强调作者的主体意识，同时又充分信赖读者的感受能力，愿意和读者共同完成对某种生活的准确印象，有时作者只是罗列一些事物的表象，单摆浮搁，稍加组织，不置可否，由读者自己去完成画面，注入情感。"鸡声茅店月，人迹板桥霜。""枯藤老树昏鸦，小桥流水人家，古道西风瘦马"。这种超越理智，诉诸直觉的语言，已经被现代小说广泛应用。如：

> 抗日战争时期，昆明小西门外。
>
> 米市，菜市，肉市。柴驮子，炭驮子。马粪。粗细瓷碗，砂锅铁锅。焖鸡米线，烧饵块。金钱片腿，牛干巴。炒菜的油烟，炸辣子的呛人的气味。红黄蓝白黑，酸甜苦辣咸。
>
> （《钓人的孩子》）

这不是作者在语言上耍花招，因为生活就是这样的。如果写得文从理顺，全都"成句"，就不忠实了。语言的一个标准是：诉诸直觉，忠于生活。

文言和白话的界限是不好画的。"一路秋山红叶，老圃黄花，不觉到了济南地界"，是文言，还是白话？只要我们说的是中国话，恐怕就摆脱不了一定的文言的句子。

中国语言还有一个世界各国语言没有的格式，是对仗。对仗，就是思想上、形象上、色彩上的联属和对比。我们总得承认联属和对比是一项美学法则。这在中国语言里发挥到了极致。我们今天写小说，两句之间不必，也不可能在平仄、虚实上都搞得铢两悉称，但是对比关系不该排斥。

> ……罗汉堂外面，有两棵很大的白果树，有几百年了。夏天，一地浓荫。冬天，满阶黄叶。

如果不用对仗，怎样能表达时序的变易，产生需要的意境呢？

中国现代小说的语言和中国画，特别是唐宋以后的文人画的关系是非常密切的。中国文人画是写意的。现代中国小说也是写意的多。文人画讲究"笔墨情趣"，就是说"笔墨"本身是目的。物象是次要的。这就回到我们最初谈到的一个命题："他的文字不仅是表现思想的工具，似乎也是一种目的。"

现代小说的语言往往超出现象，进入哲理，对生活作较高度的概括。

小说语言的哲理性，往往接受了外来的影响。

每个人带着一生的历史，半个月的哀乐，在街上走。

（《钓人的孩子》）

这样的语言是从哪里来的？大概是《巴黎之烦恼》。

一九八六年五月七日

小说的散文化[①]

※

　　散文化似乎是世界小说的一种（不是唯一的）趋势。屠格涅夫的《猎人日记》有些篇近似散文。《白净草原》尤其是这样。都德的《磨坊文札》也如此。他们有意用"日记"、"文札"来作为文集的标题，表示这里面所收的各篇，不是传统的严格意义上的小说。契诃夫有些小说写得很轻松随便。《恐惧》实在不大像小说，像一篇杂记。阿左林的许多小说称之为散文也未尝不可，但他自己是认为那是小说的。——有些完全不能称为小说的东西，则命之为"小品"，比如《阿左林先生是古怪的》。萨洛扬的带有自传色彩的小说，是具有文学性的回忆录。鲁迅的《故乡》写得很不集中。《社戏》是小说么？但是鲁迅并没有把它收在专收散文的《朝花夕拾》里，而是收在小说集里的，废名的《竹林的故事》可以说是具有连续性的散文诗。萧红的《呼兰河传》全无故事。沈从文的《长河》是一部很奇怪的长篇小说。它没有大起大落，大开大阖，没有强烈的戏剧性，没有高峰，没有悬念，只是平平静静，慢慢地向前流着，就像这部小说所写的流水一样。这是一部散文化的长篇小说。大概传统的，严格意义上的小说有一点像山，而散文化的小说则像水。

　　散文化的小说一般不写重大题材。在散文化小说作者的眼里，题材无所谓大小。他们所关注的往往是小事，生活的一角落，一片

---

①　初刊于《八方》丛刊一九八七年第五期，初收于《汪曾祺小品》。

段。即使有重大题材，他们也会把它大事化小。散文化的小说不大能容纳过于严肃的，严峻的思想。这一类小说的作者大都是性情温和的人，他们不想对这个世界作陀思妥耶夫斯基式的拷问和卡夫卡式的阴冷的怀疑。许多严酷的现实，经过散文化的处理，就会失去原有的硬度。鲁迅是个性格复杂的人。一方面，他是一个孤独、悲愤的斗士，同时又极富柔情。《故乡》、《社戏》里有一种说不出来的惆怅和凄凉，如同秋水黄昏。沈从文企图在《长河》里"把最近二十年来当地农民性格灵魂被时代大力压扁扭曲失去原有的素朴所表现的式样，加以解剖及描绘"，这是一个十分严肃的，使人痛苦的思想。他"唯恐作品和读者对面，给读者也只是一个痛苦印象"，所以"特意加上一点牧歌的谐趣"。事实上《长河》的抒情成分大大冲淡了那种痛苦思想。散文化小说的作者大都是抒情诗人。散文化小说是抒情诗，不是史诗。散文化小说的美是阴柔之美，不是阳刚之美。是喜剧的美，不是悲剧的美。散文化小说是清澈的矿泉，不是苦药。它的作用是滋润，不是治疗。这样说，当然是相对的。

散文化的小说不过分地刻划人物。他们不大理解，也不大理会典型论。海明威说：不存在典型，典型是说谎。这话听起来也许有点刺耳，但是在解释得不准确的典型论的影响之下，确实有些作家造出了一批鲜明、突出，然而虚假的人物形象。要求一个人物像一团海绵一样吸进那样多的社会内容，是很困难的。透过一个人物看出一个时代，这只是评论家分析出来的，小说作者事前是没有想到的。事前想到，大概这篇小说也就写不出来了。小说作者只是看到一个人，觉得怪有意思，想写写他，就写了。如此而已。散文化小说作者通常不对人物进行概括。看过一千个医生，才能写出一个医生，这种创作方法恐怕谁也没有当真实行过。散文化小说作者只是画一朵两朵玫瑰花，不想把一堆玫瑰花，放进蒸锅，提出玫瑰香精。当然，他画的玫瑰是经过选择的，要能入画。散文化小说的人物不具有雕塑性，特别不具有米开朗琪罗那样的把精神扩及到肌肉的力度。它也不是伦布朗的油画。它只是一些Sketch，最多是列宾的钢笔淡彩。散文化小说的人像要求神似。轻轻几笔，神完气足。《世说新语》，堪称范本。散文化的小说大都不是心理小说。这样的小说不去挖掘人的心理深层结构，散文化小说的作者不喜欢"挖掘"这个词。人有甚么权利去挖掘人的心呢？人心是封闭的。那就让它封闭着吧。

散文化小说的最明显的外部特征是结构松散。只要比较一下莫泊桑和契诃夫的小说，就可以看出两者在结构上的异趣。莫泊桑，还有欧·亨利，要了一辈子结构，但是他们显得很笨，他们实际上是被结构耍了。他们的小说人为的痕迹很重。倒是契诃夫，他好像完全不考虑结构，写得轻轻松松，随随便便，潇潇洒洒。他超出了结构，于是结构转更多样。章太炎论汪中的骈文"起止自在，无首尾呼应之式"。打破定式，是散文化小说结构的特点。魏叔子论文云："人知所谓伏应而不知无所谓伏应者，伏应之至也；人知所谓断续而不知无所谓断续者，断续之至也"（《陆悬圃文序》）。古今中外作品的结构，不外是伏应和断续。超出伏应、断续，便在结构上得到大解放。苏东坡所说的"常行于所当行，常止于不可不止"，是散文化小说作者自觉遵循的结构原则。

喔，还有情节。情节，那没有甚么。

有一些散文化的小说所写的常常只是一种意境。《白净草原》写了多少事呢？《竹林的故事》写的只是几个孩子对于他们的小天地的感受，是一篇他们的富有诗意的生活的"流水"（中国的往日的店铺把逐日随手所记账目叫做"流水"，这是一个很好的词汇）。《长河》的《秋（动中有静）》写的只是一群过渡人无目的、无条理的闲话，但是那么亲切，那么富有生活气息。沈从文创造了一种寂寞和凄凉的意境，一片秋光。某些散文化小说也许可称之为"安静的艺术"。《白净草原》、《秋（动中有静）》，这从题目上就可以看得出来。阿左林所写的修道院是静静的。声音、颜色、气味，都是静静的。日光和影子是静静的。人的动作、神情是静静的。墙上的长春藤也是静静的。散文化小说往往都有点怀旧的调子。甚至有点隐逸的意味。这有甚么不好呢？我不认为这样一些小说所产生的影响是消极的。这样的小说的作者是爱生活的，他们对生活的态度是执着的。他们没有忘记窗外的喧嚣而躁动的尘世。

　　散文化小说的作者十分潜心于语言。他们深知，除了语言，小说就不存在。他们希望自己的语言雅致、精确、平易。他们让他们对于生活的态度于字里行间自然然的流出，照现在西方所流行的一种说法是：注意语言对于主题的暗示性。他们不把倾向性"特别地说出"。散文化小说的作者不是先知，不是圣哲，不是无所不知的上帝，不是富于煽动性的演说家。他们是读者的朋友。因此，他们自己不拘束，也希望读者不受拘束。

　　散文化的小说会给小说的观念带来一点新的变化。

——九八六年十一月十七日北京

《市井小说选》序①

※

　　作家出版社要我为《市井小说选》写一篇序。我没有留心过这方面的问题，连"市井小说"这个词儿也是头一回听说，说点什么呢？

　　"市井小说"写的多半是市民，为什么不就叫"市民小说"？我想大概是要和"市民文学"区别开来。"市民文学"是一个历史的概念，这是产生在封建时期，应手工业者和商人的需求而兴起的文学，反映他们的社会生活和家庭生活的悲欢离合。唐人小说开其端，宋人话本达到高潮。"市井小说"和这些不一样。"市井小说"不是《今古奇观》、"三言二拍"，主要的分别在思想。"市民文学"对封建秩序有所抨击，但本身具有很大的封建性。"市井小说"兴起于"五四"以后，"市井小说"的作者有意识或不太有意识是广义的社会主义者。"市井小说"是社会主义文学。"市民文学"的作者的思想和他们所描写的人物是在一个水平上的，作者的思想常常就是人物的思想，即市民思想。"市井小说"作者的思想在一个更高的层次。他们对市民的生活观察角度是俯视的，因此能看得更为真切、更为深刻。

　　"市井小说"没有史诗，所写的都是小人小事。"市井小说"里没有"英雄"，写的都是极其平凡的人。"市井小民"嘛，都是

---

　　① 初刊于一九八八年三月十八日《光明日报》，题为《话说"市井小说"》，有删改，初收于《蒲桥集》。是为《市井小说选》（杨德华编，作家出版社一九八八年版）序言。

"芸芸众生"。芸芸众生，大量存在，中国有多少城市，有多少市民？他们也都是人，就应该对他们注视，从"人"的角度对他们的生活观察、思考、表现。

现代市民的生活和他们的思想意识与历史上的市民有一定的继承性。他们社会地位不高，财力有限，辛苦劳碌，差堪温饱。他们有一些朴素的道德标准，比如安分、敬老、仗义、爱国。他们有一些人有的时候会表现出难能的高贵品质。但是贤愚不等，流品很杂。正因如此，才有所谓"市井百态"，才值得一看。他们的生活是平淡的，但因时势播迁，他们也会有许多奇奇怪怪、坑坑洼洼的遭遇。"市井小说"作者的笔下，往往对他们寄与同情。但是这些人是属于浅思维型的。他们只能想怎样活着（这对他们是不易的），而想不到人为什么活着（这对他们来说太深奥了）。他们的思想上升不到哲学的高度。他们是庸俗的。"市俗"，市和俗总是联在一起的。他们的行事往往是可笑的，因此"市井小说"大都带有喜剧性，有些近于"游戏文章"。有谐谑，但不很尖刻；有嘲讽，但比较温和。市民是一个不活跃的阶层，他们是封闭的，保守的。他们缺乏冒险、探索，特别是缺乏叛逆精神，他们大都是"当了一辈子顺民"。他们既是社会稳定的因素，又是时代的负累。但是这是怎样造成的？有什么办法能使他们改变这种情况？谁也开不出一个药方。因此，"市井小说"在轻松玩世的后面隐伏着悲痛。

"市井小说"是复杂的，我的以上的分析大概没有准确的概括性，姑妄言之而已。

"市井小说"和"市民文学"是有渊源的。两者都爱穿插风物节令的描写，可作民俗学的资料。所不同处是"市民文学"中有大量的色情描写，而"市井小说"似乎没有继承这个传统。"市井小说"的语言一般是朴素、通俗的。多数"市井小说"的语言接近口语，句式和辞汇都与所表现的人物能相协调。在叙述方法上比较注意起承转合，首尾呼应。"时空交错"、"意识流"很少运用。但是上乘的"市井小说"力避"市民文学"的套子。这些作者以俗为雅，以故为新，他们在探索一种具有浓厚的民族色彩但并不陈旧的文体。

"市井小说"和"军事文学"、"农村文学"……是并行的。如果它们有对立面，那可能是贵族文学或书斋文学，是普鲁士特、亨利·詹姆士、茀琴妮亚·沃尔芙。"市井小说"的作者不用他们的方法写作，虽然他们并不排斥普鲁士特、詹姆士、沃尔芙。

从这本选集看，实际可分上下两辑。上辑大都是三十年代以前的，下辑是五十年代后期至八十年代的，当中缺了一段。为什么会缺了一段？这很值得深思。"市井小说"到了七八十年代又连续上，这说明我们的文学不限于写"工农兵"了。这些小说的出版至少证明我们的写作题材领域拓宽了一步，无论如何，这是好事。

一九八八年一月六日

小说陈言[1]

※

抓住特点

杨慎《升庵诗话》卷四《劣唐诗》："学诗者动辄言唐诗，便以为好，不思唐人有极恶劣者。"他举了一些劣诗，如"莫将闲话当闲话，往往事从闲话生"，这真是"下净优人口中语"。但他又举"水牛浮鼻渡，沙鸟点头行"，以为这也是劣诗，我却未敢同意。水牛浮鼻而渡，这是江南水乡随时可见到的景象，许多画家都画过，但是写在诗里却是唯一的一次。"沙鸟点头行"尤为观察入微。这一定不是野鸭子那样的水鸟，水鸟走起来是一摇一摆的。这是长腿的沙鸟。只有长腿鸟"行"起来才是一步一点头。这不是劣诗。这也许不算好诗，但是是很好的小说语言，因为一下子抓住了特点。

写景、状物，都应该抓住特点。写人尤当如此。宋朝有一个皇帝，要接见一个从外省调进京的官，他怕自己认不出这个官（同时被接见的还有别的人），问一个大臣，这个官长得什么模样。大臣回答："这个人很好认，他长得是个西字脸。"第二天接见，皇帝一直忍不住笑。一个人长得一个西字脸是很好笑的。我们不但可以想见此人的脸型，还仿佛看见他的眉眼。这位大臣很能抓住人的特

---

① 初刊于《小说选刊》一九八九年第一期，初收于北师大版《汪曾祺全集》第四卷。

点。鲁迅写高老夫子的步态，"像木匠牵着的钻子，一扇一扇地直走"，此公形象，如在目前。因为有特点。

虚构

小说就是虚构。

纪晓岚对蒲松龄《聊斋》多虚构很不以为然：

> 小说既述见闻，即属叙事，不比戏场关目，随意装点。……今媟昵之词，媟狎之态，细微曲折，摹绘如生，使出自言，似无此理，使出作者代言，则何从而见闻，又所未解也。

这位纪文达公（纪晓岚谥号）真是一个迂夫子。他以为小说都得是记实，不能"装点"。照他的看法，"媟昵之词，媟狎之态"都不能有。如果把这些全去掉，《聊斋》还有什么呢？

不但小说，就是历史，也不能事事有据。《史记》写陈涉称王后，乡人入宫去见他，惊叹道："夥颐！涉之为王沉沉者！"写得很生动。但是，司马迁从何处听来？项羽要烹了刘邦的老爹，刘邦答话："吾翁即若翁，必欲烹若翁，则幸分我一杯羹。"刘季的无赖嘴脸如画。但是我颇怀疑，这是历史还是小说？历来的历史家都反对历史里有小说家言，正足以说明这是很难避免的。因为修史的史臣都是文学家，他们是本能地要求把文章写得生动一些的。历史材料总不会那样齐全，凡有缺漏处，史臣总要加以补充。补充，即是有虚构，有想象。这样本纪、列传才较完整，否则，干巴嗤咧，"断烂朝报"。

但是，虚构要有生活根据，要合乎情理，嘉庆二十三年，涪陵冯镇峦远村氏《读〈聊斋〉杂说》云：

> 昔人谓：莫易于说鬼，莫难于说虎。鬼无伦次，虎有性情也。说鬼到说不来处，可以意为补接；若说虎到说不来处，大段著力不得。予谓不然。说鬼亦要有伦次，说鬼亦要得性情。谚语有之："说谎亦须说得圆"，此即性情伦次之谓也。试观《聊斋》说鬼狐，即以人事之伦次，百物之性情说之。说得极圆，不出情理之外；说来极巧，恰在人人意愿之中。虽其间亦有意为补接，凭空捏造处，亦有大段吃力处，然却喜其不甚露痕迹牵强之形，故所以能令人人首肯也。

这说得不错。

"虚构"即是说谎，但要说得圆。我们曾照江青的指示，写一个戏：八路军派一个干部，进入蒙古草原，发动王府的奴隶，反抗日本侵略者和附逆的王爷（这是没有发生过，不可能发生的事）。这位干部怎样能取得牧民的信任呢？蒙古草原缺盐。盐湖都叫日本人控制起来了。一个蒙奸装一袋盐到了一个"浩特"，要卖给牧民。这盐是下了毒的。正在紧急关头，八路军的干部飞马赶到，说："这盐不能吃！"他把蒙奸带来的盐抓了一把，放在一个碗里，加了水，给一条狗喝了。狗伸伸四条腿，死了。下面的情节可以想象：八路军干部揭露蒙奸的阴谋，并将自己带来的盐分给牧民，牧民感动，高呼"共产党万岁！"这个剧本提纲念给演员听后，一个演员提出："大牲口喂盐，有给狗喝盐水的吗？狗肯喝吗？就是喝，台上怎么表演？哪里去找这样一个狗演员？"这不是虚构，而是胡说八道。因为，无此情理。

《阿Q正传》整个儿是虚构的。但是阿Q有原型。阿Q在被判刑的供状上画了一个圆圈，竭力想画得圆，这情节于可笑中令人深深悲痛。竭力想把圈画得圆，这当然是虚构，是鲁迅的想象。但是不识字的愚民不会在一切需要画押的文书上画押，只能画一个圆圈（或画一个"十"字）却是千真万确的。这一点，不是任意虚构。因此，真实。

干净

扬州说书艺人授徒，在家中设高桌（过去扬州说书都是坐在高桌后面），据案教学生，每天只教二十句。学生每天就说这二十句，反复说，要说得"如同刀切水洗的一般"。"刀切水洗"，指的是口齿清楚，同时也包含叙事干净，不拖泥带水。

过去说文章，常说简练。"简练"一词，近年不大有人提，为一些青年作者和评论家所厌闻。他们以为"简练"意味简单、粗略、浅。那么，咱们换一个说法：干净。"干净"不等于不细致。

张岱《陶庵梦忆·柳敬亭说书》："余听其说'景阳冈武松打虎'白文，与本传大异。其描写刻画，微入毫发，然又找截干净，并不唠叨。"说书总要有许多枝权，北方评书艺人称长篇评书为"蔓子活"，如瓜牵蔓。但不论牵出去多远，最后还能"找"回来，来龙去脉，清清楚楚。扬州王少堂说《水浒》，"武十回"、"宋十回"、"卢十回"，一回是一回，有起有落，有放有收。

因为参加"飞马奖"的评选，我读了一些长篇小说，一些作品给我一个印象，是：芜杂。

芜杂的原因之一，是材料太多，什么都往里搁，以为这样才"丰富"，结果是拥挤不堪，人物、事件、情景，不能从容展开。

第二是作者竭力要表现哲学意蕴。这大概是受了西方现代主义的影响和青年评论家的怂恿（以为这样才"深刻"）。作者对自己要表现的哲学似懂非懂，弄得读者也云苦雾罩。我不相信，中国一下子出了这么多的哲学家。我深感目前的文艺理论家不是在谈文艺，而是在谈他们自己也不太懂的哲学，大家心里都明白，这种"哲学"是抄来的。我不反对文学作品中的哲学，但是文学作品主要是写生活。只能由生活到哲学，不能由哲学到生活。

第三，语言不讲究，啰嗦，拖沓。

重读《丧钟为谁而鸣》，觉得海明威的叙述是非常干净的。他没有想表现什么"思想"，他只是写生活。

我希望更多地看到这样的小说：明明白白，清清楚楚，干干净净。

一九八八年十一月十三日

思想·语言·结构[①]
——短篇小说杂谈

※

　　我20岁开始发表短篇小说，今年69岁，断断续续写了将近半个世纪。我只写短篇，没有写过长篇，也不写中篇。然而短篇小说是什么，我一直没有弄清楚。1947年我写过一篇很长的文章：《短篇小说的本质》，发表在《益世报》上，占了整整一版。题目是很好的。但是没有说出个所以然。胡适曾经给短篇小说下过一个定义：生活的横断面。这话有几分道理。相当多的，或者大部分短篇小说是生活的横断面。比如莫泊桑的《羊脂球》、《项链》，都德的《最后一课》，欧·亨利的《圣诞礼物》，都是横断面。但是有些短篇并不是横断面。契诃夫的《宝贝儿》写了一个女人的一生，鲁迅的《祝福》也写了祥林嫂的一生。这倒可以说是生活的纵断面。短篇小说在英文里叫做短故事。小说一般总有点故事。小说和散文的区别，主要在有没有故事性。但也不完全如此。契诃夫的《恐怖》只是写了几个恐怖的印象，什么故事都没有。鲁迅的《社戏》也没有故事，说是散文也可以。但是鲁迅是编在小说集里的。孙犁同志有一篇作品给了《人民文学》，编辑部问他："您这是散文还是小说？"孙犁同志断然地回答："小说，小说！"我的《桥边小说》发表后，也有人写信问我："你这是小说吗？"我在香港的

[①]　初刊处不详，是为《人民文学》系列文学讲座·第四十九讲所作讲稿。

《八方》上曾发表一篇《小说的散文化》，指出散文化是世界小说的一种（不是唯一的）趋势，看来小说和散文之间的界线越来越模糊了。十九世纪的小说供人娱乐，故多戏剧性的情节；二十世纪的小说引人思索，不太重视情节、故事。二十世纪的小说强调真实，故事过于离奇就显得不真实。

刨开横断面、故事性这样的因素，短篇小说还剩下什么特征呢？只有一个：短。

"短篇小说"是一个模糊不清的、不确定的、宽泛的概念。什么是短篇小说？很难界定。这是很好的事。这就给短篇小说带来无限的可能，带来丰富性，多样性。

短，不只是字数少，而是短篇小说的特点，或者可以说是本质，是作者对艺术的追求。

我前年在美国，听一位教授说，有一位评论家给许多小说判了分：A，A⁺，B，B⁻……他给我的《陈小手》没有判分，只批了一句话：这是真正的短篇小说。不是说我这篇小说写得多么好，而是因为它短：只有九百字。

关于短，我在后面谈结构时大概还会说到。

小说里最重要的东西是什么？我以为是思想。有人提出小说不要思想，我以为这是个荒唐的说法。决定一篇小说的质量的首要标准，是作者有没有思想，思想的深度如何。

一个作者写小说，总有一个动机，一个目的。作者一生的作品，大都有一个贯串性的主题。契诃夫的贯串性的主题是反庸俗。好像是高尔基说过，契诃夫好像是站在路边，带着微笑，对所有的过往行人说：你们不能再这样生活了！鲁迅写作的目的，是揭示社会的病痛，引起疗救的注意。沈从文的目的是民族品德的发现与重造。有人问我的思想是什么？我想了想，我大概是一个中国式的抒情的人道主义者。我受儒家思想影响较大。我很欣赏曾点对生活的态度："暮春者，春服既成，冠者五六人，童子六七人，浴乎沂，风乎舞雩，咏而归。"我很欣赏宋人的两句诗："顿觉眼前生意满，须知世上苦人多。"这是生活的两个方面。生意满，故可欣慰；苦人多，应该同情。我的写作的目的就是唤起读者对生活的信心，对人的关怀。

所谓思想，不是哪个中国的政治家或哪个西方的哲学家的思想，而是作者自己的思想，是作者对生活的思索，对生活的认识。写作当然要有生活，要观察生活，体验生活，积累生活，但是有了生活不等于认识了生活，要经过一番思索。中国文字很有意思，"索"是绳索。生活本来是零散的，得有根绳子才能穿起来。我在内蒙认得一位很可爱的干部，他的生活经验真是丰富得惊人。他从呼和浩特到新疆旧城拉过骆驼，打过游击，草原上的所有的草、大青山所有的药材，他都认识，他能说许多关于猪、羊、狼的故事，谈得非常生动。但是他不会成为作家，因为他不善于思索。作者的思索和理论家的思索不一样，不是靠概念进行的，总是和感情拌和在一起的。我想提出一个名词，叫做"感慨"。龚定庵诗："我论文章恕中晚，略工感慨是名家。"作家是长于感慨的人。

作家接触了一个生活片段（往往带有偶然性），有所感触，觉得这个生活片段是有意义的，但是这里面所含覆的，可引发的意义，一时未必能捉住，往往要经过长时期的积淀。我的小说《受戒》附注：记四十三年前的一个梦，这个题材确实在我心里埋了四十三年。我的几篇小说都经过重写。《职业》这篇极短的小说一共写过四次。最后一次，我先写了几种叫卖的声音，然后才写了那个应在学龄的卖"椒盐饼子西洋糕"的孩子的吆喝，把这个孩子放在"人世多苦辛"的背景之前，才更显出这个过早地为职业所限定而失去童年的孩子的可悲悯。

"遇"到一点生活不易，我劝青年作者不要轻易下笔，想想，再想想，多想想。

我这几年讲话，讲得最多的是语言。前年在美国的大学讲了两次《中国作家的语言意识》，后来经过整理，发表在《文艺报》和《香港文学》。这是我谈语言问题的最新版本，也是讲得比较完备的一篇。这篇讲话讲了四个问题，语言的内容性、语言的文化性、语言的暗示性、语言的流动性。今天我只准备讲两个问题：语言的内容性和流动性。

过去习惯把语言看作是文学的形式、手段，应该把语言提到内容的高度来认识。闻一多先生年轻时写过一篇《庄子》，说文字（语言）在他已经不是一种手段，一种形式，其本身便是目的。这是很精辟的见解。语言不纯是外部的东西。语言和内容是同时存在，不可剥离的。马克思说语言是思想的直接现实，这句话是说得对的。世界上没有没有语言的思想，也没有没有思想的语言。我曾说过，写小说就是写语言。一个作家的功力，首先是语言的功力，一篇小说尤其是短篇小说的魅力从何而来？首先是语言。说这篇小说不错，就是语言差一点，我认为这样的说法是不能成立的。语言的浮泛，就是思想的浮泛。语言的粗糙，就是内容的粗糙。

一篇小说是一个有机的整体，是不能拆开的。凌宇同志在一篇评论里说我的语言很怪，拆开来看，都是平常的句子，放在一起，就有点味道，我想谁的语言都是这样。一篇小说，都是警句，那是叫人受不了的。语言的美，不在一个一个句子，而在句子之间的关系。清代的美术理论家包世臣说王羲之的字，单个地看，并不怎么美，不很整齐，但是字的各部分，字与字之间产生一种互相照应的关系，"如老翁携带幼孙，顾盼有情，痛痒相关。"这说得非常聪明。中国字，除了注意每个字的间架，更重要的是"行气"，"字怕挂"，有人写的字挂起不好看，就因为没有行气。写小说最好不要写一句想一句，至少把一段想熟了，再落笔。这样文气才贯，写出来的语言才会像揉熟了的面，有咬劲。否则，语言就会是泡的，糠的。语言是活的，是流动的。中国过去论文、论书画，讲究"真气内行"。语言像树，枝干树叶，汁液流转，一枝动，百枝摇。

"文气"是中国美学的特有的概念，我认为很有道理。韩愈说：

> 气水也，言浮物也。水大而物之浮者大小毕浮。气之与言犹是也，气盛，则言之短长与声之高下者皆宜。

"气盛"照我的理解，即作者的思想充实，情绪饱满。韩愈是第一个提出作者的精神状态和语言的关系的人。他还提出一个语言的标准："宜"。即合适，准确。他把"宜"更具体化为"言之短长"与"声之高下"。语言的奥秘，说穿了不过是长句子和短句子的搭配和语言的音乐美。

中国语言有一些特殊的东西，平仄、对仗。我劝青年作家要懂一点平仄对仗，学会写绝句、律诗。我在《幽冥钟》里写了这样的句子：

> 罗汉堂外面，有两棵很大的白果树，有几百年了。夏天，一地浓荫。冬天，满阶黄叶。

如果不用一点对仗（不很严格），就会很噜唆，也没有意境。

小说怎样才能写得短？节省材料，能不写进去的就不写。我看了一些青年作者的小说，常常觉得材料芜杂，缺乏剪裁。李笠翁说写戏如裁衣，先把材料剪碎，再把材料拼拢。剪碎与拼拢之间，必然会去掉一些边边角角。我曾经说过：短篇小说是"舍弃"的艺术。小说冗长，一是有一些不很必要的写景。前人论作词，说一切景语皆情语，可是有的小说里的写景和内容是脱节的，可有可无。二是发了一些并不精彩的议论。法郎士是喜欢发议论的，那只能说是别具一格。他的议论都很尖刻可喜，一般作者是办不到的。

开头和结尾很重要。我觉得构思一篇小说时最好有一个整体设计，尤其重要的是把开头和结尾想好。孙犁同志说开头开好了，以后写起来就能头头是道，这是经验之谈。我写小说通常都是"一遍稿"，一口气写完，不再誊清。但是开头往往要换几张稿纸。要"慎始"，不要轻易写下第一句话。第一句话是为全篇定调子的。一篇小说要有一个笼罩全篇的调子，或凄凉，或沉郁，或温暖，或冷隽，往往在第一句话里就透露出来。张承志有一次半夜去敲李陀的门，说他找不到要写的小说的调子，很着急。开头无定法，可以平起，远起，缓缓道来；更常见的是陡起，破空而来。欧阳修的《醉翁亭记》原来的开头是"滁之四面皆山"，后来改成"环滁皆山也"，就峭拔得多了。我的《徙》写的是我的小学国文老师，他是我的母校的校歌的歌词作者，所以我从歌声写起。原来的开头是："世界上曾经有过很多歌，都已经消失了。"我到海边去转了转，回来提笔改成了一句："很多歌消失了。"这就比原来的带有更多的感情，而且透露出全文字里行间的不平之气。我觉得开头越简练越好。

汤显祖评"董西厢"论其各章结尾之妙，说尾有："煞尾"，有"度尾"。"煞尾"如骏马收缰，寸步不移；"度尾"如画舫笙歌，从远处来，过近处，又向远处去。汤显祖真不愧是大家，这说得实在非常形象，非常美。我想结尾不外是这两式，一种是收得非常干净，一种是余音袅袅。结尾不好，全篇减色，要"善终"。

我曾在《小说笔谈》中说小说结构的精义是：随便。林斤澜很不以为然，说："我讲了一辈子结构，你却说是'随便'！"后来我修改了一下，说是"苦心经营的随便"，他说："这还可以"，我说的"随便"，是不拘一格。我很欣赏明朝人说的"为文无法"。讲结构，通常都讲呼应、断续。刘大櫆说："彼知所谓呼应，不知有无呼应之呼应；彼知所谓断续，不知有无断续之断续"。章太炎论汪中的骈文，说他"起止自在，无首尾呼应之式"。"自在"二字极好，自自在在，无斧凿痕迹。所谓"无法"是无定法，实是多法。我的《大淖记事》发表后，有人批评结构上不均衡。全文五章，前三章都是写大淖这地方的环境、习俗，第四章才出现人物。崔道怡同志却说这篇小说的结构很好，很特别。这种结构方法，我也不是常用的。《岁寒三友》一开头就点出："这三个人是：王瘦吾、陶虎臣、靳彝甫"。结构如果有个一定的格式，就不成其为结构了。

一个似乎无关紧要的问题，是分段。我以为这是至关紧要的。说话有缓有急，分段可长可短，但是什么地方切开，什么地方留出空白，要十分注意。没有字的地方不是没有东西。切断处往往是读者掩卷深思的地方。分段是一种艺术。另外一个应该留意的问题是空行。小说的空行的重要性不下于诗。我曾写过一篇《天鹅之死》，把天鹅之死和演"天鹅之死"的芭蕾演员的遭受迫害交错起来写，一段写天鹅，一段写演员，当中留出两行空行。发表时，编辑为了节省版面，把多数空行都抽掉了，眉毛胡子一把抓，我自己读了，连气都喘不过来。

谢谢大家。

一九八九年三月二十日

小说的思想和语言①

※

有的作家、评论家问我，小说里边最重要的是什么？我说最重要的是思想。思想就是作家对生活的看法、感受和对生活的思索。我觉得，小说的形成当然首先得有生活。我比较同意老的提法："从生活出发"。但是，有了生活不等于可以写作品，更重要的是对这段生活经过比较长时间的思索，它到底有什么意义？写作要经过一个时期的酝酿或积淀，所谓酝酿和积淀，实际上就是思索的过程。有的人生活很丰富，但他并没有成为一个作家。我在内蒙认识一个同志，这个同志的生活真是丰富。他在抗日战争时期打过游击，年轻时候从内蒙到新疆拉过骆驼。他见多识广，而且会唱很多民歌。草原上的草有很多种，他都能认识。他对草的知识不亚于一个牧民。他是好饭量、好酒量、好口才，很能说话，说得很生动。他说过很多有关动物的故事，不像拉封丹写的寓言式的故事，是生活里的故事，关于羊的啰，狼的啰，母猪的啰，他可以说很多，但是他不会写作。为什么呢？因为他不善于思索。我觉得要形成一个作品，更重要的是对于你所接触的那段生活经过长时期的思索。有时候，我写作品很快，几乎不打草稿，一遍就成，但是我想的时间很长。我写过一篇很短的小说《虐猫》，大约九百字，从一个侧面反映"文化大革命"对人性的破坏，不但是大人你斗我、我斗你，

---

① 初刊于《写作》一九九一年第四期，是作者一九九〇年七月二十九日在武汉大学写作函授助教进修班讲课录音整理稿，发表时有删节，初收于北师大版《汪曾祺全集》第五卷。

连小孩子都非常残忍。我最后写了这几个孩子把猫放了，表示人性还有回归的希望。这个结尾是经过几年思索才落笔的。

我还写过一篇小说，是写我在昆明见到的一个小孩。那小孩未成年，应该是学龄儿童，可他已挣钱养家，因为他家生活很苦，他老挎一个椭圆形的木桶，卖椒盐饼子西洋糕。所谓椒盐饼子就是普通的发面饼子，里面和点椒盐，西洋糕就是发糕。他一边走一边吆喝卖，我几乎每天都听到他吆喝。他是有腔有调的："椒盐饼子西洋糕"，谱了出来就是"556——6532"。这篇小说我前后写了四次。结尾是，有一天，这孩子放假，他姥姥过生日，他上姥姥家去吃饭，衣服穿得干干净净的，新剃了头。他卖椒盐饼子西洋糕时，街上和他差不多年龄的上学的孩子都学着他唱，不过歌词给他改了："捏着鼻子吹洋号。"他跟孩子们也没法生气。放假那天，他走到一个胡同里头，回头看没有人，自己也捏着鼻子，大喝了一声："捏着鼻子吹洋号。"写了以后觉得不够丰满，我就把在昆明所接触的各种叫卖声、吆喝声，如卖壁虱药的、卖蚊香的、卖玉麦粑粑的、收破烂的，写了一长串，作为小孩的叫卖声的背景。这样写就比较丰满，主题就扩展了一些，变成：人世多苦辛。很多人活着都是很辛苦的，包括这个小孩，那么小他就被剥夺了读书、游戏的机会。

我的小说《受戒》，写的是四十三年前的一个梦，那篇小说的生活，是四十三年前接触到的。为什么隔了四十三年？隔了四十三年我反复思索，才比较清楚地认识我所接触的生活的意义。闻一多先生曾劝诫人，当你们写作欲望冲动很强的时候，最好不要写，让它冷却一下。所谓冷却一下，就是放一放，思索一下，再思索一下。现在我看了一些年轻作家的作品，觉得写得太匆忙，他还可以想得更多一些。

关于小说的主题问题

我在山东菏泽有一次讲话，讲完话之后有一个年轻的作家给我写过一个条子，说："汪曾祺同志，请您谈谈无主题小说。"他的意思很清楚，他以为我的小说是无主题的。我的小说不是无主题，我没有写过无主题小说。

我写过一组小说，其中一篇叫《珠子灯》，写的是姑娘出嫁第一年的元宵节，娘家得给她送一盏灯的习俗。这家少奶奶，娘家给她送的灯里有一盏是绿玻璃珠子穿起来的灯。这灯应该每年点一回，可她这盏灯就只点过一次，因为她丈夫很快就死了。我写她的玻璃珠子穿的灯有的地方脱线了，珠子就掉下来了，掉在地板上，她的女佣人去扫地，有时就可以扫出一些珠子，她也习惯了珠子散线时掉下来的声音。后来她死了，她的房子关起来，屋子里什么东西都没动，可在房门外有时候能听到珠子脱线嘀嘀嗒嗒地掉到地板上的声音。这写的就是封建贞操观念的零落。我的作品还是有主题的。

我觉得，没有主题，作品无法贯串，我曾打过一个比喻，主题就好像是风筝的脑线，作品就是风筝。没有脑线，风筝放不上去，脑线剪断，风筝就不知飞到哪去了。脑线既是帮助作品飞起来的重要因素，同时又给作品一定的制约。好像我们倒杯酒，你只能倒在酒杯里，不能往玻璃板上倒，倒在玻璃板上怎么喝？无主题就有点像把酒倒在玻璃板上。当然，有些主题确实不大容易说得清楚。人家问高晓声他小说的主题是什么？他说："我要能把主题告诉你，何必写小说，我就把主题写给你就行了。"

综观一些作家的作品，大致总有一个贯串性的主题。比如契诃夫，写了那么多短篇小说，他也有一个贯串性的主题，这个贯串性的主题就是"反庸俗"。高尔基说，契诃夫好像站在路边微笑着对走过的人说："你们可不能再这样生活下去了。"这就是他总结的契诃夫整个小说的贯串性主题。鲁迅作品贯串性的主题很清楚，即"揭示社会的病痛，引起疗救的注意"。我的老师沈从文先生，他作品的贯串性主题是"民族品德的发现和重造"。

另外，跟思想主题有关系的就是作家的使命感、社会责任感，或者作品的社会功能。没有社会功能，他的小说能激发人什么？我是意识到作家的社会责任感的。有人说：我就是写我自己的，不管自己的作品在社会上起什么作用。我认为这是不负责任的。作品产生的作用往往是不一样的，有的比较直接，有的比较间接，有的比较明显，有的比较隐晦。有的作品确实能让人当场看了比较激动，有所行动。比如解放区农村上演《白毛女》，人们看了非常气愤，当时报名参军，上前线打敌人，给白毛女报仇。这个作用当然就很直接。但有很多小说从接受心理学来说，起的作用不是那么太直接，就好像中国的古话"潜移默化"。一个作品给人的思想情绪总会有影响，要不就是积极的，要不就是消极的。一个作品如果使人觉得活着还是比较有意义的，人还是很美、很富于诗意的，能够使人产生一种健康向上的力量，它的影响就是积极的。尽管这是不大容易看得清楚的，这也是一种社会效果。我觉得，文学作品对人的影响就好像杜甫写的《春夜喜雨》一样，"随风潜入夜，润物细无声"。好像一场小小的春雨似的，我说我的作品对人的灵魂起一点滋润的作用。

我很同意法国存在主义者加缪的说法，他说任何小说都是"形象化了的哲学"。比较好的作品里面总有一定哲学意味，不过层次深浅不一样。但总得有作者自己独到的思想。如果说，一个作者有什么独特的风格，我说首先是他有独特的思想。但是，有的作品主题不那么明显，而有的主题可以比较明显，比较单纯。现代小说的主题一般都不那么单纯。应允许主题的复杂性、丰富性、多层次性，或者说主题可以有它的模糊性、相对的不确定性，甚至还有相对的未完成性。一个作品写完后，主题并没有完全完成。我们所解释的主题，往往是解释者自己的认识，未必是作家自己的反映。有人说"有一千个读者就有一千个哈姆莱特"，而这一千读者所解释的哈姆莱特都有它的道理，你要莎士比亚本人解释，他大概也不太说得清楚。所以说主题有它一定的模糊性。林斤澜有一次讲话，说人家说他的小说看不明白，他说，我自己还不明白，怎么能叫你明白？确实有这种情况，一个作者写完了以后，自己也不大明白。为什么说不确定性呢？你这样写也可以，那样写也行。主题的解释不能有个标准答案，愿怎么理解就怎么理解。但是有一点，必须有你自己独到的理解，有一点你自己感到比较新鲜的理解。《红楼梦》的主题是什么？现在也是众说纷纭。有的说是四大家族的兴衰史，有的说是钗黛恋爱的悲剧，你叫曹雪芹自己来回答《红楼梦》的主题是什么，他也可能不及格。

下面讲语言问题。

我觉得小说以及其他文学作品，语言是非常重要的。我这几年讲语言比较多，人家说你对语言的重要性强调过多，走到极致了，也许是这样。我认为小说本来就是语言的艺术，就像绘画，是线条和色彩的艺术。音乐，是旋律和节奏的艺术。有人说这篇小说不错，就是语言差点，我认为这话是不能成立的。就好像说这幅画画得不错，就是色彩和线条差一点；这个曲子还可以，就是旋律和节奏差一点这种话不能成立一样。我认为，语言不好，这个小说肯定不好。

关于语言，我认为应该注意它的四种特性：内容性、文化性、暗示性、流动性。

语言的内容性

过去，我们一般说语言是表现的工具或者手段。不止于此，我认为语言就是内容。大概中国比较早提出这问题的是闻一多先生。他在年轻时写过一篇关于《庄子》的文章，有一句话大致意思是："他的文字不只是表现思想的工具，似乎本身就是目的。"我认为，语言和内容是同时依存的，不可剥离的，不能把作品的语言和它所要表现的内容撕开，就好像吃橘子，语言是个橘子皮，把皮剥了吃里边的瓤。我认为语言和内容的关系不是橘子皮和橘子瓤的关系，它是密不可分的，是同时存在的。马克思在论语言问题时说："语言是思想的直接的现实。"我觉得马克思这话说得很好。从思想到语言，当中没有一个间隔，没有说思想当中经过一个什么东西然后形成语言，它不是这样，因此你要理解一个作家的思想，唯一的途径是语言。你要能感受到他的语言，才能感受到他的思想。我曾经有一句说到极致的话，"写小说就是写语言"。

语言的文化性

语言本身是一个文化现象，任何语言的后面都有深浅不同的文化的积淀。你看一篇小说，要测定一个作家文化素养的高低，首先是看他的语言怎么样，他在语言上是不是让人感觉到有比较丰富的文化积淀。有些青年作家不大愿读中国的古典作品，我说句不大恭敬的话，他的作品为什么语言不好，就是他作品后面文化积淀太少，几乎就是普通的大白话。作家不读书是不行的。

语言文化的来源，一个是中国的古典作品，还有一个是民间文化，民歌、民间故事，特别是民歌。因为我编了几年民间文学，我大概读了上万首民歌，我很佩服，我觉得中国民间文学真是一个宝库。我在兰州时遇到一位诗人，这个诗人觉得"花儿"（甘肃、宁夏一带的民歌）的比喻那么多，那么好，特别是花儿的押韵，押得非常巧，非常妙，他对此产生怀疑：这是不是农民的创作？他觉得可能是诗人的创作流传到民间了，后来他改变了看法。有一次，他同婆媳二人乘一条船去参加"花儿会"，这婆媳二人一路上谈话，没有讲一句散文，全是押韵的。到了花儿会娘娘庙，媳妇还没有孩子，去求子，跪下来祷告。祷告一般无非是"送子娘娘给我一个孩子，生了之后我给你重修庙宇再塑金身"。这个媳妇不然，她只说三句话，她说："今年来了，我是给您要着哪；明年来了，我是手里抱着哪，咯咯嘎嘎的笑着哪。"这个祷告词，我觉得太漂亮了，不但押韵而且押调，我非常佩服。所以，我劝你们引导你们的学生，一个是多读一些中国古典作品，另外读一点民间文学。这样使自己的语言，有较多的文化素养。

语言的暗示性、流动性这方面的问题，我在《写作》1990年第7期上已经讲过，重复的内容就不再说了，只是对语言的流动性作一点补充。

我觉得研究语言首先应从字句入手，遣词造句，更重要的是研究字与字之间的关系，句与句之间的关系，段与段之间的关系。好的语言是不能拆开的，拆开了它就没有生命了。好的书法家写字，不是一个一个的写出来的，不是像小学生临帖，也不像一般不高明的书法家写字，一个一个地写出来。他是一行一行地写出来，一篇一篇地写出来的。中国人写字讲究行气，"字怕挂"，因为它没有行气。王献之写字是一笔书，不是说真的是一笔，而是指一篇字一气贯穿，所以他的字可以形成一种"气"。气就是内在的运动。写文章就要讲究"文气"。"文气说"大概从《文心雕龙》起，一直讲到桐城派，我觉得是很有道理的。讲"文气说"讲得比较具体、比较容易懂，也比较深刻的是韩愈。他打个比喻说："气水也，言浮物也；水大而物之浮者大小毕浮。……气盛则言之短长与声之高下者皆宜。"我认为韩愈讲得很有科学道理，他在这段话中提出了三个观点。首先，韩愈提出语言跟作者精神状态的关系，他说"气盛"，照我的理解是作家的思想充实，精力饱满。很疲倦的时候写不出好东西。你心里觉得很不带劲，准写不出来好东西。很好的精神状态，气才能盛。另外，他提出语言的标准问题。"宜"就是合适、准确。世界上很多的大作家认为语言的唯一的标准就是准确。

伏尔泰说过，契诃夫也说过，他们说一句话只有一个最好的说法。最后，韩愈认为，中国语言在准确之外还有一个具体的标准："言之短长与声之高下"。这"言之短长"啊，我认为韩愈说了个最老实的话。语言耍来耍去的奥妙，还不是长句子跟短句子怎么搭配？有人说我的小说都是用的短句子，其实我有时也用长句子。就看这个长句子和短句子怎么安排。"声之高下"是中国语言的特点，即声调，平上去入，北方话就是阴阳上去。我认为中国语言有两大特点是外国语言所没有的：一个是对仗，一个就是四声。郭沫若一次参加世界和平理事会，约翰逊主教说郭沫若讲话很奇怪，好像唱歌一样。外国人讲话没有平上去入四声，大体上相当于中国的两个调，上声和去声。外国语不像中国语，阴平调那么高，去声调那么低。很多国家都没有这种语言。你听日本话，特别是中国电影里拍的日本人讲话，声调都是平的，我觉得现在的年轻人不大注意语言的音乐美，语言的音乐美跟"声之高下"是很有关系的。"声之高下"其实道理很简单，就是"前有浮声，后有切响"，最基本的东西就是平声和仄声交替使用。你要是不注意，那就很难听了。

我在京剧团工作时，有一个老演员对我说，有一出老戏，老旦的一句词没法唱："你不该在外面散淡浪荡"。"在外面散淡浪荡"，连着七个去声字，他说这个怎么安腔呢？还有一个例子，过去的样板戏《智取威虎山》里有一句词，杨子荣"打虎上山"唱的，原来是"迎来春天换人间"，后来毛主席给改了，把"春天"改成"春色"。为什么要改呢？当然"春色"要比"春天"具体，这是一；另外这完全出于诗人对声音的敏感。你想，如果是"迎来春天换人间"，基本上是平声字。"迎来"、"春天"、"人间"，就一个"换"字是去声，如果安上腔是飘的，都是高音区，怎么唱呢？没法唱。换个"色"呢，把整个的音扳下来了，平衡了。平仄的关系就是平仄产生矛盾，然后推动语言的声韵。外国没有这个东西，但是外国也有类似中国的双声叠韵。太多的韵母相似的音也不好听。高尔基就曾经批评一个人的作品，他说"你这篇作品用'S'这个音太多了，好像是蛇叫"。这证明外国人也有音韵感。中国既然有这个语言特点，那么就应该了解、掌握、利用它。所以我建议你们在对学生讲创作时，也让他们读一点、会一点，而且讲一点平仄声的道理，来训练他们的语感。语言学上有个词叫语感，语言感觉，语言好就是这个作家的语感好；语言不好，这个作家的语感也不好。

黑罂粟花[①]
——《李贺歌诗编》读后

※

第一　李贺的精神生活

下午六点钟，有些人心里是黄昏，有些人眼前是夕阳。金霞，紫霭，珠灰色淹没远山近水，夜当真来了，夜是黑的。

有唐一代，是中国历史上最豪华的日子。每个人都年轻，充满生命力量，境遇又多优裕，所以他们做的事几乎是全是从前此后人所不能做的。从政府机构、社会秩序，直到瓷盘、漆盒，莫不表现其难能的健康美丽。当然最足以记录豪华的是诗。但是历史最严刻。一个最悲哀的称呼终于产生了——晚唐。于是我们可以看到暮色中的几个人像——幽暗的角落，苔先湿，草先冷，贾岛的敏感是无怪其然的；眼看光和热消逝了，竭力想找另一种东西来照耀漫漫长夜的，是韩愈；沉湎于无限好景，以山头胭脂作脸上胭脂的，是温飞卿、李商隐；而李长吉则是守在窗前，望着天，头晕了，脸苍白，眼睛里飞舞各种幻想。

长吉七岁作诗，想属可能，如果他早生几百年，一定不难"一日看尽长安花"。但是在他那个时代，便是有"到处逢人说项斯"，恐怕肯听的人也不多。听也许是听了，听过只索一番叹息，

---

　　①　本文作于一九四四年，为作者代西南联大同学杨毓珉所作读书报告，初收于人民文学版《汪曾祺全集》第九卷。

还是爱莫能助。所以他一生总不得意。他的《开愁歌》笔下作：

> 秋风吹地百草干，华容碧影生晚寒。我当二十不得意，一心愁谢如枯兰。衣如飞鹑马如狗，临歧击剑生铜吼……

说的已经够惨了。沈亚之返归吴江，他竟连送行钱都备不起，只能"歌一解以送之"，其窘尤可想见。虽然也上长安去"谋身"，因为当时人以犯讳相责，虽有韩愈辩护，仍不获举进士第。大概树高遭嫉，弄的落拓不堪，过"渴饮壶中酒，饥拔陇头粟"的日子。

> 长安有男儿，二十心已朽。

一团愤慨不能自已。所以他的诗里颇有"不怪"的。比如：

> 别弟三年后，还家一日余。醁醽今夕酒，缃帙去时书。病骨犹能在，人间底事无？何须问牛马，抛掷任枭卢。

不论句法、章法、音节、辞藻，都与标准律诗相去不远，便以与老杜的作品相比，也堪左右。想来他平常也作过这类诗，想规规矩矩的应考作官，与一般读书人同一出路。

> 凄凄陈述圣，披褐钽俎豆。学为尧舜文，时人责衰偶。

十分可信。可是：

天眼何时开？

他看的很清楚：

只今道已塞，何必须白首。

只等到，

三十未有二十余，

依然，

白日长饥小甲蔬。

于是，

公卿纵不怜，宁能锁吾口。

他的命运注定了去作一个诗人。

他自小身体又不好，无法"收取关山五十州"，甘心"寻章摘句老雕虫"了。韩愈、皇甫湜都是"先辈"了，李长吉一生不过二十七年，自然看法不能跟他们一样。一方面也是生活所限，所以他愿完全过自己的生活。《南园》一十三首中有一些颇见闲适之趣。如：

> 春水初生乳燕飞，黄蜂小尾扑花归。窗含远色通书幌，鱼拥香钩近石矶。
>
> 边让今朝忆蔡邕，无心裁曲卧春风。舍南有竹堪书字，老去溪头作钓翁。

说是谁的诗都可以，说是李长吉的诗倒反有人不肯相信，因为长吉在写这些诗时，也还如普通人差不多。虽然

> 遥岚破月悬，长茸湿夜烟，

已经透露一点险奇消息，这时他没有意把自己的诗作出李长吉的样子。

他认定自己只能在诗里活下来，用诗来承载他整个生命了。他自然的作他自己的诗。唐诗至于晚唐，甚么形式都有一个最合适的作法，甚么题目都有最好的作品。想于此中求自立，真不大容易。他自然的另辟蹊径。

他有意藏过自己，把自己提到现实以外去，凡有哀乐不直接表现，多半借题发挥。这时他还清醒，他与诗之间还有个距离。其后他为诗所蛊惑，自己整个跳到诗里去，跟诗融成一处，诗之外再也

找不到自己了，他焉得不疯。

时代既待他这么不公平，他不免缅想往昔。诗中用古字地方不一而足。眼前题目不能给他刺激，于是他索性全以古乐府旧调为题，有些诗分明是他自己的体，可是题目亦总喜欢弄得古色古香的，例"平城下"、"溪晚凉"、"官街鼓"，都是以"拗"令人脱离现实的办法。

他自己穷困，因此恨极穷困。他在精神上是一个贵族，他喜欢写宫廷事情，他决不允许自己有一分寒伧气。其贵族处尤不在其富丽的典实藻绘，在他的境界。我每读到："腰围白玉冷"，觉得没有第二句话更可写出"贵公子夜阑"了。

他甚至于想到天上些多玩意，"梦天"、"天上谣"，都是前此没听见说过的。至于神，那更是他心向往之的。所以后来有"玉楼赴会"附会故事已不足怪。

凡此都是他的逃避办法。不过他逃出一个世界，于另一世界何尝真能满足。在许多空虚东西营养之下，当然不会正常。这正如服寒石散求长生一样，其结果是死得古里古怪。说李长吉呕心，一点不夸张。他真如千年老狐，吐出灵丹便无法再活了。

他精神既不正常，当然诗就极其怪艳了。他的时代是黑的，这正作了他的诗的底色。他在一片黑色上描画他的梦；一片浓绿，一片殷红，一片金色，交错成一幅不可解的图案。而这些图案充满了魔性。这些颜色是他所向往的，是黑色之前都曾存在过的，那是整个唐朝的颜色。

李长吉是一条在幽谷中采食百花酿成毒，毒死自己的蛇。

原题本为诗人白居易，提笔后始觉题目太广，临时改写李贺。初拟写两段，一写其生活，一写其诗，奈书至此天已大亮。明天当有考试，只好搁笔。俟有暇当再续写。

十九日晨　五时

读民歌札记①

※

奇特的想象

汉代的民歌里，有一首，很特别：

枯鱼过河泣，何时悔复及？
作书与鲂鱮，相教慎出入。

枯鱼，怎么能写信呢？两千多年来，凡读过这首民歌的人，都觉得很惊奇。②这样奇特的想象，在书面文学里没有，在口头文学里也少见。似乎这是中国文学里的一个绝无仅有的孤例。

并不是这样。

偶读民歌选集，发现这样一首广西民歌：

石榴开花朵朵红，蝴蝶寄信给蜜蜂：
蜘蛛结网拦了路，水泡阳桥路不通。

枯鱼作书，蝴蝶寄信，真是无独有偶。

两首民歌的感情不一样。前一首很沉痛。这是一个落难人的沉

---

① 初刊于《民间文学》一九八〇年四月号，初收于《晚翠文谈》。
② 黄节《汉魏乐府风笺》引陈胤倩曰："作者甚新"。

重的叹息，是从苦痛的津液中分泌出来的奇想。短短二十个字，概括了世途的险恶。后一首的调子是轻松的、明快的。红的石榴花、蝴蝶、蜜蜂、蜘蛛，这是一幅很热闹的图画，让人想到明媚的春光——哦，初夏的风光。这是一首情歌。他和她——蝴蝶和蜜蜂有约，受了意外的阻碍，然而这点阻碍是暂时的，不足为虑的，是没有真正的危险性的。这首民歌的内在的感情是快乐的、光明的，不是痛苦、绝望的。这两首民歌是不同时代的作品，不同生活的反映。但是其设想之奇特，则无二致。

沈德潜在《古诗源》里选了《枯鱼》，下了一个评语，道是："汉人每有此种奇想[①]"。其实应该说：民歌每有此种奇想，不独汉人。

汉代民歌里的动物题材

现存的汉代乐府诗里有几首动物题材的诗。它所反映的生活、思想，它的表现方法，在它以前没有，在它以后也少见。这是汉乐府里的一个独特的组成部分，是文学史上一个很值得注意的现象。除了《枯鱼过河泣》，有《雉子班》、《乌生》、《蜨蝶行》。另，本辞不传，晋乐所奏的《艳歌何尝行》也可以算在里面。我们有理由相信，这是当时所流行的一种题材，散失不传的当会更多。

---

① 闻一多先生《乐府诗笺》也说"汉人常有此奇想"。

雉子班

"雉子，
班如此！
之于雉梁。
无以吾翁孺，
雉子！"
知得雉子高蜚止。
黄鹄蜚，
之以千里王可思。
雄来蜚从雌，
视子趋一雉。
"雉子！"
车大驾马滕，
被王送行所中。
尧羊蜚从王孙行。

一向都认为这首诗"言字讹谬，声辞杂书"，最为难读。余冠英先生的《乐府诗选》把它加了引号和标点，分清了哪些是剧中人的"对话"，哪些是第三者（作者）的叙述，这样，这首难读的诗几乎可以读通了。这是一个伟大的发现。我们说是"伟大的发现"，是因为用了这种方法，可以帮助我们把原来一些不很明白或者很不明白的古诗弄明白（古代的人如果学会用我们今天的标点符号，会使我们省很多事，用不着闭着眼睛捉迷藏）。余先生以为这首诗写的是一个野鸡家庭的生离死别的悲剧，也是卓越的创见。

但是这是一个什么样的悲剧，剧中人共有几人？悲剧的情节是怎样的？在这些方面，我们理解和余先生有些不同。

按余先生《乐府诗选》的注解，他似乎以为是一只小野鸡（雏子）被贵人捉获了，关在一辆马车里。老野鸡（性别不详）追随着马车，一面嘱咐小野鸡一些话。

按照这样的设想，有些辞句解释不通。

"之于雉梁"。"雉梁"可以有不同解释，但总是指的某个地方。"之于"是去到的意思。"之于雉梁"是去到某个地方。小野鸡已经被捉了，怎么还能叫它去到某个地方呢？

"知得雉子高蜚止"。这一句本来不难懂，是说知道雉子高飞远走了。余先生断句为"知得雉子，高蜚止"，说是知道雉子被人所得，老雉高飞而来，不无勉强。

尤其是，按余先生的设想，"雄来蜚从雌"这一句便没有着落。这是一句很关键性的话。这里明明说的是"雄来飞从雌"，不是"雄来飞从雉子"呀。

因此，我觉得有必要在余先生的生动的想象的基础上向前再迈一步。

问题：

一、这里一共有几个人物——几个野鸡？我以为一共有三只：雄野鸡、雌野鸡、小野鸡。

二、被捉获的是谁？——是雌野鸡，不是小野鸡。

对几个词义的猜测：

"班"，旧说同"斑"。"班如此"就是这样的好看。在如此紧张的生离死别的关头，还要来称赞自己的孩子毛羽斑斓，无是情理。"班"疑当即"乘马班如"、"班师回朝"的"班"，即是回去。贾谊《吊屈原赋》："般纷纷其离此邮兮"，朱熹《集注》云："般音班，……般，反也"，"班"即"般"。

"翁孺"，余先生以为是老人与小孩，泛指人类。"孺"本训小，但可引申为小夫人，乃至夫人。古代的"孺子"往往指的是小老婆，清俞正燮《癸巳类稿·释小补楚语笄内则总角义》辨之甚详①。我以为"翁孺"是夫妇，与北朝的《捉搦歌》"愿得两个成翁姁"的"翁姁"是一样的意思。"吾翁孺"即"我们老公姆俩"。"无以吾翁孺"，以，依也，意思是你不要靠我们老公姆俩了。"吾"字不必假借为"俉"，解为"迎也"。

"黄鹄蜚，之以千里王可思"，我怀疑是衍文。

上述词意的猜测，如果不十分牵强，我们就可以对这首剧诗的情节有不同于余先生的设想：

野鸡的一家三口：雄野鸡、雌野鸡、小野鸡，一同出来游玩。忽然来了一个王孙公子，捉获了雌野鸡。小野鸡吓坏了，抹头一翅子就往回飞。难为了雄野鸡。它舍不下老的，又搁不下小的。它看见小野鸡飞回去了，就扬声嘱咐："雉崽呀，往回飞，就这样飞回

---

① 俞正燮此文甚长，征引繁浩，其略云："小妻曰妾，曰孺，曰姬，曰侧室，曰次室，曰偏房，曰如夫人，曰如君，曰姨娘，曰姬娘，曰旁妻，曰庶妻，曰次妻，曰下妻，曰少妻，曰姑娘，曰孺子……"。"《汉书艺文志·中山王孺子妾歌》注云：'孺子，王妾之有名号者。'……秦策亦云：'某夕某孺子纳某士'。《汉书·王子侯表》：'东城侯遗为孺子所杀，''则王公至士民妾，通名孺子'。值得注意的是同前条引《左传·哀公三年》，季桓子卒，南孺子生子，谓贵妾。注云：桓子妻者，非是"。这一条误注倒使我们得到一个启发，"孺子"也可以当妻子讲的，——否则就不至产生这样的错注。

去，一直飞到野鸡居住的山梁，别管我们老公姆俩！雉崽！"知道小野鸡已经高高飞走了，雄野鸡又飞来追随着雌野鸡。它还忍不住再回头看看，好了，看见小野鸡跟上另一只野鸡，有了照应了，它放了心了。但这也是最后的一眼了，它惨痛地又叫了一声："雉崽！——"车又大，马又飞跑，（雌雉）被送往王孙的行在所了。雄雉翱翔着追随着王孙的车子，飞，飞……

乌生

乌生八九子，
端坐秦氏桂树间。——唶我！
秦氏家有游遨荡子，
工用睢阳强、苏合弹。
左手持强弹两丸，
出入乌东西。——唶我！
一丸即发中乌身，
乌死魂魄飞扬上天：
"阿母生乌子时，
乃在南山岩石间，——唶我！
人民安知乌子处？
蹊径窈窕安从通？"
"白鹿乃在上林西苑中，
射工尚复得白鹿脯，——唶我！
黄鹄摩天极高飞，

后宫尚复得烹煮之。

鲤鱼乃在洛水深渊中，

钓钩尚得鲤鱼口。——唶我！

人民生各各有寿命，

死生何须复道前后？"

　　这是中弹身亡的小乌鸦的魂魄和它的母亲的在天之灵的对话。这首诗的特别处是接连用了五个"唶我"。闻一多先生以为"唶我"应该连读，旧读"我"属下，大谬。这样一来，就把一首因为后人断句的错误而变得很奇怪别扭的诗又变得十分明白晓畅，还了它的本来面目，厥功至伟。闻先生以为"唶"是大声，"我"是语尾助词。我觉得，干脆，这是一个词，是一个状声词，这就是乌鸦的叫声。通篇充满了乌鸦的喊叫，增加诗的凄怆悲凉。

蜨蝶行

蜨蝶之遨游东园，

奈何卒逢三月养子燕！

接我苜蓿间。

持之我入深紫宫中，

行缠之傅欂栌间。

雀来燕，

燕子见衔哺来，

摇头鼓翼何轩奴轩。

剔除了几个"之"字，这首诗的意思是明白的：一只快快活活的蝴蝶，被哺雏的燕子叼去当作小燕子的一口食了。

这几首动物题材的乐府诗有以下几个共同的特点：

一、它们是一种独特题材的诗，不是通常所说的（散体和诗体的）"动物故事"。"动物故事"，或名寓言，意在教训，是以物为喻，说明某种道理。它是哲学的、道德的。"动物故事"的作者对于其所借喻的动物的态度大都是超然的、旁观的，有时是嘲谑的。这些乐府诗是抒情的，写实的。作者对于所描写的动物寄予很深的同情。他们对于这些弱小的动物感同身受。实际上，这些不幸的动物，就是作者自己。

二、这些诗大都用动物自己的口吻，用第一人称的语气讲话。《蜨蝶行》开头虽有客观的描叙，但是自"接我苜蓿间"之后，仍是蜨蝶眼中所见的情景，仍是第一人称。这些诗的主要部分是动物的独白或对话。它们又都有一个简单然而生动的情节。这是一些小小的戏剧。而且，全是悲剧。这些悲剧都是突然发生的。蜨蝶在苜蓿园里遨游，乌鸦在桂树上端坐，原来都是很暇豫安适，自乐其生的，可是突然间横祸飞来，弄得妻离子散、家破人亡。《枯鱼过河泣》、《雉子班》虽未写遇祸前的景况，想象起来，亦当如是。朱矩堂曰"祸机之伏，从未有不于安乐得之"，对于这些诗来说，是贴切的。

三、为什么汉代会产生这样一些动物题材的民歌？写物是为了写人。动物的悲剧是人民的悲剧的曲折的反映。对这些猝然发生的惨祸的陈述，是企图安居乐业的人民遭到不可抗拒的暴力的摧残因而发出的控诉。动物的痛苦即是人的痛苦。这一类诗多用第一人称，不是偶然的。这些痛苦是由谁造成的？谁是这些惨剧的对立面？《枯鱼》未明指。《蜻蝶行》写得很隐晦。《雉子班》和《乌生》就老实不客气地点出了是"王孙"和"游遨荡子"，是享有特权的贵族王侯。这些动物诗，实际上写的是特权阶层对小民的虐害。我们知道，汉代的权豪贵戚是非常的横暴恣睢、无所不为的。权豪作恶，成为汉代政治上的一个大问题。这些诗，是当时的社会生活的很深刻的反映。

这些写动物诗，应当联系当时的社会生活来看，应当与一些写人的诗参照着看，——比如《平陵东》（这是一首写五陵年少绑架平民的诗，因与本题无关，说从略）。

民歌中的哲理

民歌，在本质上是抒情的。

民歌当中有没有哲理诗？

湖南古丈有一首描写插秧的民歌：

> 赤脚双双来插田，低头看见水中天。
>
> 行行插得齐齐整，退步原来是向前。

首先，这是民歌么？论格律，这是很工整的绝句。论意思，"退步原来是向前"，是所谓"见道之言"。这很像是晚唐和宋代的受了禅宗哲学影响的诗人搞出来的东西。然而细读全诗，这的确是劳动人民的作品。没有亲身参加过插秧劳动的人，是不可能有这样真切的体会的。这不是像白居易《观刈麦》那样只是以旁观者的身份在那里发一通感想。

或者，这是某个既参加劳动，也熟悉民歌的诗人所制作的拟民歌？刘禹锡、黄遵宪的某些诗和民歌放在一起，是几乎可以乱真的。但是我们还没有听说过古丈曾出过像刘禹锡、黄遵宪这样的诗人。

是从别的地方把拟作的民歌传进来的？古丈是个偏僻的地方，过去交通很不方便，这种可能性也不大。

看来，我们只能相信，这是民歌，这是出在古丈地方的民歌。

或者说，这是民歌，但无所谓哲理。"退步原来是向前"，是记实，插秧都是倒退着走的，值不得大惊小怪！不能这样讲吧。多少人插过秧，可谁想到过进与退之间的辩证关系？唱出这样的民歌的农民，确实是从实践中悟出一番道理。清代的湖南，出过几个农民出身的唯物主义的哲学家。莫非，湖南的农民特别长于思辨？吁，非所知矣。

何况前面还有一句"低头看见水中天"呢。抬头看天，是常情；低头看天，就有点哲学意味。有这一句，就证明"退步原来是向前"不是孤立的，突如其来的。从总体看，这首民歌弥漫着一种内在的哲理性。——同时又是生机活泼的、生动形象的，不像宋代某些"以理为诗"的作品那样平板枯燥。

民歌，在本质上是抒情的，但不排斥哲理。

民歌中有没有哲理诗，是一个值得探讨下去的题目。

《老鼠歌》与《硕鼠》

藏族民歌里有一首《老鼠歌》：

从星星还没有落下的早晨，
耕作到太阳落土的晚上；
用疲劳翻开这一锄锄的泥土，
见太阳升起又落下山岗。

收的谷子粒粒是血汗，
耗子在黑夜里把它往洞里搬；
这种冤枉有谁知道谁可怜，
唉，累死累活只剩下自己的辛酸。

我们的皇帝他不管，他不管，
我们的朋友只有月亮和太阳；
耗子呀，可恨的耗子呀，
什么时候你才能死光！

（泽仁沛楚、登主·沛楚追等唱，周良沛搜集

载《民间文学》一九六五年六月号）

读了这首民歌，立刻让人想到《诗经》里的《硕鼠》。现代研究《诗经》的人，都认为《硕鼠》是劳动者对于统治阶级加在他们

头上的不堪忍受的沉重的剥削所发出的怨恨，诸家都无异词。这首《老鼠歌》可以作为一个有力的旁证。如果看了周良沛同志的附注，《诗经》的解释者对于他们的解释就更有信心了：

"这支歌是清末的一个藏族农民劳动时的即兴之作。他以耗子的形象来影射统治者对人民的剥削。这支歌流行很广，后遭禁唱。一九三三年人民因唱这支歌，曾遭到反动统治者的大批屠杀。"

不同的时代，不同的地区，不同的民族，却用同样的形象，同样影射的方法来咒骂压在他们头上的剥削者，这是很有意思的事。其实也不奇怪，人同此心而已。他们遭受的痛苦是一样的。夺去他们的劳动果实的，有统治者，也有像田鼠一样的兽类。他们用老鼠来比喻统治者，正是"能近取譬"。硕鼠，即田鼠，偷盗粮食是很凶的。我在沽源，曾随农民去挖过田鼠洞。挖到一个田鼠洞，可以找到上斗的粮食。而且储藏得很好：豆子是豆子，麦子是麦子，高粱是高粱。分门别类，毫不混杂！这是一个典型的不劳而食者的粮仓。而且，田鼠多得很哪！

《硕鼠》是魏风。周代的魏进入了什么社会形态，我无所知。周良沛同志所搜集的藏族民歌，好像是云南西部的。那个地区的社会形态，我也不了解。"附注"中说这是一个"农民"的即兴之作，是自由农民呢？还是农奴呢？"统治者"是封建地主呢？还是农奴主呢？这些都无从判断。根据直觉的印象，这两首民歌都像是农奴制时代的产物。大批地屠杀唱歌人，这种事只有农奴主才干得出来。而《硕鼠》的"逝（誓）将去汝，适彼乐土"很容易让人想到农奴的逃亡。——封建农民是没有这种思想的。有人说"适彼乐土"只是空虚渺茫的幻想，其实这是十分现实的打算。这首诗分三节，三节的最后都说："逝将去汝"，这是带有积极的行动意味的。而且感情是强烈的。"逝将"乃决绝之词，并无保留，也不软弱。在农奴制社会里，逃亡，是当时仅能做到的反抗。我们不能用今天工人阶级的觉悟去苛求几千年前的农奴。这一点，我和一些《硕鼠》的解释者的看法，有些不同。

一九七九年四月二十三日写成

一九八〇年二月六日修改

读诗抬杠①

※

　　"春江水暖鸭先知"，有人说："鸭先知，鹅不先知耶？"鹅亦当先知，但改成"春江水暖鹅先知"，就很可笑。"五月临平山下路，藕花无数满汀洲"，有人说："为什么是五月？应是六月，六月荷花始盛。"有人和他辩论，说："五月好"，他说："有何好！你只是读得惯了！""疏影横斜水清浅，暗香浮动月黄昏"，有人说："为什么一定是梅花？用之桃杏亦无不可。"东坡闻之，笑曰："用之桃杏诚亦可，但恐桃杏不敢当耳！"读诗不可死抠字面，唯可意会。一种花有一种花的精神品格。"水清浅"、"月黄昏"，只是梅花的精神品格，别的花都无此高格，若桃花，只宜"桃花乱落如红雨"；杏花只宜"红杏枝头春意闹"。其人不服，且曰："'红杏枝头春意闹'不通！杏花不能发出声音，怎可说'闹'？"对这种人只有一个办法，给他一块锅饼，两根大葱，抹一点黄酱，让他一边蹲着吃去。

　　　　　　　　　　　　　　　　　一九九三年九月十二日

---

① 初刊时间、初刊处未详，初收于《塔上随笔》。

诗与数字①

※

杜牧诗："千里莺啼绿映红，水村山郭酒旗风。南朝四百八十寺，多少楼台烟雨中。"杨升庵以为"千里"当作"十里"，千里之外，莺声已不可闻。杨升庵是才子，著书甚多，但常有很武断的话。"千里"是宏观。诗题是《江南春》，泛指江南，并非专指一个地区。"四百八十寺"也是极言其多，未必真是四百八十座庙。诗里的数字大都是宏观。"千山鸟飞绝，万径人踪灭"、"群山万壑赴荆门"，"千"、"万"，都不是实数。"千里江陵一日还"，也不是整整一千里（郦道元《水经注》："有时朝发白帝，暮到江陵，其间千二百里"）。

以数字入诗，好像是中国诗的特有现象，非常普遍。骆宾王尤喜用数字，被称为"算博士"，但即是骆宾王，所用数字也未必准确。有的诗里的数字倒可能是确数，如"故乡七十五长亭"。

一九九三年九月十七日

---

① 初刊时间、初刊处未详，初收于《塔上随笔》。

动人不在高声①

※

《打渔杀家》萧恩过江时的［哭头］，"桂英儿呀"，是很特别的。不同于一般［哭头］的翻高，走了一个低腔。低腔的［哭头］在京剧里大概只此一个，它非常生动地表现了人物的悲怆心情。据徐兰沅先生说，这是谭鑫培从梆子的［哭头］变过来的。谭鑫培不愧是谭鑫培！

这才叫"创腔"。

《四郎探母》的唱腔堪称一时独步。那么大一出戏，"西皮"到底。然而，就好像是菊花，粉白黛绿，各不相重。即以"见娘"来说，"老娘亲请上受儿拜"，这句唱腔是任何一出戏里所没有的：［哭头］之后，接一个回肠荡气的［回龙］；在"老娘亲"的高腔之后，"请上"走了一个很低的腔，犹如一倾瀑布从九天上跌落而下，真是哀婉情深。

这才叫"创腔"。

学唱梅派戏的人都知道，梅先生的每一出新戏，都有低腔。梅先生的低腔最难学，也最好听。

近来安腔，大都往高里走，自有"样板戏"以来，此风尤甚。高，且怪。好像下定决心，非要把演员的嗓子唱坏了不可。

其实，动人不在高声。

---

① 初刊于一九八一年三月二十九日《北京戏剧报》，署名"曾岐"，初收于北师大版《汪曾祺全集》第六卷。

尊丑①

※

从前的戏班子里，在演员化妆时，必得唱丑的演员先在鼻子上涂一点白，然后别的演员才敢上妆。据说这是因为唐明皇是唱丑的。唐明皇唱戏，史无明文。至于他是不是唱丑，更是无从稽考。大概是不可能的，因为戏曲在唐代尚未成型。那么这规矩是怎么来的呢？我以为这无非是对于丑角的一种尊重。

四川菜离不开郫县豆瓣，湖南人喝茶离不开一把芝麻几片姜，北京人吃面条离不开蒜瓣；戏曲没有丑，就会索然寡味了。

一个剧种的品格高低，相当程度内决定于该剧种丑角艺术的高低。五十年代，川剧震动了北京，原因之一，是他们带来了一批使人耳目一新的丑戏。正因为有刘成基、周企何、周裕祥、李文杰……这样一些多才多艺的名丑，川剧才成其为川剧。

世界上很多伟大的演员都是丑角。看了法国电影《莫里哀》，我才知道：哦，原来莫里哀的喜剧当初是那样演的。莫里哀原来是个丑角。他的声调、动作都是那样夸张而怪诞，脸上涂着厚厚的白粉，随着剧烈的肌肉动作，一片一片地往下掉。这不是丑角是什么？卓别林创造了"含泪的笑"的别具一格的丑角。我觉得布莱希特在《高加索灰阑记》里演的那个法官，在酒醉中清醒，糊涂中正直，荒唐中维护了正义，这样一个滑稽玩世的人物，应该算是

---

① 初刊于一九八一年四月十二日《北京戏剧报》，初收于人民文学版《汪曾祺全集》第九卷。

丑角。

丑角往往是一个剧本的解释者。不管这个人物多么不重要，他多少总直接地表现了剧作者的思想、气质。川剧的很多丑角都是导演，这是个引人深思的问题。我希望从丑角里产生自编、自导、自演的人才。莫里哀、卓别林、布莱希特自己演他们戏里的关键人物，这不是偶然的。

丑角人才难得。

丑角必须是语言艺术家，他要对语言有一种特殊的敏感，能够从普通的语言中挖掘出其中的美。

丑角得是思想家。他要洞达世态人情，从常见的生活现象中看到喜剧因素。他要深思好学，博览群书。侯宝林的相声所以比别人高出一头，因为他读书。

我希望戏曲学校在招生时把最聪明的学生分到丑行，然而谁来教他们呢？……

中国戏曲有没有间离效果①

※

布莱希特谈他的"间离效果说"是受了中国戏曲的启发而提出的。但是，中国的布莱希特研究者很少联系中国戏曲；中国的戏曲演员和教戏的老师又根本不理睬布莱希特的那一套。到底中国戏曲有没有间离效果呢？我以为是有的。

间离效果，照我的粗浅的、中国化了的理解，是：若即若离，入情入理。

中国的有些戏曲是使人激动，催人落泪的，比如越剧的祝英台哭灵，山西梆子的《三上轿》。但是有些戏，即使带有悲剧性，也并不那样使人激动。看了川剧《打神告庙》、昆曲的《断桥》，很少人会因之而热泪盈眶，失声啜泣的。有人埋怨中国戏曲不那样感动人，他埋怨错了。有些戏的目的本不在使人过于感动。中国的观众和舞台，演员和角色之间，是存在着一段距离的。戏曲演员的服装、化妆和程式化的表演，很难使人相信他是一个真人。演员自己也不相信他就是周瑜或是诸葛亮。演戏的演"戏"，看戏的看"戏"。中国的观众一边感受着，欣赏着，一边还在思索着。即使这种思索只是"若有所思"。他们并不那样掉在戏里。

丑角身上的间离效果是明显的。有人埋怨丑角缺乏性格，缺乏感情。有的丑角是有性格，有感情的，比如汤勤和《窦公送子》里

---

① 初刊于一九八一年四月二十六日《北京戏剧报》，初收于人民文学版《汪曾祺全集》第九卷。

的窦公。有些丑角是不那么有性格，他的目的本来就不在演性格。丑，就是瞅着。丑是一个哲学的形象，或者是形象化了的哲学。他是一个旁观者，他就是时常要跳到生活之外（戏之外），对人情世态加以批评的。曾见一个名丑演武大郎，在服毒之后，蹲在床上翻了一个吊毛落地，原来一直踡曲着的两腿骤然伸长了，一直好像系在腰上的短布裙高高地吊在胸脯上，观众哗然大笑了，观众笑什么？笑矮人也会变长，笑：武大郎老兄，你委屈了一辈子，这回可伸开了腰了。这种表演是深刻的、隽永的。有评论家说这脱离了人物，出了戏。对这样的评论家，你能拿他有什么办法呢？

曾看过一出川剧（剧名已忘），两个奸臣吵架，互相骂道："你混蛋！"——"你混蛋！"帮腔的在一旁唱道："你两个都混蛋哪……！"布莱希特要求观众是批评者，这个帮腔人实是观众的代表，他不但批评，而且大声地唱出来了。这可是非常突出的间离效果。

为了使戏剧变成剧作家之剧，即诗人之剧，使观众能在较远的距离从平淡的生活中看出其中的抒情性；用一种揶揄的、幽默的、甚至是玩世不恭的态度来观察某些不正常的、被扭曲了的生活，为了提高戏曲的诗意和哲理性，总之，为了使戏曲现代化，研究一下间离效果，我以为是有好处的。

"揉面"①
——谈语言

※

语言是艺术

语言本身是艺术，不只是工具。

写小说用的语言，文学的语言，不是口头语言，而是书面语言。是视觉的语言，不是听觉的语言。有的作家的语言离开口语较远，比如鲁迅；有的作家的语言比较接近口语，比如老舍。即使是老舍，我们可以说他的语言接近口语，甚至是口语化，但不能说他用口语写作，他用的是经过加工的口语。老舍是北京人，他的小说里用了很多北京话。陈建功、林斤澜、中杰英的小说里也用了不少北京话。但是他们并不是用北京话写作。他们只是吸取了北京话的词汇，尤其是北京人说话的神气、劲头、"味儿"。他们在北京人说话的基础上创造了各自的艺术语言。

小说是写给人看的，不是写给人听的。

外国人有给自己的亲友谈自己的作品的习惯。普希金给老保姆读过诗。屠格涅夫给托尔斯泰读过自己的小说。效果不知如何。中国字不是拼音文学。中国的有文化的人，与其说是用汉语思维，不

---

① 《"揉面"——谈语言运用》初刊于《花溪》一九八二年第三期，《语言是艺术》初刊于《花溪》一九八三年第一期，后作者将两文合为《"揉面"——谈语言》，初收于《晚翠文谈》。

如说是用汉字思维。汉字的同音字又非常多。因此，很多中国作品不太宜于朗诵。

比如鲁迅的《高老夫子》：

他大吃一惊，至于连《中国历史教科书》也失手落在地上了，因为脑壳上突然遭到了什么东西的一击。他倒退两步，定睛看时，一枝夭斜的树枝横在他的面前，已被他的头撞得树叶都微微发抖。他赶紧弯腰去拾书本，书旁边竖着一块木牌，上面写道——

> 桑
> 桑科

看小说看到这里，谁都忍不住失声一笑。如果单是听，是觉不出那么可笑的。

有的诗是专门写来朗诵的。但是有的朗诵诗阅读的效果比耳听还更好一些。比如柯仲平的诗：

人在冰上走，

水在冰下流……

这写得很美。但是听朗诵的都是识字的，并且大都是有一定的诗的素养的，他们还是把听觉转化成视觉的（人的感觉是相通的），实际还是在想象中看到了那几个字。如果叫一个不识字的，没有文学素养的普通农民来听，大概不会感受到那样的意境，那样浓厚的诗意。"老妪都解"不难，叫老妪都能欣赏就不那么容易。"离离原上草"，老妪未必都能击节。

我是不太赞成电台朗诵诗和小说的，尤其是配了乐。我觉得这常常限制了甚至损伤了原作的意境。听这种朗诵总觉得是隔着袜子挠痒痒，很不过瘾，不若直接看书痛快。

文学作品的语言和口语最大的不同是精炼。高尔基说契诃夫可以用一个字说了很多意思。这在说话时很难办到，而且也不必要。过于简炼，甚至使人听不明白。张寿臣的单口相声，看印出来的本子，会觉得很啰嗦，但是说相声就得那么说，才明白。反之，老舍的小说也不能当相声来说。

其次还有字的颜色、形象、声音。

中国字原来是象形文字，它包含形、音、义三个部分。形、音，是会对义产生影响的。中国人习惯于望"文"生义。"浩瀚"必非小水，"涓涓"定是细流。木玄虚的《海赋》里用了许多三点水的字，许多摹拟水的声音的词，这有点近于魔道。但是中国字有这些特点，是不能不注意的。

说小说的语言是视觉语言，不是说它没有声音。前已说过，人的感觉是相通的。声音美是语言美的很重要的因素。一个有文学修养的人，对文字训练有素的人，是会直接从字上"看"出它的声音的。中国语言因为有"调"，即"四声"，所以特别富于音乐性。一个搞文字的人，不能不讲一点声音之道。"前有浮声，则后有切响"，沈约把语言声音的规律概括得很扼要。简单地说，就是平仄声要交错使用。一句话都是平声或都是仄声，一顺边，是很难听的。京剧《智取威虎山》里有一句唱词，原来是"迎来春天换人间"，毛主席给改了一个字，把"天"字改成"色"字。有一点旧诗词训练的人都会知道，除了"色"字更具体之外，全句声音上要好听得多。原来全句六个平声字，声音太飘，改一个声音沉重的"色"字，一下子就扳过来了。写小说不比写诗词，不能有那样严的格律，但不能不追求语言的声音美，要训练自己的耳朵。一个写小说的人，如果学写一点旧诗、曲艺、戏曲的唱词，是有好处的。

外国话没有四声，但有类似中国的双声叠韵。高尔基曾批评一个作家的作品，说他用"咝"音的字太多，很难听。

中国语言里还有对仗这个东西。

中国旧诗用五七言，而文章中多用四六字句。骈体文固然是这样，骈四俪六；就是散文也是这样。尤其是四字句。四字句多，几乎成了汉语的一个特色。没有一篇文章找不出大量的四字句。如果有意避免四字句，便会形成一种非常奇特的拗体。适当地运用一些四字句，可以造成文章的稳定感。

我们现在写作时所用的语言，绝大部分是前人已经用过，在文章里写过的。有的语言，如果知道它的来历，便会产生联想，使这一句话有更丰富的意义。比如毛主席的诗："落花时节读华章"，如果不知出处，"落花时节"，就只是落花的时节。如果读过杜甫的诗："岐王宅里寻常见，崔九堂前几度闻，正是江南好风景，落花时节又逢君"，就会知道"落花时节"就包含着久别重逢的意思，就可产生联想。《沙家浜》里有两句唱词："垒起七星灶，铜壶煮三江"，是从苏东坡的诗"大瓢贮月归春瓮，小杓分江入夜瓶"脱胎出来的。我们许多的语言，自觉或不自觉地，都是从前人的语言中脱胎而出的。如果平日留心，积学有素，就会如有源之水，触处成文。否则就会下笔枯窘，想要用一个词句，一时却找它不出。

语言是要磨练，要学的。

怎样学习语言？——随时随地。

首先是向群众学习。

我在张家口听见一个饲养员批评一个有点个人英雄主义的组长：

"一个人再能，当不了四堵墙。旗杆再高，还得有两块石头夹着。"

我觉得这是很好的语言。

我刚到北京京剧团不久，听见一个同志说：

"有枣没枣打三杆，你知道哪块云彩里有雨啊？"

我觉得这也是很好的语言。

一次，我回乡，听家乡人谈过去运河的水位很高，说是站在河堤上可以"踢水洗脚"，我觉得这非常生动。

我在电车上听见一个幼儿园的孩子念一首大概是孩子们自己编的儿歌：

山上有个洞，

洞里有个碗，

碗里有块肉，

你吃了，我尝了，

我的故事讲完了！

他翻来覆去地念，分明从这种语言的游戏里得到很大的快乐。我反复地听着，也能感受到他的快乐。我觉得这首几乎是没有意义的儿歌的音节很美。我也捉摸出中国语言除了押韵之外还可以押调。"尝"、"完"并不押韵，但是同是阳平，放在一起，产生一种很好玩的音乐感。

《礼记》的《月令》写得很美。

各地的"九九歌"是非常好的诗。

只要你留心，在大街上，在电车上，从人们的谈话中，从广告招贴上，你每天都能学到几句很好的语言。

其次是读书。

我要劝告青年作者，趁现在还年轻，多背几篇古文，背几首诗词，熟读一些现代作家的作品。

即使是看外国的翻译作品，也注意它的语言。我是从契诃夫、海明威、萨洛扬的语言中学到一些东西的。

读一点戏曲、曲艺、民歌。

我在《说说唱唱》当编辑的时候，看到一篇来稿，一个小戏，人物是一个小炉匠，上场念了两句对子：

风吹一炉火。

锤打万点金。

我觉得很美。

一九四七年，我在上海翻看一本老戏考，有一段滩簧，一个旦角上场唱了一句：

春风弹动半天霞。

我大为惊异：这是李贺的诗！

二十多年前，看到一首傣族的民歌，只有两句，至今忘记不了：

> 斧头砍过的再生树，
>
> 战争留下的孤儿。

巴甫连柯有一句名言："作家是用手思索的。"得不断地写，才能扪触到语言。老舍先生告诉过我，说他有得写，没得写，每天至少要写五百字。有一次我和他一同开会，有一位同志作了一个冗长而空洞的发言，老舍先生似听不听，他在一张纸上把几个人的姓名连缀在一起，编了一副对联：

> 伏园焦菊隐
>
> 老舍黄药眠

一个作家应该从语言中得到快乐，正像电车上那个念儿歌的孩子一样。

董其昌见一个书家写一个便条也很用心，问他为什么这样，这位书家说："即此便是练字。"作家应该随时锻炼自己的语言，写一封信，一个便条，甚至是一个检查，也要力求语言准确合度。

鲁迅的书信，日记，都是好文章。

语言学中有一个术语，叫做"语感"。作家要锻炼自己对于语言的感觉。

王安石曾见一个青年诗人写的诗，绝句，写的是在宫廷中值班，很欣赏。其中的第三句是："日长奏罢长杨赋"，王安石给改了一下，变成"日长奏赋长杨罢"，且说："诗家语必此等乃健"。为什么这样一改就"健"了呢？写小说的，不必写"日长奏赋长杨罢"这样的句子，但要能体会如何便"健"。要能体会峭拔、委婉、流丽、安详、沉痛……

建议青年作家研究研究老作家的手稿，捉摸他为什么改两个字，为什么要把那两个字颠倒一下。

"如鱼饮水，冷暖自知"，语言艺术有时是可以意会，难于言传的。

揉面

使用语言，譬如揉面。面要揉到了，才软熟，筋道，有劲儿。水和面粉本来是两不相干的，多揉揉，水和面的分子就发生了变化。写作也是这样，下笔之前，要把语言在手里反复抟弄。我的习惯是，打好腹稿。我写京剧剧本，一段唱词，二十来句，我是想得每一句都能背下来，才落笔的。写小说，要把全篇大体想好。怎样开头，怎样结尾，都想好。在写每一段之间，我是想得几乎能背下来，才写的（写的时候自然会又有些变化）。写出后，如果不满意，我就把原稿扔在一边，重新写过。我不习惯在原稿上涂改。在原稿上涂改，我觉得很别扭，思路纷杂，文气不贯。

曾见一些青年同志写作，写一句，想一句。我觉得这样写出来的语言往往是松的，散的，不成"个儿"，没有咬劲。

有一位评论家说我的语言有点特别，拆开来看，每一句都很平淡，放在一起，就有点味道。我想谁的语言不是这样？拆开来，不都是平平常常的话？

中国人写字，除了笔法，还讲究"行气"。包世臣说王羲之的字，看起来大大小小，单看一个字，也不见怎么好，放在一起，字的笔划之间，字与字之间，就如"老翁携举幼孙，顾盼有情，痛痒相关"。安排语言，也是这样。一个词，一个词；一句，一句；痛痒相关，互相映带，才能姿势横生，气韵生动。

中国人写文章讲究"文气"，这是很有道理的。

自铸新词

托尔斯泰称赞过这样的语言："菌子已经没有了，但是菌子的气味留在空气里"，以为这写得很美。好像是屠格涅夫曾经这样描写一棵大树被伐倒："大树叹息着，庄重地倒下了。"这写得非常真实。"庄重"，真好！我们来写，也许会写出"慢慢地倒下"，"沉重地倒下"，写不出"庄重"。鲁迅的《药》这样描写枯草："枯草支支直立，有如铜丝"。大概还没有一个人用"铜丝"来形容过稀疏瘦硬的秋草。《高老夫子》里有这样几句话："我没有再教下去的意思。女学堂真不知道要闹成什么样子。我辈正经人，确乎犯不上酱在一起……""酱在一起"，真是妙绝（高老夫子是绍兴人。如果写的是北京人，就只能说"犯不上一块掺和"，那味道可就差远了）。

我的老师沈从文在《边城》里两次写翠翠拉船，所用字眼不一样。一次是：

> 有时过渡的是从川东过茶峒的小牛，是羊群，是新娘子的花轿，翠翠必争着作渡船夫，站在船头，懒懒的攀引缆索，让船缓缓的过去。

又一次是：

> 翠翠斜睨了客人一眼，见客人正盯着她，便把脸背过去，抿着嘴儿，不声不响，很自负的拉着那条横缆。

"懒懒的"、"很自负的"，都是很平常的字眼，但是没有人这样用过。要知道盯着翠翠的客人是翠翠所喜欢的傩送二老，于是"很自负的"四个字在这里就有了很多很深的意思了。

我曾在一篇小说里描写过火车的灯光："车窗蜜黄色的灯光连续地映在果园东边的树墙子上，一方块，一方块，川流不息地追赶着"；在另一篇小说里描写过夜里的马："正在安静地、严肃地咀嚼着草料"，自以为写得很贴切。"追赶"、"严肃"都不是新鲜字眼，但是它表达了我自己在生活中捕捉到的印象。

一个作家要养成一种习惯，时时观察生活，并把自己的印象用清晰的、明确的语言表达出来。写下来也可以。不写下来，就记住（真正用自己的眼睛观察到的印象是不易忘记的）。记忆里保存了这种经用语言固定住的印象多了，写作时就会从笔端流出，不觉吃力。

语言的独创，不是去杜撰一些"谁也不懂的形容词之类"。好的语言都是平平常常的，人人能懂，并且也可能说得出来的语言——只是他没有说出来。人人心中所有，笔下所无。"红杏枝头春意闹"，"满宫明月梨花白"，都是这样。"闹"字、"白"字，有什么稀奇呢？然而，未经人道。

写小说不比写散文诗，语言不必那样精致。但是好的小说里总要有一点散文诗。

语言要和人物贴近

我初学写小说时喜欢把人物的对话写得很漂亮，有诗意，有哲理，有时甚至很"玄"。沈从文先生对我说："你这是两个聪明脑袋打架！"他的意思是说这不像真人说的话。托尔斯泰说过："人是不能用警句交谈的。"

尼采的"苏鲁支语录"是一个哲人的独白。吉伯维的《先知》讲的是一些箴言。这都不是人物的对话。《朱子语录》是讲道经，谈学问的，倒是谈得很自然，很亲切，没有那么多道学气，像一个活人说的话。我劝青年同志不妨看看这本书，从里面可以学习语言。

《史记》里用口语记述了很多人的对话，很生动。"夥颐，涉之为王沉沉者！"写出了陈涉的乡人乍见皇宫时的惊叹（"夥颐"历来的注家解释不一，我以为这就是一个状声的感叹词，用现在的字写出来就是："嗬咦！"）。《世说新语》里记录了很多人的对话，寥寥数语，风度宛然。张岱记两个老者去逛一处林园，婆娑其间，一老者说："直是蓬莱仙境了也！"另一老者说："箇边哪有这样！"生动之至，而且一听就是绍兴话。《聊斋志异》《翩翩》写两个少妇对话："一日，有少妇笑入！曰：'翩翩小鬼头快活死！薛姑子好梦几时做得？'女迎笑曰：'花城娘子，贵趾久弗涉，今日西南风紧，吹送来也——小哥子报得未？'曰：'又一小婢子。'女笑曰：'花娘子瓦窑哉！——那弗将来？'曰'方鸣之，睡却矣。'"这对话是用文言文写的，但是神态跃然纸上。

写对话就应该这样，普普通通，家常里短，有一点人物性格、神态，不能有多少深文大义。——写戏稍稍不同，戏剧的对话有时可以"提高"一点，可以讲一点"字儿话"，大篇大论，讲一点哲理，甚至可以说格言。

可是现在不少青年同志写小说时，也像我初学写作时一样，喜欢让人物讲一些他不可能讲的话，而且用了很多辞藻。有的小说写农民，讲的却是城里的大学生讲的话，——大学生也未必那样讲话。

不单是对话，就是叙述、描写的语言，也要和所写的人物"靠"。

我最近看了一个青年作家写的小说，小说用的是第一人称，小说中的"我"是一个才入小学的孩子，写的是"我"的一个同桌的女同学，这未尝不可。但是这个"我"对他的小同学的印象却是："她长得很纤秀"。这是不可能的。小学生的语言里不可能有这个词。

有的小说，是写农村的。对话是农民的语言，叙述却是知识分子的语言，叙述和对话脱节。

小说里所描写的景物，不但要是作者眼中所见，而且要是所写的人物的眼中所见。对景物的感受，得是人物的感受。不能离开人物，单写作者自己的感受。作者得设身处地，和人物感同身受。小说的颜色、声音、形象、气氛，得和所写的人物水乳交融，浑然一体。就是说，小说的每一个字，都渗透了人物。写景，就是写人。

契诃夫曾听一个农民描写海，说："海是大的"。这很美。一个农民眼中的海也就是这样。如果在写农民的小说中，有海，说海是如何苍茫、浩瀚，蔚蓝……统统都不对。我曾经坐火车经过张家口坝上草原，有几里地，开满了手掌大的蓝色的马兰花，我觉得真是到了一个童话的世界。我后来写一个孩子坐火车通过这片地，本是顺理成章，可以写成：他觉得到了一个童话的世界。但是我不能这样写，因为这个孩子是个农村的孩子，他没有念过书，在他的语言里没有"童话"这样的概念。我只能写：他好像在一个梦里。我写一个从山里来的放羊的孩子看一个农业科学研究所的温室，温室里冬天也结黄瓜，结西红柿：西红柿那样红，黄瓜那样绿，好像上了颜色一样。我只能这样写。"好像上了颜色一样"，这就是这个放羊娃的感受。如果稍为写得华丽一点，就不真实。

有的作者有鲜明的个人风格，可以不用署名，一看就知是某人的作品。但是他的各篇作品的风格又不一样。作者的语言风格每因所写的人物、题材而异。契诃夫写《万卡》和写《草原》、《黑修士》所用的语言是很不相同的。作者所写的题材愈广泛，他的风格也就愈易多样。

我写的《徙》里用了一些文言的句子，如"呜呼，先生之泽远矣"，"墓草萋萋，落照昏黄，歌声犹在，先生邈矣。"因为写的是一个旧社会的国文教员。写《受戒》、《大淖记事》，就不能用这样的语言。

作者对所写的人物的感情、态度，决定一篇小说的调子，也就是风格。鲁迅写《故乡》、《伤逝》和《高老夫子》、《肥皂》的感情很不一样。对闰土、涓生有深浅不同的同情，而对高尔础、四铭则是不同的厌恶。因此，调子也不同。高晓声写《拣珍珠》和《陈奂生上城》的调子不同，王蒙的《说客盈门》和《风筝飘带》几乎不像是一个人写的。我写的《受戒》、《大淖记事》，抒情的成分多一些，因为我很喜爱所写的人；《异秉》里的人物很可笑，也很可悲悯，所以文体上也是亦庄亦谐。

　　我觉得一篇小说的开头很难，难的是定全篇的调子。如果对人物的感情、态度把握住了，调子定准了，下面就会写得很顺畅。如果对人物的感情、态度把握不稳，心里没底，或是有什么顾虑，往往就会觉得手生荆棘，有时会半途而废。

　　作者对所写的人、事，总是有个态度，有感情的。在外国叫做"倾向性"，在中国叫做"褒贬"。但是作者的态度、感情不能跳出故事去单独表现，只能融化在叙述和描写之中，流露于字里行间，这叫做"春秋笔法"。

　　正如恩格斯所说：倾向性不要特别地说出。

一九八二年一月八日

关于文学的语言问题①
——在大足县业余作者座谈会上的讲话

※

一、语言在文学创作中占极其重要的位置。

语言是文学的手段，文学是语言的艺术，或者说语言是文学的第一要素。要搞语文教学或文学创作，首要问题就是语言问题。文章写不好，就谈不上搞文学。极而言之，语言本身是艺术。音乐只有一个旋律构不成一首乐曲，但一句话就可以成为一首诗。"满城风雨近重阳"就是一首诗。

二、文学创作语言是书面语言，是视觉语言。是供人看的，不是供人听的。有的作品看起来效果好，听起来效果就不一定好。鲁迅的小说《高老夫子》，写高尔础在给学生上了课之后，走进植物园时，"他大吃一惊，至于《中国历史教科书》也失手落在地上了，因为脑壳上突然遭了什么东西的一击。他倒退两步，定睛看时，一枝夭斜的树枝横在他面前，已被他的头撞得树叶都微微发抖。他赶紧弯腰去拾书本，书旁边竖着一块木牌，上面写着——桑桑科"。

这段描写用视觉看可笑，特别是"桑，桑科"很有味，但念起来听就念不出味道，效果就差。柯仲平写的"人在冰上走，水在冰下流"写得很有意境。单听就不易产生好的效果，看就容易产生意

① 原刊于《海棠》一九八二年第三期，大足县广播局根据录音整理，未经本人审阅。

境。汉字除字音还有字形，然后才产生字义。这同外国语言不一样，外国语言无字形，都由字母拼音构成。外国诗通过朗诵就能表达思想感情。中国诗通过字形，唤起一定视觉，然后引起想象，进入意境。

作家创作语言不完全是口语，而是在口语基础上创作的艺术语言。老舍等作家是用北京话创作的，但不完全是北京话口语，而是采用北京语言的语汇、词和那股味，它比口语简练得多。它是在北京话的基础上，创作了各自的艺术语言。

三、文学语言标准。

文学语言的标准首要一个，就是准确。契柯夫说过："每句话只有一个最好的说法。"对语言要选择，比较，然后找到能最准确表达自己感情和思想的语言。怎样才能达到准确呢？就是要通过艰苦的学习。学习是多方面的。首先是在生活里学习，向群众学习。年青时，多从作品中学习语言。年岁稍大一点，在同群众长期接触中，有了一点生活，发现群众的语言很美，很生动，非常准确，而富有哲理。我曾在张家口农村里住过几年。有一次在大车队劳动，参加生活会时，群众在批评大车队队长有英雄主义时说："一个人再能挡不住四堵墙。旗杆再高，还得要两块石头夹住。"这很生动、准确，很美。对事不要简单化，北京人有这样一种说法："有枣没枣打三杆"，"你知道哪块云彩有雨？"这说得多好。向生活学习，向群众学习很广泛，只要留心，就能随时随地学到很好的语言。这些语言并能使你折服。有一次我在北京西单，宣传车在广播："横穿马路，不要低头猛跑"，这简直简练、准确到极点。北京有条街的墙报上有一个标题："残菜剩饭，必须回锅煮开再吃"。这些宣传车，墙报上的语言，它使人一看就明白，一听就清楚。这样的语言，就是好语言。

北京有的接生婆墙上写着"轻车快马，吉祥姥姥"，很有诗意，很形象。有个铺子写着："出售新藤椅，修理旧藤床"，修理钥匙店写："照配钥匙，立等可取"，洗澡堂写："各照衣帽"。这些都是用最少的字，用最精练的语言，清楚、准确地把意想表达出来。都值得我们学习。

其次是从书本里学习语言。我们要读较多的古典和现代的作品。我们有的同志只读当代的同辈作家的作品，这不够。还要多读点古代作品，古代散文，多背点古诗词。不然写出的作品语言就没有味。我们汉语的特点，一是对仗，就是对对子。汉语一个字一个音节，我们往往利用这个特点以对仗，对偶方式，使语言美。我们写小说或散文，不一定像做对子、写律诗那样对得很工整，但用不很严格的对仗语言，可以产生特殊的效果。我的老师写有两句："有桃花处必有人家，有人家处必可沽酒"。有一位写船上工会："地方像茶馆不卖茶，不像烟馆可以抽烟"，虽然对得不工整，但这是对仗关系产生了特殊的效果。有的古诗词则对得很绝，如李商隐写的《马嵬》有两句"此日六军同驻马，当时七夕笑牵牛"。二是声调，或叫四声。这是外国语言没有的。这使中国语言具有特有的音乐性。古诗词特别讲究平仄，现代汉语也要平仄交替使用，才能使语言有音乐美。如《智取威虎山》有一句："迎来春天换人间"，毛主席改为"迎来春色换人间"，一字之改，除春色比春天更具体形象外，还有声律的需要。如用"天"，全句只有一个"换"是仄声字，不好听；改为"色"就多一个仄声字，全句就好听了。双声叠韵用得好有美感，但用得不好，也不好听，没有美感。如《沙家浜》"看小船，穿云破雾渐无踪影"句中的"船""穿"声韵相同，用在一起，不好唱。后改为"看小船，破雾穿云渐无踪影"就好唱了。要懂声调，我们就要多读一点古文，而且要读些骈体文。

第三，向多种艺术形式学习。我们要向民间文学学习，向民歌、戏曲学习。民间文学语言值得我们学习，有些语言是我们想不到的。古代民歌，如：汉乐府里的《枯鱼过河泣》想像非常丰富奇特，鱼干了怎能写信给别的鱼呢？这是一个在旅途中落难人的心情写照。广西有一首民歌，也用同一样的表现形式："蝴蝶写信给蜜蜂，蜘蛛结网拦了路，水泡阳桥路不通。"民歌以抒情为主，但有的也富有哲理。湖南有一首哲理性民歌是写插秧的"赤脚双双来插田，低头看见水中天，行行插的齐齐整，退步原来是向前。""低头看见水中天"、"退步原来是向前"就是深刻的哲理。傣族民歌："斧头砍过的再生树，战争留下的孤儿。"意义很丰富。四川民歌也有很多优美的语言。有的中国作家不研究中国民歌，是很大的遗憾。

中国戏曲也有很多好东西。京剧《打渔杀家》中萧恩和桂英过江杀李时，在离家时，桂英打开门出去，桂英叫："爹爹请转"，萧问"何事"，桂英说："门还没有上锁哩！"萧说："这门关也罢，不关也罢！"桂英说："不关门，还有重要家具。"萧说："人都不要了，还要什么家具！"桂英："不要了！"如果小说的对话能写成这样，就是高级的语言。川剧文学性很高，也要向川剧学语言。

总之，语言要学习，要向群众学习，向生活学习，向作品学习，不但要向现代作品学习，还要向古代作品学习，要向其他文学形式学习。

学习语言要达到什么目的呢？就是要培养我们的语感。要训练我们的语言敏感。我们要随时随地注意别人的语言，训练自己的语感。我在北京电车上听到一个幼儿园的小孩反复念："山上有个洞，洞里有个碗，碗里有块肉，你吃了，我尝了，我的故事讲完了。"好像他越念越愉快，这是什么原因呢？原来前三句是重叠，念起来有美感。后三句有三个"了"，是阳平，有音乐感。所以这个小孩反复念是美的享受。我们平时就要特别注意音乐美。

关于语言的独创性。青年人感到语言平淡，总爱搞点花花草草，那是无用的。所谓独创，就是把普通的大家都能说的语言，在你的作品里，灌注上新的意思。屠格涅夫"大树庄重地倒下"把大树人格化了，这"庄重"就用得独特。鲁迅在《药》里写夏妈为夏瑜上坟时，有这样的描写，"微风早已停息了；枯草支支直立，有如铜丝。一丝发抖的声音，在空气中愈颤愈细，细到没有，周围便都是死一般静。"鲁迅把"枯草""铜丝"连在一起用，用"铜丝"形容"枯草"，用得准确而独特，为别人所无。又如，"红杏枝头春意闹"的"闹"字用得准确、生动、独到。我们说语言的独创性，不是离奇、生造，而是别人想说能说，但没有说或说不出来，你把它准确地说出来，别人一看，你把他的意思说出来了，并且感到新鲜、准确，独特，这就是独创性。

传神①

※

看过一则杂记，唐朝有两个大画家，一个好像是韩干，另外一个我忘了，二人齐名，难分高下。有一次，皇帝——应该是玄宗了——命令他们俩同时给一个皇子画像。画成了，皇帝拿到宫里请皇后看，问哪一张画得像。皇后说："都像。这一张更像。——那一张只画出皇子的外貌，这一张画出了皇子的潇洒从容的神情。"于是二人之优劣遂定。哪一张更像呢？好像是韩干以外的那一位的一张。这个故事，对于写小说是很有启发的。

小说是写人的。写人，有时免不了要给人物画像。但是写小说不比画画，用语言文字描绘人物的形貌，不如用线条颜色表现得那样真切。十九世纪的小说流行摹写人物的肖像，写得很细致，但是不易使读者留下深刻的印象。但是用语言文字捕捉人物的神情——传神，是比较容易办到的，有时能比用颜色线条表现得更鲜明。中国画讲究"形神兼备"，对于写小说来说，传神比写形象更为重要。

我的老师沈从文写《边城》里的翠翠乖觉明慧，并没有过多地刻画其外形，只是捕捉住了翠翠的神气：

翠翠在风日里长养着，把皮肤变得黑黑的，触目为青山绿水，一对眸子清明如水晶。自然既长养她且教育她，为人天真

---

① 初刊于《江城》一九八四年第三期，初收于《晚翠文谈》。

活泼，处处俨然如一只小兽物。人又那么乖，如山头黄麂一样，从不想到残忍事情，从不发怒，从不动气。平时在渡船上遇陌生人对她有所注意时，便把光光的眼睛瞅着那陌生人，作成随时皆可举步逃入深山的神气，但明白了人无机心后，就又从从容容地在水边玩耍了。

鲁迅先生曾说过：有人说，画一个人最好是画他的眼睛。传神，离不开画眼睛。

《祝福》两次写到祥林嫂的眼睛：

　　她不是鲁镇人。有一年的冬初，四叔家里要换女工，做中人的卫老婆子带她进来了，头上系着白头绳，乌裙，蓝夹袄，月白背心，年纪大约二十六七，脸色青黄，但两颊却还是红的。卫老婆子叫她祥林嫂，说是自己母家的邻舍，死了当家人，所以出来做工了。四叔皱了皱眉，四婶已经知道了他的意思，是在讨厌她是一个寡妇。但看她模样还周正，手脚都壮大，又只是顺着眼，不开一句口，很像一个安分耐劳的人，便不管四叔的皱眉，将她留下了。

　　我这回在鲁镇所见的人们中，改变之大，可以说无过于她的了：五年前的花白的头发，即今已经全白，全不像四十上下的人；脸上瘦削不堪，黄中带黑，而且消尽了先前悲哀的神色，仿佛是木刻似的；只有那眼珠间或一轮，还可以表示她是一个活物。

"顺着眼"，大概是绍兴方言；"间或一轮"，现在也不大用了，但意思是可以懂得的，神情可以想见。这"顺"着的眼和间或一轮的眼珠，写出了祥林嫂的神情和她的悲惨的遭遇。

我在几篇小说里用过画眼睛的方法：

> 两个女儿，长得跟她娘像一个模子里脱出来的。眼睛长得尤其像，白眼珠鸭蛋青，黑眼珠棋子黑，定神时如清水，闪动时像星星。浑身上下，头是头，脚是脚。头发滑滴滴的，衣服格挣挣的。——这里的风俗，十五六岁的姑娘就都梳上头了。这两个丫头，这一头的好头发！通红的发根，雪白的簪子！娘女三个去赶集，一集的人都朝她们望。（《受戒》）

> 巧云十五岁，长成了一朵花。身材、脸盘都像妈。瓜子脸，一边有一个很深的酒窝。眉毛黑如鸦翅，长入鬓角。眼角有点吊，是一双凤眼。睫毛很长，因此显得眼睛经常眯眯着；忽然回头，睁得大大的，带点吃惊而专注的神情，好像听到远处有人叫她似的。（《大淖记事》）

对于异常漂亮的女人，有时从正面，直接地描写很困难；或者已经写了，还嫌不足，中国的和外国的古代的诗人，便不约而同地想出另外一种聪明的办法，即换一个角度，不是描写她本人，而是间接地，描写看到她的别人的反映，从别人的欣赏、倾慕来反衬出她的美。希腊史诗《伊里亚特》里的海伦皇后是一个绝世的美人，但是荷马在描写她的美时，没有形容她的面貌肢体，只是用相当篇幅描写了看到她的几位老人的惊愕。汉代乐府《陌上桑》描写罗敷，也是用的这种方法：

> 行者见罗敷，下担捋髭须。
>
> 少者见罗敷，脱帽著帩头。
>
> 耕者忘其犁，锄者忘其锄。
>
> 来归相怨怒，但坐观罗敷。

这种方法，不能使人产生具体的印象，但却可以唤起读者无边的想象。他没有看到这个美人是如何的美，但是他想得出她一定非常的美。这样的写法是虚的，但是读者的感受是实的。

这种方法，至少已经有了两千多年的历史了，但是现代的作家还在用着。赵树理《小二黑结婚》写小芹，就用过这种方法（我手边无树理同志这篇小说，不能具引）。我在《大淖记事》里写巧云，也用了这种方法：

……她在门外的两棵树杈之间结网，在淖边平地上织席，就有一些少年人装着有事的样子来来去去。她上街买东西，甭管是买肉，买菜，打油，打酒，撕布，量头绳，买梳头油、雪花膏，买石碱、浆块，同样的钱，她买回来，分量都比别人多，东西都比别人的好。这个奥秘早被大娘、大婶们发现，她们就托她买东西。只要巧云一上街，都拎了好几个竹篮，回来时压得两个胳臂酸疼酸疼。泰山庙唱戏，人家都是自己扛了板凳去，巧云散着手就去了。一去了，总有人给她找一个得看的好座。台上的戏唱得正热闹，但是没有多少人叫好。因为好些人不是在看戏，是看她。

前引《受戒》里的"娘女三个去赶集，一集的人都朝她们望"，用的也是这方法，只是繁简不同。

这些方法古已有之，应该说是陈旧的方法了，但是运用得好，却可以使之有新意，使人产生新鲜感。方法是不难理解的，也是不难掌握的，但是运用起来，却有不同。运用得好，使人觉得自自然然，很妥贴，很舒服，不露痕迹。虽然有法，恰似无法，用了技巧，却显不出技巧，好像是天生的一段文字，本来就该像这样写。用得不好，就会显得卖弄做作、笨拙生硬，使人像吃馒头时嚼出一块没有蒸熟的生面疙瘩。

这些，写神情、画眼睛，从观赏者的角度反映出人的姿媚，都只是方法，是"用"，而不是"体"。"体"，是生活。没有丰富的生活积累，只是知道这些方法，还是写不出好作品的。反之，生活丰富了，对于这些方法，也就容易掌握，容易运用自如。

不过，作为初学写作者，知道这些方法，并且有意识地作一些练习，学习用几句话捉住一个人的神情，描绘若干双眼睛，尝试从别人的反映来写人，是有好处的。这可以锻炼自己的艺术感觉，并且这也是积累生活的验方。生活和艺术感是互相渗透，互为影响的。

一九八四年一月十日

谈谈风俗画①

※

有几位评论家都说，我的小说里有风俗画。这一点是我原来没有意识到的。经他们一说，我想想倒是有的。有一位文学界的前辈曾对我说："你那种写法是风俗画的写法"，并说这种写法很难。风俗画的写法是怎样一种写法？这种写法难么？我不知道。有人干脆说我是一个风俗画作家……

我是很爱看风俗画的。十七世纪荷兰学派的画，日本的浮世绘，我都爱看。中国的风俗画的传统很久远了。汉代的很多画像石刻、画像砖都画（刻）了迎宾、饮宴、耍杂技——倒立、弄丸、弄飞刀……有名的说书俑，滑稽中带点愚蠢，憨态可掬，看了使人不忘。晋唐的画以宗教画、宫廷画为大宗。但这当中也不是没有风俗画，敦煌壁画中的杰作《张义潮出巡图》就是。墓葬中的笔致粗率天真的壁画，也多涉及当时的风俗。宋代风俗画似乎特别的流行，《清明上河图》是一个突出的例子。我看这幅画，能够一看看半天。我很想在清明那天到汴河上去玩玩，那一定是非常好玩的。南宋的画家也多画风俗。我从马远的《踏歌图》知道"踏歌"是怎么回事，从而增加了对"桃花潭水深千尺，不及汪伦送我情"的理解。这种"踏歌"的遗风，似乎现在朝鲜还有。我也很爱李嵩、苏汉臣的《货郎图》，它让我知道南宋的货郎担上有那么多卖给小孩

---

① 初刊于《钟山》一九八四年第三期，初收于《晚翠文谈》。

子们的玩意，真是琳琅满目，都蛮有意思。元明的风俗画我所知甚少。清朝罗雨峰的《鬼趣图》可以算是风俗画。幸好这时兴起了年画。杨柳青、桃花坞的年画大部分都是风俗画，连不画人物只画动物的也都是，如《老鼠嫁女》。我很喜欢这张画，如鲁迅先生所说，所有俨然穿着人的衣冠的鼠类，都尖头尖脑的非常有趣。陈师曾等人都画过北京市井的生活。风俗画的雕塑大师是泥人张。他的《钟馗嫁妹》、《大出丧》，是近代风俗画的不朽的名作。

我也爱看讲风俗的书。从《荆楚岁时记》直到清朝人写的《一岁货声》之类的书都爱翻翻。还是上初中的时候，一年暑假，我在祖父的尘封的书架上发现了一套巾箱本木活字聚珍版的丛书，里面有一册《岭表录异》，我就很有兴趣地看起来。后来又看了《岭外代答》。从此就对讲地理的书、游记，产生了一种嗜好。不过我最有兴趣的是讲风俗民情的部分，其次是物产，尤其是吃食。对山川疆域，我看不进去，也记不住。宋元人笔记中有许多是记风俗的，《梦溪笔谈》、《容斋随笔》里有不少条记各地民俗，都写得很有趣。明末的张岱特长于记述风物节令，如记西湖七月半、泰山进香，以及为祈雨而赛水浒人物，都极生动。虽然难免有鲁迅先生所说的夸张之处，但是绘形绘声，详细而不琐碎，实在很教人向往。我也很爱读各地的竹枝词，尤其爱读作者自己在题目下面或句间所加的注解。这些注解常比本文更有情致。我放在手边经常看看的一本书是古典文学出版社出的《东京梦华录》（外四种——《都城纪胜》、《西湖老人繁胜录》、《梦粱录》、《武林旧事》），这样把记两宋风俗的书汇为一册，于翻检上极便，是值得感谢的，只是断句断错的地方太多。这也难怪，有一位历史学家就说过《东京梦华录》是一本难读的书。因为对当时的情形和语言不明白，所以不好断句。

我对风俗有兴趣，是因为我觉得它很美。我曾经在一篇文章里说过："我以为风俗是一个民族集体创作的生活的抒情诗"（《〈大淖记事〉是怎样写出来的》）。这是一句随便说说的话，没有任何学术意义。但也不是一点道理没有。我以为，风俗，不论是自然形成的，还是包含一定的人为的成分（如自上而下的推行），都反映了一个民族对生活的挚爱，对"活着"所感到的欢悦。他们把生活中的诗情用一定的外部的形式固定下来，并且相互交流，溶为一体。风俗中保留一个民族的常绿的童心，并对这种童心加以圣化。风俗使一个民族永不衰老。风俗是民族感情的重要的组成部分。斯大林把民族感情引为民族的要素之一。民族感情是抽象的，看不见摸不着，但它确实存在着。民族感情常常体现在风俗中。风俗，是具体的。一种风俗对维系民族感情的作用是不可估量的，如那达慕、刁羊、麦西来甫、三月街……。

所谓风俗，主要指仪式和节日。仪式即"礼"。礼这个东西，未可厚非。据说辜鸿铭把中国的"礼"翻译成英语时，译为"生活的艺术"。这传闻不知是否可靠，但却很有意思。礼是具有艺术性的，很好玩的，假如我们抛开其中迷信和封建的内核，单看它的形式。礼，包括婚礼和丧礼。很多外国的和中国少数民族的民间舞蹈常常以"××人的婚礼"作题目，那是在真实的婚礼的基础上加工而成的。结婚，对一个少女来说，意味着迈进新的生活，同时也意味着向过去的一切告别了。因此，这一类的舞蹈大都既有喜悦，又有悲哀，混和着复杂的感情，其动人处，也在此。中国西南几个民族都有"哭嫁"的习俗。临嫁的姑娘要把要好的姊妹约来哭（唱）一夜甚至几夜。那歌词大都是充满了真情，很美的。我小时候最爱参加丧礼，不管是亲戚家还是自己家的。我喜欢那种平常没有的"当大事"的肃穆的气氛，所有的人好像一下子都变得高雅起来，多情起来了，大家都像在演戏，在扮演一种角色，很认真地扮演着。我喜欢"六七开吊"，那是戏的顶点。我们那里开吊那天要"点主"。点主，就是在亡人的牌位上加一点。白木的牌位上事先写好了某某人之"神王"，要在王字上加一点，这才成了"神主"。点主不是随随便便点的，很隆重。要请一个有功名的老辈人来点。点主的人就位后，礼生喝道："凝神，——想象，请加墨主！"点主人用一枝新墨笔在"王"字上点一点；然后，再："凝神，——想象，请加朱主！"点主人再用朱笔点一点，把原来的墨点盖住。这样，一个人的魂灵就进了这块牌位了。"凝神——想象"，这实在很有点抒情的意味，也很有戏剧性。我小时看点主，很受感动，至今印象犹深。

至于节日，那更不用说了。试想一下，如果没有那样多的节，我们的童年将是多么贫乏，多么缺乏光彩呀。日本人对传统的节日非常重视。多么现代化的大企业，到了盂兰盆节这一天，也要停产放假，举行集体的游乐活动。这对于培养和增强民族的自信，无疑是会有好处的。

风俗，仪式和节日，是历史的产物，它必然是要消亡的。谁也不会提出恢复所有的传统的风俗，但是把它们记录下来，给现在的和将来的人看看，是有着各方面的意义的。我很希望中国民俗学会能编出两本书，一本《中国婚丧礼俗》，一本《中国的节日》。现在着手，还来得及。否则，到了"礼失而求诸野"，要到穷乡僻壤去访问搜集，就费事了。

为什么要在小说里写进风俗画？前已说过，我这样做原是无意的。只是因为我的相当一部分小说是写我的家乡的，写小城的生活，平常的人事，每天都在发生，举目可见的小小悲欢，这样，写进一点风俗，便是很自然的事了。"人情"和"风土"原是紧密关联的。写一点风俗画，对增加作品的生活气息、乡土气息，是有帮助的。风俗画和乡土文学有着血缘关系，虽然二者不是一回事。很难设想一部富于民族色彩的作品而一点不涉及风俗。鲁迅的《故乡》、《社戏》，包括《祝福》，是风俗画的典范。《朝花夕拾》每篇都洋溢着罗汉豆的清香。沈从文的《边城》如果不是几次写到端午节赛龙船，便不会有那样浓郁的色彩。"风俗画小说"，在一般人的概念里，不是一个贬词。

风俗画小说的文体几乎都是朴素的。风俗本身是自自然然的。记述风俗的书原来不过是聊资谈助，大都是随笔记之，不事雕饰。幽兰居士孟元老《东京梦华录序》云："此语言鄙俚，不以文饰者，盖欲上下通晓耳，观者幸详焉。"用华丽的文笔记风俗的人好像还很少。同样，风俗画小说所记述的生活也多是比较平实的，一般不太注重强烈的戏剧化的情节。写风俗而又富于浪漫主义的戏剧性的情节的，似乎只有梅里美一人。但他所写的往往是异乡的奇俗（如世代复仇），而且通常是不把梅里美列在风俗画家范围内的。风俗画小说，在本质上是现实主义的。

记风俗多少有点怀旧，但那是故国神游，带抒情性，但并不流于伤感。风俗画给予人的是慰藉，不是悲苦。就我所见过的风俗画作品来看，调子一般不是低沉的。

小说里写风俗，目的还是写人。不是为写风俗而写风俗，那样就不是小说，而是风俗志了。风俗和人的关系，大体有这样三种：

一种是以风俗作为人的背景。

一种是把风俗和人结合在一起，风俗成为人的活动和心理的契机。比如：

> 去年元夜时，
> 花市灯如昼，
> 月上柳梢头，
> 人约黄昏后。

又如苏北民歌《探妹》：

> 正月里探妹正月正，
> 我带小妹子看花灯，
> 看灯是假的，
> 妹子呀，试试你的心。

《边城》几次写端午节赛龙船，和翠翠的情绪的发育和感情的变化是紧紧扣在一起的，并且是情节发展不可缺少的纽带。

也有时，看起来是写风俗，实际上是在写人。我的小说里写风俗占篇幅最长的大概是《岁寒三友》里描写放焰火的一段。因为这篇小说见到的人不是很多，我把这一段抄录在下面：

这天天气特别好。万里无云，一天皓月。阴城的正中，立起一个四丈多高的架子。有人早早吃了晚饭，就扛了板凳来等着了。各种卖小吃的都来了。卖牛肉高粱酒的、卖回卤豆腐干的，卖五香花生米的、芝麻灌香糖的，卖豆腐脑的，卖煮荸荠的，还有卖河鲜——卖紫皮鲜菱角和新剥鸡头米的……到处是"气死风"的四角玻璃灯，到处是白蒙蒙的热气、香喷喷的茴香八角气味。人们寻亲访友，说短道长，来来往往，亲亲热热，阴城的草都被踏倒了。人们的鞋底也叫秋草的浓汁磨得滑溜溜的。

忽然，上万双眼睛一齐朝着一个方向看。人们的眼睛一会儿睁大，一会儿眯细；人们的嘴一会儿张开，一会儿又合上；一阵阵叫喊，一阵阵欢笑，一阵阵掌声。——陶虎臣点着了焰火了。

（中间还有一段具体描写几种焰火的，文长不录）

……火光炎炎，逐渐消隐，这时才听到人们呼唤：

"二丫头，回家咧！"

"四儿，你在哪儿哪？"

"奶奶，等等我，我鞋掉了！"

人们摸摸板凳，才知道：呀，露水下来了。

这里写的是风俗，没有一笔写人物。但是我自己知道笔笔都著意写人，写的是焰火的制造者陶虎臣。我是有意在表现人们看焰火时的欢乐热闹气氛中表现生活一度上升时期陶虎臣的愉快心情，表现用自己的劳作为人们提供欢乐，并于别人的欢乐中感到欣慰的一个善良人的品格的。这一点，在小说里明写出来，是也可以的，但是我故意不写，我把陶虎臣隐去了，让他消融在欢乐的人群之中。我想读者如果感觉到看焰火的热闹和欢乐，也就会感觉到陶虎臣这个人。人在其中，却无觅处。

写风俗，不能离开人，不能和人物脱节，不能和故事情节游离。写风俗不能留连忘返，收不到人物的身上。

风俗画小说是有局限性的。一是风俗画小说往往只就人事的外部加以描写，较少刻画人物的内心世界，不大作心理描写，因此人物的典型性较差。二是，风俗画一般是清新浅易的，不大能够概括十分深刻的社会生活内容，缺乏历史的厚度，也达不到史诗一样的恢宏的气魄。因此，风俗画小说常常不能代表一个时代的文学创作的主流。这一点，风俗画小说作者应该有自知之明，不要因为自己的作品没有受到重视而气愤。

因此，我希望自己，也希望别人，不要只是写风俗画。并且，在写风俗画小说时也要有所突破，向生活的深度和广度掘进和开拓。

一九八四年一月二十二日

谈风格①

※

　　一个人的风格是和他的气质有关系的。布封说过："风格即人。"中国也有"文如其人"的说法。人和人是不一样的。趋舍不同，静躁异趣。杜甫不能为李白的飘逸，李白也不能为杜甫的沉郁。苏东坡的词宜关西大汉执铁绰板唱"大江东去"，柳耆卿的词宜十三四女郎持红牙板唱"今宵酒醒何处，杨柳岸晓风残月"。中国的词大别为豪放与婉约两派。其他文体大体也可以这样划分。不知从什么时候起，因为什么，豪放派占了上风。茅盾同志曾经很感慨地说：现在很少人写婉约的文章了。十年浩劫，没有人提起风格这个词。我在"样板团"工作过。江青规定："要写'大江东去'，不要'小桥流水'！"我是个只会写"小桥流水"的人，也只好跟着唱了十年空空洞洞的豪言壮语。三中全会以后，我才又重新开始发表小说，我觉得我可以按照我自己的样子写小说了。三中全会以后，文艺形势空前大好的标志之一，是出现了很多不同风格的作品。这一点是"十七年"所不能比拟的。那时作品的风格比较单一。茅盾同志发出感慨，正是在那样的时候。一个人要使自己的作品有风格，要能认识自己、发现自己，并且，应该不客气地说，欣赏自己。"我与我周旋久，宁作我"。一个人很少愿意自己是另外一个人的。一个人不能说自己写得最好，老子天下第一。但是就这个题材，这样的写法，以我为最好，只有我能这样的写。我和

---

　　①　初刊于《文学月报》一九八四年第六期，初收于《晚翠文谈》。

我比，我第一！一个随人俯仰，毫无个性的人是不能成为一个作家的。

其次，要形成个人的风格，读和自己气质相近的书。也就是说，读自己喜欢的书、对自己口味的书。我不太主张一个作家有系统地读书。作家应该博学，一般的名著都应该看看。但是作家不是评论家，更不是文学史家。我们不能按照中外文学史循序渐进，一本一本地读那么多书，更不能按照文学史的定论客观地决定自己的爱恶。我主张抓到什么就读什么，读得下去就一连气读一阵，读不下去就抛在一边。屈原的代表作是《离骚》，我直到现在还是比较喜欢《九歌》。李、杜是大家，他们的诗我也读了一些，但是在大学的时候，我有一阵偏爱王维。后来又读了一阵温飞卿、李商隐。诗何必盛唐。我觉得龚定庵的态度很好："我于论诗恕中晚，略工感慨即名家。"有一个人说得更为坦率："一种风情吾最爱，六朝人物晚唐诗"，有何不可。一个人的兴趣有时会随年龄、境遇发生变化。我在大学时很看不起元人小令，认为浅薄无聊。后来因为工作关系，读了一些，才发现其中的淋漓沉痛处。巴尔扎克很伟大，可是我就是不能用社会学的观点读他的《人间喜剧》。托尔斯泰的《战争与和平》，我是到近四十岁时，因为成了右派，才在劳动改造的过程中硬着头皮读完了的。孙犁同志说他喜欢屠格涅夫的长篇，不喜欢他的短篇；我则正好相反。我认为都可以。作家读书，允许有偏爱。作家所偏爱的作品往往会影响他的气质，成为他的个性的一部分。契诃夫说过：告诉我你读的是什么书，我就可知道你是一个怎样的人。作家读书，实际上是读另外一个自己所写的作品。法郎士在《生活文学》第一卷的序言里说过："为了真诚坦白，批评家应该说："先生们，关于莎士比亚，关于拉辛，我所讲的就是我自己'"。作家更是这样。一个作家在谈论别的作家时，谈的常常是他自己。"六经注我"，中国的古人早就说过。

一个作家读很多书，但是真正影响到他的风格的，往往只有不多的作家，不多的作品。有人问我受哪些作家影响比较深，我想了想：古人里是归有光，中国现代作家里是鲁迅、沈从文、废名，外国作家是契诃夫和阿左林。

我曾经在一次讲话中说到归有光善于以清淡的文笔写平常的人事。这个意思其实古人早就说过。黄梨洲《文案》卷三《张节母叶孺人墓志铭》云：

"予读震川文之为女妇者，一往情深，每以一二细事见之，使人欲涕。盖古今来事无巨细，唯此可歌可泣之精神，长留天壤。"

姚鼐《与陈硕士》尺牍云：

"归震川能于不要紧之题，说不要紧之语，却自风韵疏淡，此乃是于太史公深有会处，此境又非石士所易到耳。"

王锡爵《归公墓志铭》说归文"无意于感人，而欢愉惨恻之思，溢于言表"。连被归有光诋为"庸妄巨子"的王世贞在晚年也说他"不事雕饰而自有风味"（《归太仆赞序》）。这些话都说得非常中肯。归有光的名文有《先妣事略》、《项脊轩志》、《寒花葬志》等篇。我受到影响的也只是这几篇。归有光在思想上是正统派，我对他的那些谈学论道的大文实在不感兴趣。我曾想：一个思想迂腐的正统派，怎么能写出那样富于人情味的优美的抒情散文呢？这问题我一直还没有想明白。归有光自称他的文章出于欧阳修。读《泷冈阡表》，可以知道《先妣事略》这样的文章的渊源。

但是归有光比欧阳修写得更平易，更自然。他真是做到"无意为文"，写得像谈家常话似的。他的结构"随事曲折"，若无结构。他的语言更接近口语，叙述语言与人物语言衔接处若无痕迹。他的《项脊轩志》的结尾："庭有枇杷树，吾妻死亡之年所手植也，今已亭亭如盖矣！"

平淡中包含几许惨恻，悠然不尽，是中国古文里的一个有名的结尾。使我更为惊奇的是前面的："吾妻归宁，述诸小妹语曰：'闻姊家有阁子，且何谓阁子也？'"话没有说完，就写到这里。想来归有光的夫人还要向小妹解释何谓阁子的，然而，不写了。写出了，有何意味？写了半句，而闺阁姊妹之间闲话神情遂如画出。这种照生活那样去写生活，是很值得我们今天写小说时参考的。我觉得归有光是和现代创作方法最能相通，最有现代味儿的一位中国古代作家。我认为他的观察生活和表现生活的方法很有点像契诃夫。我曾说归有光是中国的契诃夫，并非怪论。

中国现代作家的作品我读得比较熟的是鲁迅，我在下放劳动期间曾发愿将鲁迅的小说和散文像金圣叹批《水浒》那样，逐句逐段地加以批注。搞了两篇，因故未竟其事。中国五十年代以前的短篇小说作家不受鲁迅的影响的，几乎没有。近年来研究鲁迅的谈鲁迅的思想的较多，谈艺术技巧的少。现在有些年轻人已经读不懂鲁迅的书，不知鲁迅的作品好在哪里了。看来宣传艺术家鲁迅，还是我们的责任。这一课必须补上。

我是沈从文先生的学生。

废名这个名字现在几乎没有人知道了。国内出版的中国现代文学史没有一本提到他。这实在是一个真正很有特点的作家。他在当时的读者就不是很多，但是他的作品曾经对相当多的三十年代、四十年代的青年作家，至少是北方的青年作家，产生过颇深的影响。这种影响现在看不到了，但是它并未消失。它像一股泉水，在地下流动着。也许有一天，会汩汩地流到地面上来的。他的作品不多，一共大概写了六本小说，都很薄。他后来受了佛教思想的影响，作品中有见道之言，很不好懂。《莫须有先生传》就有点令人莫名其妙，到了《莫须有先生坐飞机以后》就不知所云了。但是他早期的小说，《桥》、《枣》、《桃园》和《竹林的故事》，写得真是很美。他把晚唐诗的超越理性，直写感觉的象征手法移到小说里来了。他用写诗的办法写小说，他的小说实际上是诗。他的小说不注重写人物，也几乎没有故事。《竹林的故事》算是长篇，叫做"故事"，实无故事，只是几个孩子每天生活的记录。他不写故事，写意境。但是他的小说是感人的，使人得到一种不同寻常的感动。因为他对于小儿女是那样富于同情心。他用儿童一样明亮而敏感的眼睛观察周围世界，用儿童一样简单而准确的笔墨来记录。他的小说是天真的，具有天真的美。因为他善于捕捉儿童的飘忽不定的思想和情绪，他运用了意识流。他的意识流是从生活里发现的，不是从外国的理论或作品里搬来的。有人说他的小说很像弗·沃尔芙，他说他没有看过沃尔芙的作品。后来找来看看，自己也觉得果然很像。这是一个很有趣的现象。身在不同的国度，素无接触，为什么两个作家会找到同样的方法呢？因为他追随流动的意识，因此他的行文也和别人不一样。周作人曾说废名是一个讲究文章之美的小说家。又说他的行文好比一溪流水，遇到一片草叶，都要去抚摸一下，然后又汪汪地向前流去。这说得实在非常好。

我讲了半天废名，你也许会在心里说：你说的是你自己吧？我跟废名不一样（我们的世界观首先不同）。但是我确实受过他的影响，现在还能看得出来。

契诃夫开创了短篇小说的新纪元。他在世界范围内使"小说观"发生了很大的变化，从重情节、编故事发展为写生活、按照生活的样子写生活，从戏剧化的结构发展为散文化的结构。于是才有了真正的短篇小说，现代的短篇小说。托尔斯泰最初很看不惯契诃夫的小说。他说契诃夫是一个很怪的作家，他好像把文字随便地丢来丢去，就成了一篇小说了。托尔斯泰的话说得非常好。随便地把文字丢来丢去，这正是现代小说的特点。

"阿左林是古怪的"（这是他自己的一篇小品的题目）。他是一个沉思的、回忆的、静观的作家。他特别善长于描写安静、描写在安静的回忆中的人物的心理的潜微变化。他的小说的戏剧性是觉察不出来的戏剧性。他的"意识流"是明澈的、覆盖着清凉的阴影，不是芜杂的、纷乱的。热情的恬淡；入世的隐逸。阿左林笔下的西班牙是一个古旧的西班牙，真正的西班牙。

以上，我老实交待了我曾经接受过的影响，未必准确。至于这些影响怎样形成了我的风格（假如说我有自己的风格），那是说不清楚的。人是复杂的，不能用化学的定性分析方法分析清楚。但是研究一个作家的风格，研究一下他所曾接受的影响是有好处的。如果你想学习一个作家的风格，最好不要直接学习他本人，还是学习他所师承的前辈。你要认老师，还得先见见太老师。一祖三宗，渊源有自。这样才不至流于照猫画虎，邯郸学步。

一个作家形成自己的风格大体要经过三个阶段：一、摹仿；

二、摆脱；三、自成一家。初学写作者，几乎无一例外，要经过摹仿的阶段。我年轻时写作学沈先生，连他的文白杂糅的语言也学。我的《汪曾祺小说选》第一篇《复仇》，就有摹仿西方现代派的方法的痕迹。后来岁数大了一点，到了"而立之年"了吧，我就竭力想摆脱我所受的各种影响，尽量使自己的作品不同于别人。郭小川同志在"文化大革命"后期有一次碰到我，说："你说过的一句话，我到现在还记得。"我问他是什么话，他说："你说过：凡是别人那样写过的，我就决不再那样写！"我想想，是说过。那还是反右以前的事了。我现在不说这个话了。我现在岁数大了，已经无意于使自己的作品像谁，也无意使自己的作品不像谁。别人是怎样写的，我已经模糊了，我只知道自己这样的写法，只会这样写了。我觉得怎样写合适，就怎样写。我现在看作品，已经很少从形成自己的风格这样的角度去看了。对于曾经影响过我的作家的作品，近几年我也很少再看。然而：

  菌子已经没有了，但是菌子的气味留在空气里。

  影响，是仍然存在的。一个人也不能老是一个风格，只有一种风格。风格，往往是因为所写的题材不同而有差异的。或庄、或谐；或比较抒情，或尖刻冷峻。但是又看得出还是一个人的手笔。一方面，文备众体，另一方面又自成一家。

  一九八四年二月二十一日

张大千和毕加索①

※

　　杨继仁同志写的《张大千传》是一本有意思的书。如果能挤去一点水分，控制笔下的感情，使人相信所写的多是真实的，那就更好了。书分上下册。下册更能吸引人，因为写得更平实而紧凑。记张大千与毕加索见面的一章（《高峰会晤》）写得颇精彩，使人激动。

　　……毕加索抱出五册画来，每册有三四十幅。张大千打开画册，全是毕加索用毛笔水墨画的中国画，花鸟鱼虫，仿齐白石。张大千有点纳闷。毕加索笑了："这是我仿贵国齐白石先生的作品，请张先生指正。"

　　张大千恭维了一番，后来就有点不客气了，侃侃而谈起来："毕加索先生所习的中国画，笔力沉劲而有拙趣，构图新颖，但是有一个很大的问题，就是不会使用中国的毛笔，墨色浓淡难分。"

　　毕加索用脚将椅子一勾，搬到张大千对面，坐下来专注地听。

　　"中国毛笔与西方画笔完全不同。它刚柔互济，含水量丰，曲折如意。善使用者'运墨而五色具'。墨之五色，乃焦、浓、重、淡、清。中国画，黑白一分，自现阴阳明暗；干湿皆备，就显苍翠秀润；浓淡明辨，凹凸远近，高低上下，历历皆入人眼。可见要画好中国画，首要者要运好笔，以笔清为主导，发挥墨法的作用，才

---

　　① 初刊于《北京文学》一九八七年第二期，初收于《蒲桥集》。

能如兼五彩。"

这一番运笔用墨的道理，对略懂一点国画的人，并没有什么新奇。然在毕加索，却是闻所未闻。沉默了一会，毕加索提出：

"张先生，请你写几个中国字看看，好吗？"

张大千提起桌上一支日本制的毛笔，蘸了碳素墨水，写了三个字："张大千"。

（张大千发现毕加索用的是劣质毛笔，后来他在巴西牧场从五千只牛耳朵里取了一公斤牛耳毛，送到日本，做成八枝笔，送了毕加索两枝。他回赠毕加索的画画的是两株墨竹，——毕加索送张大千的是一张西班牙牧神，两株墨竹一浓一淡，一远一近，目的就是在告诉毕加索中国画阴阳向背的道理。）

毕加索见了张大千的字，忽然激动起来：

"我最不懂的，你们中国人为什么跑到巴黎来学艺术！"

"……在这个世界谈艺术，第一是你们中国人有艺术；其次为日本，日本的艺术又源自你们中国；第三是非洲人有艺术。除此之外，白种人根本无艺术，不懂艺术！"

毕加索用手指指张大千写的字和那五本画册，说："中国画真神奇。齐先生画水中的鱼，没一点色，一根线画水，却使人看到了江河，嗅到水的清香。真是了不起的奇迹。……有些画看上去一无所有，却包含着一切。连中国的字，都是艺术。"这话说得很一般化，但这是毕加索说的，故值得注意。毕加索感伤地说："中国的兰花墨竹，是我永远不能画的。"这话说得很有自知之明。

"张先生，我感到，你是一个真正的艺术家。"

毕加索的话也许有点偏激，但不能说是毫无道理。

毕加索说的是艺术，但是搞文学的人是不是也可以想想他的话？

有些外国人说中国没有文学，只能说他无知。有些中国人也跟着说，叫人该说他什么好呢？

一九八六年十二月三日

谈读杂书①

※

　　我读书很杂，毫无系统，也没有目的。随手抓起一本书来就看。觉得没意思，就丢开。我看杂书所用的时间比看文学作品和评论的要多得多。常看的是有关节令风物民俗的，如《荆楚岁时记》、《东京梦华录》。其次是方志、游记，如《岭表录异》、《岭外代答》。讲草木虫鱼的书我也爱看，如法布尔的《昆虫记》，吴其濬的《植物名实图考》，《花镜》。讲正经学问的书，只要写得通达而不迂腐的也很好看，如《癸巳类稿》。《十驾斋养新录》差一点，其中一部分也挺好玩。我也爱读书论、画论。有些书无法归类，如《宋提刑洗冤录》，这是讲验尸的。有些书本身内容就很庞杂，如《梦溪笔谈》、《容斋随笔》之类的书，只好笼统地称之为笔记了。

　　读杂书至少有以下几种好处：第一，这是很好的休息。泡一杯茶懒懒地靠在沙发里，看杂书一册，这比打扑克要舒服得多。第二，可以增长知识，认识世界。我从法布尔的书里知道知了原来是个聋子，从吴其濬的书里知道古诗里的葵就是湖南、四川人现在还吃的冬苋菜，实在非常高兴。第三，可以学习语言。杂书的文字都写得比较随便，比较自然，不是正襟危坐，刻意为文，但自有情致，而且接近口语。一个现代作家从古人学语言，与其苦读《昭明

---

　　①　初刊于一九八六年七月八日《新民晚报》，初收于《晚翠文谈》。

文选》、"唐宋八家"，不如参看杂书。这样较易溶入自己的笔下。这是我的一点经验之谈。青年作家，不妨试试。第四，从杂书里可以悟出一些写小说，写散文的道理，尤其是书论和画论。包世臣《艺舟双楫》云："吴兴书笔，专用平顺，一点一画，一字一行，排次顶接而成。古帖字体，大小颇有相径庭者，如老翁携幼孙行，长短参差，而情意真挚，痛痒相关。吴兴书如士人入隘巷，鱼贯徐行，而争先竞后之色，人人见面，安能使上下左右空白有字哉！"他讲的是写字，写小说、散文不也正当如此吗？小说、散文的各部分，应该"情意真挚，痛痒相关"，这样才能做到"形散而神不散"。

—九八六年六月九日

传统文化对中国当代文学创作的影响①

※

前几年，有几位中国的青年评论家认为："五四"是中国文化的断裂。从表面现象看，是这样。五四运动，出于革命的要求，提倡新文化，反对旧文化。那时的主将提出，"打倒孔家店"，"欢迎赛先生、德先生"。他们用很大的热情诅咒"选学妖孽，桐城谬种"。鲁迅就劝过青年少看中国书。但往深里看一看，五四并不是什么断裂。这些文化革命的主将大都是旧学根底很深的。这只要问问琉璃厂旧书店的掌柜的和伙计就可以知道，主将们是买他们的旧书的主要主顾！中国的新文学一开始确实受了西方的影响，小说和新诗的形式都是从外国移植进来的。但是在引进外来形式的同时，中国新文学一开始就没有脱离传统文化的影响。

鲁迅对中国古典文学，特别是中古文学，有很深的研究。他曾经讲授过汉文学史，校订过《嵇康集》。他写的《魏晋风度及文章与药及酒之关系》，至今还是任何一本中古文学史必须引用的文章。鲁迅可以用地道的魏晋风格给人写碑。他的用白话文写的小说、散文里，也不难找出魏晋文风的痕迹。我很希望有人能写出一篇大文章：《论魏晋文学对鲁迅作品的影响》。鲁迅还搜集过汉代石刻画像，整理过会稽郡的历史文献，自己掏钱在南京的佛经流通处刻了一本《百喻经》，和郑振铎合选过《北平笺谱》。这些，对

---

① 初收于北师大版《汪曾祺全集》第六卷，是作者为参加爱荷华国际写作计划准备的讲稿，约作于一九八七年八月。

他的文学创作都是有间接的作用的。

闻一多是把西洋诗的格律首先引进中国的开一代风气的诗人，但是他在大学里讲授的是《诗经》、《楚辞》、《庄子》、《唐诗》。他大概是最早用比较文学的方法讲中国古典文学的一个人。我在大学里听他讲过唐诗，他就用后印象派的画和晚唐绝句相比较。闻先生原来是学画的，他一直仍是画家。他同时又是写金文的书法家，刻图章的金石家。他的诗文也都有金石味，——好像用刻刀刻出来的。

郭沫若是一个通才。他写诗，也写过小说，写了一大堆剧本；翻译过《浮士德》。但他又是历史学家、考古学家。他是第一个用新的观点研究先秦诸子思想的学者，是从史实、章句到文学价值全面地研究《楚辞》的大家，他对甲骨文、金文的研究超越了前人，成为一代权威。他的书法自成一体，全国到处的名胜古迹楼台亭馆，都可以看到他的才气纵横的大字。他的诗明显地受了李白的影响。

沈从文在中国现代作家里是一个很奇特的例子。他只读过小学，当了几年兵，一个土头土脑的乡下人，冒冒失失从边远落后的湘西跑到文化古城北京，想用一枝笔挣到一点"可以消化消化"的东西，可是他连标点符号都不会用。他在一种文化饥饿的状态中，贪婪地吞食了大量的知识，——读了很多书。他最初拥有的书，是一本司马迁的《史记》。他反复读这本书。直到晚年，对其中许多章节还记得。他的小说的行文简洁而精确处，得力于《史记》者，实不少。也像鲁迅一样，他读了很多魏晋时代的诗文。他晚年写旧诗，风格近似阮籍的《咏怀》。他读过不少佛经，曾从

《法苑珠林》中辑录出一些故事，重新改写成《月下小景》。他的一些小说富于东方浪漫主义的色彩，跟《法苑珠林》有一定关系。他的独特的文体，他自己说是"文白夹杂"，即把中古时期的规整的书面语言和近代的带有乡土气息的口语揉合在一处，我以为受了《世说新语》以及《法苑珠林》这样的翻译佛经的文体的影响颇大。而他的描写风景的概括性和鲜明性，可以直接上溯到郦道元的《水经注》。他一九四九年以后忽然中断了文学创作，转到文物研究方面来。许多外国朋友，包括中国的青年作家，都觉得这是不可理解的，几乎是神秘的转折。尤其难于理解的是，他在不长的时间中对文物研究搞出那样大的成就，写出许多著作，包括像《中国服饰研究》这样的开山之作的巨著。我，作为他的学生，觉得这并不是完全不可理解。沈先生从年轻时候就对一切美的东西具有近似痴迷的兴趣，他对书画、陶瓷、漆器、丝绸、刺绣有着渊博的知识。这些，使他在写小说、散文时得到启发，而他对写作的精细耐心，也正像一个手工艺匠师对待他的制品一样。

四十年代是战争年代，有一批作家是从农村成长起来的。他们没有受过完整正规的学校教育，但是他们得到农民文化的丰富的滋养，他们的作品受了民歌、民间戏曲和民间说书很大的影响，如赵树理、李季。赵树理是一个农村才子，多才多艺。他在农村集市上能够一个人演一台戏，他唱、演、做身段，并用口拉过门、打锣鼓，非常热闹。他写的小说近似评书。李季用陕北"信天游"形式写了优秀的叙事诗。他们所接受的是另一种形态的文化传统。尽管是另一种形态的，但应该说仍旧是中国的文化传统。

在战争的环境中，书籍是很难得到的。有些作家在土改时从地主家中弄到半套《康熙字典》或残缺不全的《聊斋志异》，就觉得如获至宝。孙犁就是这样一位作家。孙犁的小说清新淡雅，在表现农村和战争题材的小说里别具一格（他嗜书若命）。他晚年写的小说越发趋于平淡，用完全白描的手法勾画一点平常的人事，有时简直分不清这是小说还是散文，显然受了中国的"笔记"很大的影响，被评论家称之为"笔记体小说"。

另一个也被评论家认为写"笔记体小说"的作家是汪曾祺。我的小说受了明代散文作家归有光颇深的影响。黄宗羲说："予读震川文之为女妇者，一往情深，每以一二细事见之，使人欲涕。"他的散文写得很平淡，很亲切，好像只是说一些家常话。我的小说很少写戏剧性的情节，结构松散，有的评论家说这是散文化的小说。

五十年代的青年作家读俄罗斯和苏联翻译作品及"五四"以来的作家的作品比较多，旧书读得比较少。但也不尽如此。宗璞从小受到古典文学的熏陶，她的作品让人想起宋代女词人李清照。

六十年代才真是文化的断裂。

七十年代由于文化对外开放，西方的各种文艺思潮和各种流派的作品涌进中国，这一代的青年作家热衷于阅读这些理论和作品，并且吮吸到自己的创作之中。

八十年代的青年作家有一部分忽然对中国传统文化激发出巨大的热情。有几年在大学生中间掀起了一阵"老庄热"，有的青年作家甚至对佛学中的禅宗产生兴趣。比如现在美国的阿城。前几年有一些青年作家提出文学"寻根"。"寻根"是一个相当模糊的概念，谁也没有说明白它的涵义。但是大家有一种朦朦胧胧的向往，追寻好像已经消逝的中国古文化。我个人认为这种倾向是好的。

近年还出现"文化小说"的提法，这也是相当模糊的概念。所谓"文化小说"，据我的观察，不外是：1. 小说注意描写中国的风俗，把人物放置在一定的风俗画环境中活动；2. 表现了当代中国的普通人的心理结构中潜在的传统文化的影响，——比如老庄的顺乎自然的恬静境界，孔子的"仁恕"思想。

无论"寻根文学"或"文化小说"的作者，都更充分地意识到语言的重要性。他们认识到语言不仅是手段，其本身便是目的。他们认识到语言的哲学的、心理的意蕴，认识到语言的文化性。语言是一种文化现象。语言的后面都有文化。正如中国古代的文论家所说：凡无字处皆有字。文学语言的辐射范围不只是字典上所注释的那样。语言后面所潜伏的文化的深度，是语言优次的标准，同时也是检验一个作品民族化程度的标准，也是一个作品是否真正能够感染读者的重要契因。比如毛泽东写给柳亚子的诗：

> 饮茶粤海未能忘，
> 索句渝州叶正黄。
> 三十一年还旧国，
> 落花时节读华章……

单看字面，"落花时节"就是落花的时节，但是如果读过杜甫逢李龟年的诗：

> 岐王宅里寻常见，
> 崔九堂前几度闻。

正是江南好风景，

落花时节又逢君。

就知道"落花时节"包含着久别重逢的意思。

因此，我认为当代中国作家，应该尽量多读一点中国古典文学。

中国的当代文学含蕴着传统的文化，这才成为当代的中国文学。正如现代化的中国里面有古代的中国。如果只有现代化，没有古代中国，那么中国就不成其为中国。

中国作家的语言意识[①]

※

中国作家现在很重视语言。不少作家充分意识到语言的重要性。语言不只是一种形式，一种手段，应该提到内容的高度来认识。最初提到这个问题的是闻一多先生。他在很年轻的时候，写过一篇《庄子》，说他的文字（即语言）已经不只是一种形式、一种手段，本身即是目的（大意）。我认为这是说得很对的。语言不是外部的东西。它是和内容（思想）同时存在，不可剥离的。语言不能像橘子皮一样，可以剥下来，扔掉。世界上没有没有语言的思想，也没有没有思想的语言。往往有这样的说法：这篇小说写得不错，就是语言差一点。我认为这种说法是不能成立的。我们不能说这首曲子不错，就是旋律和节奏差一点；这张画画得不错，就是色彩和线条差一点。我们也不能说：这篇小说不错，就是语言差一点；语言是小说的本体，不是附加的，可有可无的。从这个意义上说，写小说就是写语言。小说使读者受到感染，小说的魅力之所在，首先是小说的语言。小说的语言是浸透了内容的，浸透了作者的思想的。我们有时看一篇小说，看了三行，就看不下去了，因为语言太粗糙。语言的粗糙就是内容的粗糙。

语言是一种文化现象。语言的后面是有文化的。胡适提出"白

---

① 初刊于一九八八年一月十六日《文艺报》，题为《中国文学的语言问题或中国作家的语言意识或我对文学语言的一些看法——在耶鲁和哈佛的演讲》，初收于《汪曾祺小品》，题为《中国文学的语言问题——在耶鲁和哈佛的演讲》，内容有改动。

话文"，提出"八不主义"。他的"八不"都是消极的，不要这样，不要那样，没有积极的东西，"要"怎样。他忽略了一种东西：语言的艺术性。结果，他的"白话文"成了"大白话"。他的诗：

> 两个黄蝴蝶，
> 双双飞上天……

实在是一种没有文化的语言。相反的，鲁迅，虽然说过要上下四方寻找一种最黑最黑的咒语，来咒骂反对白话文的人，但是他在一本书的后记里写的"时大夜弥天、璧月澄照，饕蚊遥叹，余在广州"就很难说这是白话文。我们的语言都是继承了前人，在前人语言的基础上演变、脱化出来的。很难找到一种语言，是前人完全没有讲过的。那样就会成为一种很奇怪的，别人无法懂得的语言。古人说"无一字无来历"，是有道理的。语言是一种文化积淀，语言的文化积淀越是深厚，语言的含蕴就越丰富。比如毛泽东写给柳亚子的诗：

> 三十一年还旧国，
> 落花时节读华章。

单看字面，"落花时节"就是落花的时节。但是读过一点旧诗的人，就会知道这是从杜甫的《江南逢李龟年》里来的：

岐王宅里寻常见，

崔九堂前几度闻。

正是江南好风景，

落花时节又逢君。

"落花时节"就含有久别重逢的意思。毛泽东在写这句诗的时候未必想到杜甫的诗，但杜甫的诗他肯定是熟悉的。此情此景，杜诗的成句就会油然从笔下流出。我还是相信杜甫所说的"读书破万卷，下笔如有神"。多读一点古人的书，方不致"书到用时方恨少"。

这可以说是"书面文化"。另外一种文化是民间的，口头文化。有些作家没有受过完整的教育。战争年代，有些作家不能读到较多的书。有的作家是农民出身。但是他们非常熟悉口头文学。比如赵树理、李季。赵树理是一个农村才子，他能在庙会上一个人唱一台戏，——唱、表演、用嘴奏"过门"，念"锣经"，一样不误。他的小说受民间戏曲和评书很大的影响。（赵树理是非常可爱的人。他死于"文化大革命"。我十分怀念他。）李季的叙事诗《王贵与李香香》是用陕北"信天游"的形式写的。孙犁说他的语言受了他的母亲和妻子的影响。她们一定非常熟悉民间语言，而且是很熟悉民歌、民间故事的。中国的民歌是一个宝库，非常丰富，我曾经想过一个问题：中国民歌有没有哲理诗？——民歌一般都是抒情诗，情歌。我读过一首湖南民歌，是写插秧的：

赤脚双双来插田，

低头看见水中天。

行行插得齐齐整，

退步原来是向前。

这应该说是一首哲理诗，"退步原来是向前"可以用来说明中国目前的一些经济政策。从"人民公社"退到"包产到户"，这不是"向前"了吗？我在兰州遇到一位青年诗人，他怀疑甘肃、宁夏的民歌"花儿"可能是诗人的创作流传到民间去的，那样善于用比喻，押韵押得那样精巧。有一回他去参加一个"花儿会"（当地有这样的习惯，大家聚集在一起唱几天"花儿"），和婆媳两人同船。这婆媳二人把他"唬背"了：她们一路上没有说一句散文，——所有的对话都是押韵的。媳妇到一个娘娘庙去求子，她跪下来祷告，不是说：送子娘娘，您给我一个孩子，我给您重修庙宇，再塑金身……而是：

今年来了，我是跟您要着哪，

明年来了，我是手里抱着哪，

咯咯嘎嘎地笑着哪！

这是我听到过的祷告词里最美的一个。我编过几年《民间文学》，得益匪浅。我甚至觉得，不读民歌，是不能成为一个好作家的。

有一首著名的唐诗《新嫁娘》：

洞房昨夜停红烛，

待晓堂前拜舅姑。

妆罢低声问夫婿，

画眉深浅入时无？

这首诗没有说这位新嫁娘长得好不好看，但是宋朝人的诗话里已经指出：这一定是一个绝色的美女。这首诗制造了一种气氛，让你感觉到她的美。

另一首有名的唐诗：

君家住何处？

妾住在横塘。

停舟暂借问，

或恐是同乡。

看起来平平常常，明白如话，但是短短二十个字里写出了很多东西。宋人说这首诗"墨光四射，无字处皆有字"。这说得实在是非常的好。

语言的美，不在语言本身，不在字面上所表现的意思，而在语言暗示出多少东西，传达了多少信息，即让读者感觉、"想见"的情景有多广阔，古人所谓"言外之意"、"弦外之音"，是有道理的。

国内有一位评论家评论我的作品，说汪曾祺的语言很怪，拆开来每一句都是平平常常的话，放在一起，就有点味道。我想任何人的语言都是这样。每句话都是警句，那是会叫人受不了的。语言不是一句一句写出来，"加"在一起的。语言不能像盖房子一样，一块砖一块砖垒起来。那样就会成为"堆砌"。语言的美不在一句一句的话，而在话与话之间的关系。包世臣论王羲之的字，说单看一个一个的字，并不怎么好看，但是字的各部分，字与字之间"如老翁携带幼孙，顾盼有情，痛痒相关"。中国人写字讲究"行气"。语言是处处相通，有内在的联系的。语言像树、树干树叶、汁液流转，一枝摇了百枝摇，它是"活"的。

"文气"是中国文论特有的概念。从《文心雕龙》到"桐城派"一直都讲这个东西。我觉得讲得最好、最具体的是韩愈。他说：

> 气，水也；言，浮物也。水大而物之浮者大小毕浮。气盛则言之短长与声之高下者皆宜。

后来的人把他的理论概括成"气盛言宜"四个字。我觉得他提出了三个很重要的观点。他所谓"气盛"，照我的理解，即作者情绪饱满，思想充实。我认为他是第一个提出作者的精神状态和语言的关系的人。一个人精神好的时候往往会才华横溢，妙语如珠；疲倦的时候往往词不达意。他提出一个语言的标准：宜。即合适，准确。世界上有不少作家都说过"每一句话只有一个最好的说法"，比如福楼拜，韩愈则把"宜"更具体化为"言之短长"与"声之高下"。语言的奥秘，说穿了不过是长句子与短句子的搭配。一泻千里，戛然而止，画舫笙歌，骏马收鞭，可长则长，能短则短，运用之妙，存乎一心。中国语言的一个特点是有"四声"。"声之高下"不但造成一种音乐美，而且直接影响到意义。不但写诗，就是写散文，写小说，也要注意语调。语调的构成，和"四声"是很有关系的。

中国人很爱用水来作文章的比喻。韩愈说过，苏东坡说"吾文如万斛源泉，不择地涌出"，"但行于所当行，止于所不可不止"。流动的水，是语言最好的形象。中国人说"行文"，是很好的说法。语言，是内在地运行着的。缺乏内在的运动，这样的语言就会没有生气，就会呆板。

中国当代作家意识到语言的重要性的，现在多起来了。中国的文学理论家正在开始建立中国的"文体学"、"文章学"。这是极好的事。这样会使中国的文学创作提高到一个更新的水平。

一九八七年十一月十九日追记于爱荷华

文学语言杂谈①

※

我今天讲的题目叫《文学语言杂谈》，或者文学语言abc。都是一些非常粗浅的、常识性的问题。有这么几个小题目，一个是语言的重要性，第二个是语言的标准，第三个是语言和作家气质的关系，第四个题目是一个作品的语言，特别是小说的语言要和这篇小说所表现的生活、所表现的人物相适应，要协调，这里面我可能讲一点关于语言对作品的、或对主题的暗示性的问题。第五个小题目是一个作品的语言基调，这里面可能还讲一点关于小说的开头或结尾的问题。第六个问题：关于中国语言的一些特点。第七个问题就是学习语言、随时随地的学习语言。就这么七个题目，但是每个小题目下面只有几句话。

所谓语言的重要性的问题，本来不需要讲的，大家都知道。文学、特别是小说，它首先是个语言的艺术。关于文学的要素，一般说起来，包括三个要素：语言、人物、情节，这种概括好像是一般的。大家都公认语言是第一要素，因为文学就是语言的艺术，它跟音乐和绘画不一样。离开语言就没有文学。但是这个语言、我们所说的文学语言，是在生活基础上经过作者加工的艺术，并不是每个能说中国话的都能写作品。所以我首先要说艺术语言是在生活基础上经过加工的。另外，我有一个看法，过去都认为语言是文学的特

---

① 初刊于《滇池》一九八七年第十二期，是作者在保山文学爱好者报告会上的讲话，陈自祥记录，初收于北师大版《汪曾祺全集》第四卷。

别是小说的重要的手段、技巧、或者基本功，但是我觉得这不仅是形式的问题、技巧的问题，语言它本身不是一个作品的外在的东西，而是这个作品的主题。如果说语言只是一个技巧或只是手段，那么它就只是个外在的东西。我的老师闻一多先生在他很年轻的时候写过一篇关于庄子的文章，题目就叫《庄子》，他说过，庄子的文字（因为那个时候，二十年代、三十年代，大家还不喜欢用语言这个词，都还用文字）不只是一种技巧，一种手段，看来本身也是一种目的。那就是说语言跟你所要表达的内容就融为一体的、不可剥离的。没有一种语言它不表达内容或思想，也没有一种思想或内容不通过语言来表达。因为各种不同门类的艺术有不同的表现手段或工具。比如音乐，我们一般说音乐靠什么表现呢？它靠旋律靠节奏；绘画靠什么表现呢？靠色彩靠线条。那么文学呢？它就是靠语言，它没有其他另外手段。我们现在有一种很奇怪的说法，说这篇小说写得不错，就是语言差一点，我个人认为这句话是不能成立的。你不可能说这个曲子作得不错，就是旋律跟节奏差一点，没有这个说法。或者说这个画画得不错，就是色彩跟线条差一点，不能这样说。认识一个作者、接触一个作者，首先是看他的语言，因为一个作品跟读者产生关系，作为传导的东西就是语言。为此我经过比较长时期的思考和实践。我写作时间很早，二十几岁就开始写作了，一九四〇年我就开始发表作品了，但当中间断了很长一段时间，后来我越来越感到语言的重要性。你们年轻的作者，我觉得首先得在语言上下功夫。

第二个问题我讲讲语言标准。什么样的语言是好的，什么样的语言是不好的。这个，我还得回过头来说一遍，就是语言的重要性的问题。现在不但是中国，而且是世界上研究文学的人开始十分注意这个问题。现在国外有文体学、文章学。我们中国的文艺评论家开始用科学的态度来研究语言问题，但是还不很普遍。我觉得，我们文学评论理论要开展文体学、文章学。

现在回答第二个问题，什么是好的语言，什么是差的语言，只有一个标准，就是准确。无论是中国的作家、外国的作家、包括契诃夫这样的作家曾经说过，好的语言就是准确的语言。大概有几位欧洲的作家，包括福楼拜这样的作家都说过这样的话：每一句话只有一个最好的说法，作为一个作者来说，你就是要找到那个最好的说法。文学语言，无论从外国到中国是有变化有发展的。我觉得从二十世纪以后，文学语言发展的趋势是趋于简单，就是普普通通的语言，简简单单的话。我们都知道，文学语言上有很多大师，比如说屠格涅夫的语言，他的语言很讲究，很精致，但是现在看起来，世界上使用屠格涅夫式的那种非常细致的描写人物、或者是景物的语言的作家不是很多的。英国有个专门写海洋小说的作家，叫康拉德，他的那个句子结构是很长的。这样的作家可能还有，但是较少，从契诃夫以后，语言越来越趋于简单、普通。比如海明威的小说，他的语言就非常简单。句子很短，而每个句子的结构都是属于单句，没有那么复杂的句式结构。所以我认为，年轻的同志不要以为写文学作品就得把那个句子写得很长，跟普通人说话不一样，不要这样写，就是用普普通通的话，人人都能说的话。但是，要在平平常常的、人人都能说的，好似平淡的语言里边能够写出味儿。要是写出的都没味儿，都是平常简单的、没味儿，那就不行，难就难在这个地方。准确，就是把你对周围世界、对那个人的观察、感受，找到那个最合适的词儿表达出来。这种语言，有时候是所谓人人都能说的，但是别人没有这样写过的。你比如说鲁迅写的小说《高老夫子》。它里边的高老夫子这个人是很无聊的人，他到一个女子学校去教书，人人劝他不必去，但是他后来发表感慨，他说"我辈正经人，确乎犯不上酱在一起。"酱，就是那个腌酱菜的酱。南方腌酱菜，什么萝卜、黄瓜、莴苣什么的，一块放在酱缸里、酱在一起。他这个词，"酱在一起"，肯定是个绍兴话。但是谁也没有把绍兴那个"酱在一起"的词儿写进文学作品里边去过，用"混在一起"，或跟他们同流合污，或用北京话说，"跟他们一块掺合"，都没那么准确。"酱在一起"，味儿都一样，色儿都一样。你看起来这个话很普通，绍兴人都懂，你们云南人可能不懂，但绍兴人懂什么叫酱在一起。你们云南人泡酸菜，什么东西都酸在一起，都是一个味儿，一个色儿。比如说我那个老师（你们云南人都知道我是沈从文先生的学生）他那个《湘行散记》里有一篇散文，当中说："我就独自一人坐在灌满凉风的船仓里。"这个"灌"字也是很普通的，但是沈先生用的这个字是把他的感觉都写出来了。"充满凉风"，或是"刮满凉风"都不对，就是"灌"满凉风，这个船舱好像整个都是灌满凉风的船舱。所以语言要准确，要用普普通通的、大家都能说的话，但是别人没有写过这样的字，这个是不大容易的。中国人中有人说写诗要做到这种境界："看似寻常最奇崛，成如容易却艰辛。"你看着普普通通好像笔一下就来，这个可不大容易。你找到那个准确语言就好像是"众里寻他千百度，蓦然回首，那人却在灯火阑珊处"。

第三个问题。我讲讲语言跟作家的气质的关系。一个作家的语言跟他本人的气质是有很大关系的。法国有个理论家，叫布封，他说过"风格即人"，现在有人或者把它翻译成：风格即人格，也可以，但是我觉得不如"风格即人"那么简练，那么准确。不同的作家有不同的语言风格，这是不能勉强的。中国的文人里边历来把文学的风格，或者也可以说语言的风格分为两大类。按照桐城派的说法就是阳刚与阴柔，按照词家的说法就是豪放与婉约，我觉得这两者虽然有所区别，但大体上还是一致的，就是一个比较粗豪的，一个比较细腻的，这个东西不能勉强。因此我认为，一个作家，经过一段实践要认识自己的气质，我属哪一种气质，哪种类型。如苏东坡他写"大江东去"那是豪放派。你们比较年轻的同志，要认识自己的气质，违反自己的气质写另外一种风格的语言，那是很痛苦的事情。我就曾经有过这个痛苦的经历。我曾经在所谓的样板团里待过十年，写过样板戏，在那个江青直接领导下搞过剧本。她就提出来要"大江东去"，不要"小桥流水"。唉呀，我就是"小桥流水"，我不能"大江东去"，硬要我这个写小桥流水的来写大江东去，我只好跟他们喊那种假大空的豪言壮语，喊了十年，真是累得慌。一个作家要认识自己的气质，其实也很简单，就是你愿意看哪一路作家的作品。你这个气质的形成，当然有各种因素，但是与你所接近的、你所喜爱、所读的哪一路作家的作品很有关系。我受的影响比较多的，中国作家一个是鲁迅，一个是我那老师沈从文，外国作家是契诃夫，另外，还有一个你们不大熟悉的西班牙作家阿佐林。另外，中国的传统的文学作品我也读了，也不能说是很多吧，读了一些。从《诗经》、《楚辞》一直读下来，但是我觉得我受影响比较深的是归有光，归有光的全部作品，大概剩下来的有影响的不过就是三篇，就是《项脊轩志》、《先妣事略》、《寒花葬志》。大概就是这三篇对我影响比较大。所以我觉得一个作家的语言风格跟作家本人的气质很有关系，而他本人气质的形成又与他爱读的小说、爱读的作品有一定的关系。你们不要说什么作品评价最高、或什么作品风行一时、什么作品得到什么奖，我才读什么作品，这恐怕不一定划得来，你还是读你所喜欢的作品，说白了就是那种作品好像就是你所写出来的，或者那个作家好像是我一样，这样你才能形成自己独特的风格、独特的语言，也就是每个作家从语言上说来有他的个性。另外一方面，这个作家的语言虽然要有他自己独特的个性，还应该对他表现的不同的生活、不同的人物采取不同的语言风格。你看看鲁迅的作品，他的作品语言风格，一看就可以看出是鲁迅的作品，但是鲁迅的语言风格也不是一样的。比如他写《社戏》、写《故乡》，包括写《祝福》吧，他对他笔下所写的人物是充满了温情，又充满了一种苍凉感或者悲凉感，但是他写《高老夫子》，特别写那四铭，鲁迅使用的语言是相当尖刻，甚至是恶毒的，因为他对这些人是深恶痛绝，特别是对四铭那种人非常讨厌，所以他用的语言不完全是一样。对每一个作品，跟你所写的人物，跟生活要协调。比如，我写过一篇短篇小说，叫《徙》，迁徙的徙，那是写我的一个小学五六年级到初中三年级时我的一个语文（当时叫国文）老师，基本上是为他立传。我在写我的那个国文老师时，因为他教我们的是文言文，所以在写那篇小说中用了一些文言文的词句。我写他怎么教我们书，怎么怎么讲，怎么怎么教，他有什么主要的一些思想，这一段的结尾用了一句文言文："呜呼，先生之泽远矣。"后来我写他死了，因为我一开头就写他是我们小学的校歌的歌词作者，我写他死了完全是文言文的，我写的是："墓草萋萋，落照昏黄，歌声犹在，斯人邈矣。"这歌声还在，可这个人没有了。这种语言，只能用在写教过我的那个老师的小说里边，只有这样，跟那个人才合拍才协调。又比如我写《受戒》，就不能用这种语言。因为《受戒》是写小和尚和村姑恋爱的故事，你用这种语言是格格不入的。所以，一个作品里的叙述语言，不要完全是你那个作家本身、你的那种特别是带学生腔的语言，你一定要体察那个人物对周围世界的感受，然后你用他对周围世界感觉的语言去写他的感觉。有位年轻作家给我看过一篇小说，那小说写得还不错，他写的是他童年时代小学时跟他同桌的一个女同学的事，当然，这个小学生嘛也可以回忆，但是他形容这个女同学长得很"纤秀"。我一看就觉得不对，因为小孩子没有"纤秀"这个词儿，没有纤秀这种概念。可以说长得很好看，长得小小巧巧的，秀秀气气的，都可以，但"纤秀"是不行的。绝对不要用一般报纸、特别是广播员的语言来写小说。什么"绚丽多彩"，我劝你们千万不要用这种词儿来写小说，因为这种词是没有任何具体感觉的。什么叫"绚丽"？我到现在也不知道哪样叫"绚丽"嘛。

下面我讲第四个问题，就是在你写一个作品之前，必须掌握这篇作品的语言基调。

写作品好比写字，你不能一句一句去写，而要通篇想想，找到这篇作品的语言基调。写字、书法，不是一个字一个字写，一个横幅也好，一个单条也好。它不只是一个一个字摆在那儿，它有个内在的联系，内在的运动，除了讲究间架结构之外，还讲究"间行"，讲行气，要"谋篇"，整篇是一个什么气势，这一点很重要。写作品一定要找到这篇作品的语言基调。有位作家有次在构思一篇小说，半夜里去敲一位评论家的门，他说我找不到这篇小说的调子。我觉得他说得很对，如果找到这篇作品的调子就可以很顺利地写下去。你们在构思作品时，不要说我大体上把故事想好了就行了，你得在语言上找到作品的基调。关于基调——由于个人的写作习惯不一样而不同。我的写作习惯从头至尾概想，从开头一句到最后一句都想，但人人不一定是这样。我这样有个好处，可以不至于跑野马，可以顺理成章。还有很重要一点就是开头。孙犁同志说过，一篇小说开头开好了，以后就会是头头是道，这是经验之谈。所以你们不要轻易地下笔，一定要想得很成熟了，从哪一句开头，开头是定调子，要特别慎重地对待你写的第一句话。你看中国的很多古典文学作家写的开头都非常漂亮。你们大家都熟悉的欧阳修的《醉翁亭记》，原来《醉翁亭记》的原稿是"滁之四面皆山"，后来他觉得这句子写得太弱，改成一句"环滁皆山也"这一下就把整个《醉翁亭记》的调子定下来了。我可以给你们我自己的一点经验，就是刚才提到的那篇纪念我那国文老师的小说。原来的开头那是在青岛对岸的那个黄岛写的，因为他是我们那个小学的校歌的作者，我一开头"世界上曾经有过很多歌，都已经消失了"，我出去转了一下，觉得不满意，回来就改成一句"很多歌消失了。"下边写就比较顺畅了。

另外，写文章、写小说，哪儿起、哪儿顿、哪儿停、哪儿落，都得注意。中国人对文章之道，特别是写散文，我认为那是世界无比的。除了开头事先要想好外，还要注意我这篇作品最后落到什么地方、怎么收拾，不能说写完了，写到哪儿算哪儿，那不行。我觉得汤显祖批《董西厢》有一个很精辟的见解。他说结尾不外乎是两种，一种叫做"煞尾"，一种叫做"度尾"。汤显祖这个词用得很美。他说煞尾好像"骏马收缰，寸步不离"，咔！就截住了。"度"就好像"画舫笙歌，从远处来，过近处，又向远处去"。写得多好，汤显祖真不愧是个大作家。

下边简单说说中国语言的一些特点。年轻的同志要了解一下中国语言的一些特点。中国语言跟世界上的一些语言比较一下有什么特点？一个，中国语言是表意的，是象形文字，看到图像就能产生理解和想象。另外，中国语言还有个很大的特点，就是语言都是"单音缀"，一字一声，它不是几个音节构成一个字。中国语言有很多花样，都跟这个单音节有很大关系。另外，与很多国家的语言比较起来，中国语言有不同的调值，每一个字都有一定的调值，就是阴、阳、上、去，或叫四声。这构成了中国语言的音乐感，这种音乐感是西欧的或其他别的国家的语言所不能代替的。我听搞语言的老同志说，调值不同的语言除中国话之外，只有古代的梵文、梵语，就是古印度语。我们搞世界和平运动时，郭沫若出国讲话，有个叫什么的主教的，他说郭沫若讲话好像唱歌似的。为什么，就是因为中国语言有个平上去入，高低悬殊很大。而英语只有两个调，接近我们中国的阳平和上声，没有阴平，所以听外国人说话很平。总之，这里面有很多学问，尽管写小说，也得注意声调的变化，才能造成作品的音乐美。举个最简单的例子。你们都知道所谓样板戏《智取威虎山》，原来有句唱词"迎来春天换人间"，毛主席给它改了一个字："迎来春色换人间。"为什么要改这个字，当然春色比春天要具体，更重要的我觉得是因为声调的关系。"迎来春天换人间"除了"换"字外其它都是平声字。咝咝咝咝——都飘在上边。所以毛主席改它一个字就把整个声音都扳过来了，就带来了语言上很大的稳定感。

所以，我劝你们写小说的同志，写诗的更不用说了，一定要研究一下中国的四声，而且学习写一点旧诗旧词，要经过这种语言锻炼。另外，中国语言还有个很大特点，就是对仗，这个东西国外是没有的。我有一篇小说，就是刚才介绍的那篇《受戒》，我看了法文本和英文本的翻译本，其中我用了四个对联，他无法翻译，翻译家的办法非常简单：把对联全删掉了，因为他无法翻译。写小说要学用一点对仗，不一定很工整。学一点对仗语言是很有好处的，可以摆脱一般的语法逻辑的捆绑，能够造成语言上的对比和连续，而且能造成语意上较大的跨度。我写过一篇小说，写一个庙，庙的大殿外有两棵大白果树，即银杏树，我写银杏树的变化："夏天，一地浓荫；秋天，满阶黄叶。"这就比用完全散文化的语言省了很多事，而且表达了很多东西。所以我劝你们青年同志，初学写作的同志，不要只看当代作家的作品、只看翻译的作品，一定要看看我们自己的古典作品，古典散文，古典诗词，包括散曲，而且自己锻炼写一写，丰富我们中国人的特有的语感。没有语感的或者语感迟钝的作品不会写得很美。

最后一个问题：语言要随时随地的学习。一个作家应该对语言充满兴趣。到处去听听，到处去看看，看看有什么好语言。可能你们在坐的有的是写小说的，有的是写散文的，不妨，或者也应该看看、读读中国的戏曲和民歌，特别是民歌。我是搞了几年民间文学的，我觉得民间文学是个了不起的海洋，了不得的宝库。中国古代民歌、乐府，不管是汉代乐府、南朝乐府，是很了不起的。这些民歌、乐府有很多奇想。比方说汉朝有一首民歌，叫做《枯鱼过河泣》，枯鱼就是干了的鱼吧，"枯鱼过河泣，何时悔复及，作书与鲂鲏，相教慎出入。"这很奇怪，一个干了的鱼，它还有什么感受。这鱼都干了，它还在那儿哭，不但哭，它还写信，鱼怎么能写信呢？在现代民歌中，我发现有类似这样的一种奇想。有一首广西民歌，一开头就是个起兴的句子："石榴花开朵朵红，蝴蝶写信给蜜蜂，蜘蛛结网拦了路，水泡阳桥路不通。"这是一首情诗。意思是：你可别来了，咱们有各种干扰，各种阻碍。这很奇怪。另外，我搞了几年民间文学，曾经思考过一个问题：民歌中有没有哲理诗。我开始认为民歌一般都是抒情诗，但后来我发现了一首湖南民歌，写插秧的。湖南人管插秧叫插田。这四句诗开始打破了我的怀疑。民歌中哲理诗较少，但还是有的。它写的是插秧："赤脚双双来插田，低头看见水中天（天在上头，低头看见水中天了，很有点哲学意味儿），行行插得齐齐整（这句没什么），退步原来是向前。"插秧往后，实际上是向前，就好像我们现在某些政策好像往回退了一步，又回到包产到户，实际上是向前。

关于作家和创作①

※

我写的东西很少，看的也不多，而且没有理论，不善于逻辑思维，亦无经验可言，与你们不同的一点就是岁数大一些。中国古人说一个人没出息在于"以年长人"，我只剩下了"以年长人"，因而今天只是随便漫谈。

第一个问题，作家要认清自己是什么样的作家，具备什么样的气质。法国的一位汉学家访问我时说：我首先问你一个你自己很难回答的问题，你觉得你在中国文学上的位置如何？我们先撇开这个话题扯点别的。当时我问翻译要不要请这个法国人到家里吃顿饭，翻译说他很愿意到中国人家里吃饭。结果我亲自给他做了菜。法国人口味清淡，不吃猪肉，家里虽然有大虾，但法国海味很多，他不会感兴趣，给他吃牛排和鸡就更不行了。于是我琢磨了几个菜，非常简单，且不影响与他谈话。这几个菜之一是煮毛豆，把毛豆与花椒、大料、盐放在水里一煮；再一个是炒豆芽菜；还有一个是茶叶蛋。再说主食，吃面包不行，法国的面包是世界最好的，米饭也不会喜欢，结果我给他炒了一盆福建米粉，又做了碗汤。他连着说："好吃，好吃。"抓起毛豆连皮整个儿往嘴里塞，法国人知道怎样吃大豆，但不知道毛豆的这种吃法。我问他在法国有没有炒豆芽

---

① 本篇系一九八八年九月作者为鲁迅文学院"文艺学·文学创作"研究生班的讲课记录，初刊于《人民文学》（函授版）一九八八年，又刊于鲁迅文学院内部刊物《文学院》二〇〇四年第二期，题为"汪曾祺谈创作"。

菜，他说在中国饭店见过，他吃过，但我炒得更有些特点。其实我的豆芽菜很简单，炒时搁几粒花椒，炒完后把花椒去掉，起锅时喷点儿醋，所以很脆，不是咕嘟咕嘟煮出来的。鸡蛋全世界都有，但用茶叶煮鸡蛋他没吃过。炒米粉他也没吃过。另外我给他做了个汤。他不吃猪肉，我说我非得让你吃点，猪肉汤是用福建的燕皮丸做的。燕皮是把猪肉捣成泥掺点淀粉芡成的，像馄饨皮，里面包上精致的馅，他以为是馄饨，连说好吃。所以，让外国人能够欣赏，得是粗东西。这位法国汉学家说了个笑话，说世界有四大天堂、四大地狱，四大天堂之一是中国的饭菜，之二是美国的工资，之三是日本的女人，之四是英国的住房；反过来，四大地狱是：日本的住房，美国的女人，英国的饭食，中国的工资。所以，我必须给他做地道的中国玩艺。也有人说，中国文学要走向世界必须有地道的中国味儿，跟中国菜似的。我为什么要给他做中国的家常菜呢？写作也一样，不但要有中国味儿，还得是家常的。家常菜也要做得很细致、很讲究。我做的那碗汤除了燕丸外还放了口蘑，但汤做好后我把口蘑捞出去了，只留下口蘑的香味鲜味。写作品也一样，要写得有中国味儿，且是普普通通的家常味，但制作时要很精致讲究，叫人看不出是讲究出来的。我喜欢琢磨做菜，有人称我是美食家。写作和做菜往往能够联系起来。那位法国汉学家问："你自己觉得你在中国文学中的位置是什么？"这个问题很难回答，我说了两点："首先我不是一个大作家，我的气质决定了我不能成为大作家。"我觉得作家有两类，一类写大作品，如托尔斯泰、巴尔扎克、福楼拜；另一类如契诃夫，他的小说基本上是短篇，有个西班牙作家叫阿佐林，阿佐林也写长篇，但他的长篇就像一篇篇的散文。所以，每个人概括生活的方法，是有所不同的。

作家应该读什么样的作品？我认为很简单，读与自己气质比较接近的作家的作品，文学史家应该全面完整，评论家可以有偏爱，但不可过度。一个作家，不单有偏爱，而且必须有偏爱。我承认你的作品很伟大，但我就是不喜欢。托尔斯泰的主要作品我都读过，倒是比较喜欢他的不太重要的作品，如《高加索的人》等。《战争与和平》从上大学开始，看了几次没看完，直到戴上右派帽子，下去劳动改造，想想得带几本经典的书，于是带两本《战争与和平》，好不容易看完了。巴尔扎克的东西了不得，百科全书，但我只是礼貌性地读他的作品。作家看东西可以抓起来就看，看不下去就丢一边。这样才可能形成你自己的风格，风格总是一些与你相近的作家对你施加影响，它不是平白无故形成的，总是受了某些作家的影响加上你自己的东西，形成独特的风格。完全不受人影响，独立自主地形成了一种风格，这不容易。在外国作家中，始终给我较大影响的是契诃夫，另外一个是西班牙作家阿佐林。法国作家中给我一定影响的是波特莱尔。苏联作家安东诺夫、舒克申的作品，我比较喜欢。一个作家要形成自己的风格，一方面要博览，另一方面要有偏爱，拥有自己所喜爱的作家。中国明朝散文家归有光对我影响极大，我并未读过他的全部作品。这是个很矛盾的人，一方面有正统的儒家思想，另一方面又有很醇厚的人情味，他写人事写得很平淡。他的散文自成一格。他的散文《项脊轩志》、《寒花葬志》、《先妣事略》给了我很深的影响。我认为归有光是中国的契诃夫。平平淡淡的叙述，平平淡淡的人事，在他笔下很有味儿。如《项脊轩志》中写项脊轩，又叫南阁子，文中有"吾妻归宁，述诸小妹语曰：'闻姊家有阁子，且何谓阁子也？'"他没有解释什么是阁子，仅记录了这句问。《项脊轩志》的结尾很动人，但写的极平淡，"庭有枇杷树，吾妻死之年所手植，今已亭亭如盖矣。"这个结尾相当动人。所以，我倾向于作家读那些与自己的气质相接近的作品。"我与我周旋久，宁做我。"

　　第二个问题是一个作家应该具备什么素质。首先要对生活充满惊奇感。充满兴趣，包括吃东西，听方言，当然最重要的是对人的兴趣。我写过一篇杂文，题目是《口味、耳音与兴趣》。有一次，遇一位中年妇女买牛肉，她问："牛肉怎么吃？"周围的人都很惊奇。她说："我们家从来不吃牛羊肉。""那你干嘛买牛肉？"她说："我的孩子大了，他们要到外地去，我要让他们习惯习惯。"这位母亲用心良苦，于是我给她讲了牛肉的各种做法。一个作家如果这也不吃那也不吃，口味单调可不是好事情。还要学会听各地的方言，作家要走南闯北，不一定要会说，但一定会听，对各地的语言都有兴趣。周立波是湖南人，但他写的《暴风骤雨》从对话到叙述语言充满了东北味儿。熟悉了较多的方言，容易丰富你自己的语感；熟悉了那个地方的语言，才能了解那个地方的艺术的妙处。作家对生活要充满兴趣，这种兴趣得从小培养。建议你们读读《从文自传》，他自称为顽童自传，我说他是美的教育，告诉人们怎样从小认识美、认识生活、认识生活的美。如这一段记述："学校在北门，我住的是西门，又进南门，再绕城大街一直走去，在南门河滩方面我还可看一阵杀牛，机会好时，恰好看到那头老实可怜的畜牲放倒的情形，因为每天可以看一点点，杀牛的手续与牛内脏的位置不久也就被我完全弄清楚了。再过去一点，是边街，有织席子的铺子，每天任何时间皆有几个老人坐在门口的小凳子上，用厚背的钢刀破篾，有两个小孩子蹲在地上织席子，（我对这行手艺所明白的种种，现在说来似乎比写字还在行。）……"这种随处流连是一个作家很重要的一个条件。有人问：你怎么成为作家了？我回答了四个大字：东张西望！我小时候就极爱东张西望。对生活要有惊奇感，很冷漠地看不行。一个作家应该有一对好眼睛、一双好耳朵、一只好鼻子，能看到、听到、闻到别人不大注意的东西。沈从文老师说他的心永远要为一种新鲜的颜色、新鲜的气味而动。作家对色彩、声音、气味的感觉应该比别人更敏锐更精细些。沈老师在好几篇小说中写到了对黄昏的感觉：黄昏的颜色、各种声音、黄昏时草的气味、花的气味，甚至甲虫的气味。简单地说，这些感受来自于观察、专注的观察，从观察中看出生活的美，生活的诗意。我小时候，常常在街上看打小罗汉、做竹器等，至今记忆犹新。当时有户人家的漆门上的蓝色对子"山似有骨撑千古，海经能容纳百川"，不知不觉被我记住了。我写家乡的小说《大淖记事》，家乡人说写得很像。有人就问我弟弟："你大哥小时候是不是拿笔记本到处记？"他们都奇怪我对小时候的事儿记得那么清楚。我说，第一，我没想着要当个作家；第二，那时候的纸是粗麻毛边纸，用毛笔写字，怎么记呀？为什么能记住呢？就是因为我比较细心地、专注地观察过这些东西，而且是很有兴趣观察。一个作家对生活现象要敏感，另外还应该培养形象记忆，不要拿笔记本记，那个形象就存在于你的大脑皮层中，形象的记忆储存多了，要写什么就可随时调动出来。当然，我说过，最重要的是对人的兴趣，有的人说的话，你一辈子忘不了。最近我发了一篇《安乐居》，写到一个上海老头，这个老头到小铺去喝酒，这个铺子喝一两，那个铺子喝一两。有人问他，他说："我们喝酒的人，好像天上飞着的一只鸟，小酒店好像地上长的一棵树，鸟见了树总要落一落的。"他用上海话回答，很妙，翻成普通话就没意思了。作家不单是为了写东西而感受生活，问题是能否在生活中发掘和感受到东西。也不要求你一天到晚都去感觉。作家犹如假寐的狗，在迷迷糊糊的状态中，听到一点儿声音就突然惊醒。如果一个作家觉着生活本身没意思，活着就别当什么作家。对生活的浓厚兴趣是作家的职业病。阿城有一段时间去做生意，我问他做的怎么样，他说咱干不了那事，我问为什么，他说我跟人谈合同时，谈着谈着便观察起他来了。我说：你行，你能当个小说家。作为一个作家，最起码的条件就是对生活充满兴趣。

创作能否教，能否学，这是个世界性的争论问题，也牵扯到文学院的办学方针问题，多数人认为创作不能教，我大学时的一个老师说过：大学不承担培养作家的任务，作家不是大学里培养出来的，作家是社会培养的。这话有一定道理。也有人说创作可以教。其实教是可以教的，问题在于怎样教，什么样的人来教。如果把创作方法搞成干巴巴的理论性的东西，那接受不了，靠讲授学会创作是不可能的。按沈从文先生的观点说，不是讲在前，写在后。而是写在前，讲在后。你先写出来，然后再就你的作品谈些问题。沈先生曾教过我三门课，一门是《各体文习作》，一门是《创作实习》，还有一门《中国小说史》。前两门课程名称就很有意思，一个是习作、一个实习。沈老师翻来覆去地讲一句话：要贴着人物来写。据我理解，小说里最重要的是人物，人物是小说里主要的和主导的东西，其他部分都是次要的或者说派生的。环境与气氛既是作者所感受到的，也必须是作品中人物所可能感受到的，景与人要交融在一起，写景实际也就写人，或者说这个景是人物的心灵所放射出来的。所以，气氛即人物，因为气氛浸透了人物。你所写的景是人物所感受到了，因而景是人物的一部分。写景包括叙述语言都受所写人物制约。有些大学生写农民，对话是农民味的，叙述语言则与农民不搭界，与人物便不够和谐。有一位青年作家以第一人称手法写一个小学生看他的女同学长得很纤秀。这不对，孩子没这种感觉，这个人物便假了。我有篇小说写一个山里的孩子到农业科学研究所当一个小羊倌，他的奶哥带他去温室看看，当时是冬天，他看到温室里许多作物感到很惊奇，大冬天温室里长着黄瓜、西红柿！"黄瓜这样绿，西红柿这样红，好像上了颜色一样。"完全是孩子的感觉。如果他说很鲜艳，那就不对了。我还写到一个孩子经过一片草原，草原上盛开着一大片马兰花，开的手掌般大，有好几里，我当时经过这片草原时感觉进入了童话世界，但写这个孩子则不能用"他仿佛走进了童话"，因为这孩子是河北农村的，没有多少文化，根本不知道什么是童话。所以我只好放弃童话的感觉，写他仿佛在做梦，这是孩子有可能感觉到的，这种叙述语言比较接近孩子的感觉。所以我觉得议论部分、抒情部分，属于作者主观感受上的东西，一定要和所写人物协调。我年轻时候写人物对话总希望把对话写得美一点，抒情一点，带有一定的哲理，觉得平平常常的日常对话没意思。沈先生批评了我，他说："你这个不是人物对话，是两个聪明脑壳打架，大家都说聪明话，平常人说话没这么说的。"因而，我有一个经验，小说对话一定要写得平平常常，普普通通，很日常化，但还很有味。随便把什么话记下来做为小说的对话也不行。托尔斯泰说："人是不能用警句交谈的。"此话说的非常好！如若火车站候车室等车的人都在说警句，不免让人感到他们神经有问题。贴到人物来写最基本的就是作家的思想感情与人物的感情要贴切要一致，要能感同身受。作家的感情不能离开人物的感情。当然，作家与人物有三种关系：一种是仰视，属于高、大、全，英雄概念的；另一种是俯视的；还有一种是平等的。我认为作家与人物要采取平等态度。你不要有意去歌颂他，也不要有意去批判他，你只要理解他，才可能把人物写得亲切。一般来说，作家的感情应该与人物贴得很紧。也有人认为作家应该超脱开人物，这也是可以的。但就我自己来说，如果不贴着人物来写，便觉得笔下飘了，浮了，人物不一定是自己想写的人物了。而且，贴近人物容易有神来之笔，事先并未想到，由于你与人物共甘苦、同哀乐，构思中没想到的一些东西自然涌现了。我写小说的习惯是想到几乎能够背出来的程度再提笔。贴紧人物便会得到事先没想到的动人的东西。我写《大淖记事》中的小锡匠与挑夫的女儿要好，挑夫的女儿被一个地方武装的号长霸占，指使他的弟兄把小锡匠打死，但小锡匠没有死透，老锡匠使用尿碱来救他。小锡匠牙关紧闭，挑夫的女儿就在耳边说：十一子，你把它喝了吧。小锡匠便开了牙关。

一般说来，小说是语言的艺术，就好像音乐是旋律和节奏的艺术，绘画是色彩和线条的艺术。我觉得这种说法很奇怪，说这篇小说写得很好，就是语言不行。语言不好，小说怎么能写得出彩呢？就好像说这个曲子奏的不错，就是旋律不好，节奏不好，这是讲不通的。说这幅画很好，就是色彩不好，线条不好。离开了色彩和线条哪还有画？离开了节奏和旋律哪有音乐呢？我对语言有一心得，语言是本质的东西，语言不只是工具、技巧、形式。若干年前，闻一多先生写了篇文章叫《庄子》，其中说："庄子的文字不单是表现思想的工具，似乎也是一种目的。"我觉得很对，文字就是目的。小说的语言不纯粹是外部的东西，语言和内容是同时存在，不可剥离的。我认为，语言就是内容，这可能绝对了一些。另外，作家的语言首先决定于作家的气质。有什么样的气质就有什么样的语言。一个作家的语言是他风格的一部分，法国的布封早就说过"风格即人"。或者还可以说，作家的语言也就是作家对生活的基本态度，一个作家的语言是别人不能代替的。鲁迅和周作人是哥俩，但语言决不一样。有些人的作品可以不署名，一看就知道。语言的特色一方面决定于作家的气质，另一方面决定于作家对于不同的人事的态度。鲁迅写《故乡》、《祝福》是一种语言，写《肥皂》、《高老夫子》又是一种语言。前一种是因为鲁迅对所写人、人事的态度。语言里很重要的是它的叙述语调，你用什么调子写这个人、这件事，就可看出作家对此人此事此种生活的态度。语言不在词藻，而在于调子。对人物的褒贬不在于他用了什么样的定语，而在于字里行间流露出的情感倾向。作家的倾向性就表现在他的语言里。中国的说法是褒贬，外国的说法是倾向性。褒贬不落在词句上，而在笔调上。中国的春秋笔法很好，它对人事不加褒贬，却有倾向性。《左传》中的《郑伯克段于鄢》，本是哥俩打仗，他们之间本没什么一定的谁是谁非。《史记》中叙述项羽与刘邦的语调截然不同。所以，我认为要探索一个作家的思想内涵，观察它的倾向性，首先必须掌握它的叙述语调。探索作家创作的内部规律、思维方式、心理结构，不能不琢磨作家的语言。鲁迅《故事新编》中的

《采薇》写吃松针面，"他愈嚼，就愈皱眉，直着脖子咽了几咽，倒哇的一声吐出来了，诉苦似的看着叔齐道：'苦……粗……'。这时候，叔齐真好像落在深潭里，什么希望也没有了。抖抖的也拗了一角，咀嚼起来，可真也毫没有可吃的样子；苦……粗……"如果把"苦"、"粗"改成"苦涩"、"粗糙"，那么鲁迅的温和的讽刺，鲁迅的幽默就全没了。所以，从众和脱俗看似矛盾其实是一回事。语言的独特不在于用别人不用的词，而在于他能在别人也用的词中赋予别人所想不到的意蕴。诗话中有谈到古诗："白杨多悲风，萧萧愁煞人。"萧萧两字处处可用，用在此处则最佳。鲁迅所用的字人们也都用，但却用不出那味儿来。如鲁迅《祝福》中写鲁四老爷一见面便"是寒暄，寒暄之后说我'胖了'，说我胖了之后即大骂其新党。但我知道，这并非借题在骂我……但是，谈话总也不投机，于是不多久，我便一个人剩在书房里。""剩"字很一般，但用得贴切、出众。沈先生的文章中有："独自一人，坐在灌满了凉风的船头。""灌"字用得很好，又比如他写一个水手看人家打牌，说他"镶"在那里，太准确贴切了。语言是应该有独创性，但不能独创到别人不懂的地步，语言极重要的是要用字准。苏东坡写病鹤道："三尺长胫搁瘦躯"，这个"搁"字一下子就显出了生病的仙鹤。屠格涅夫的语言也相当准确，写伐木，"大树缓慢地庄重地……""庄重地"用的极妙，包含很多意思在内，融注了感情，这种语言是精到的。我写马吃夜草，琢磨了很久才写下"马在安静地、严肃地吃草料。"用词不必求怪，写出人人心中皆有、笔下却无的句子来就好。

还要注意吸收群众普普通通的语言，如若你留心，一天至少能搜集到三句好的语言。语言为什么美，首先在于能听懂，而且能记住。有一次宣传交通安全的广播车传出这样的话：横穿马路，不要低头猛跑。此话相当简炼准确，而且形象。还有一次看到一个派出所宣传夏令卫生，只有一句话，很简单，但很准确，"残菜剩饭必须回锅见开再吃。"此句中一个字也不能改动。街上修钥匙的贴了这样一张条："照配钥匙，立等可取。"简炼到极点。语言要讲艺术性，给人一种美感，同时要产生实际作用。西四牌楼附近有个铺子边贴了张纸条写道："出售新藤椅，修理旧棕床。"这就很讲艺术性，平仄不很规整，但还是对仗的。我在张家口劳动时，群众批评一个有英雄主义的人说："一个人再能当不了四堵墙，旗杆再高还得两块石头夹住。"这话非概念化，但极有哲理。在宁夏时有位朋友去参加"花儿会"，在路上发现一对婆媳一路上的对话都是诗，都是押韵的。媳妇到娘娘庙去求子，跪下来祷告词极棒。她说："今年来，我是跟您要着哪；明年来，我是手里抱着哪，咯咯嘎嘎地笑着哪。"我的朋友说："我还没听过世界上这么美丽的祷告词。"所以，群众语言是非常丰富的，要注意从群众语言中吸取营养。另外，还要向过去的作品学习，古文这一课还是应该补上；其次，还应该同民间文学学习，学一点民歌。不读若干首民歌，当不好作家。学习民歌对我的写作极有好处。这是我的由衷之言，特别是它们影响了我的语言和叙述方法。我学习的民歌主要是抒情性的，有时便想，民歌中有哲理诗吗？后来碰上一首，是写插秧的："赤脚双双来插田，低头看见水中天。行行插得齐齐整，退步原来是向前。"再其次，也要读一点严肃文学以外的东西。如戏曲等，那里面往往有许多对写小说有启发的东西。

重写文学史，还不到时候[①]

※

重写文学史，是很多人私心盼望已久的事。最近有人把这个问题提出来了。为什么要重写文学史？因为已有的几本中国新文学史都陈旧了，都有缺点，都"左"。十多年来，文学创作、理论，都有了很大的变化，"左"的大一统局面已经打破，独有文学史却不动。它们依然雄居在书架上，带着高傲而冷漠的神情。

但我以为现在重写文学史还不到时候，条件还不成熟。

首先是史实的澄清。"左联"的问题比较好办。有些当事人已经承认"左联"是有关门主义、宗派主义的倾向的。但是也还是笼统地说一下，缺乏深入细微的阐述。对一些历史的陈案，今天究竟应该怎样认识？比如对梁实秋的斗争，对第三种人的斗争，以及对"新月派"的批判，等等。一个非常棘手的问题，是怎样客观地、科学地对待《在延安文艺座谈会上的讲话》。它的产生的背景，当时所起的作用，以及后来的影响。这到现在，依然是一个极其敏感的问题。但是，不接触这个问题，一部中国现代文学史，怎么说得清楚呢？

其次是对作家和作品的再认识。鲁迅是伟大的。我个人认为，到现在为止，中国还没有一个作家，在文学的成就上超过鲁迅的。鲁迅是继曹雪芹之后，中国的一位真正的语言大师。但是不少文学

---

① 初刊于一九八九年三月二十五日《文论报》，初收于人民文学版《汪曾祺全集》第十卷。

史家着眼的只是鲁迅作为斗士的一面，不大把鲁迅作为一个作家来看。对于他的作品（小说、散文）认真研究的不多。

对于一些受到误解，遭到不公平的冷遇的作家，近年的看法有所改变，比如对沈从文。但是，"沈从文热"只在国外和国内一些青年作家间燃烧，而我们的文学史家依然是"翻滚不落价"，继续白着他们的冷眼。比如废名，我们的文学史家完全不理解他的"意义"。又比如芦焚，我真不明白，为什么文学史家对他的散文化小说如此的视若无睹。还有许多作家，比如朱湘、刘延陵、梁遇春、罗黑芷……这些人都不在文学史家的视野之内。更不用说张恨水、张爱玲。我们的文学史家真是"一叶障目"。我希望这些文学史家把"左"的树叶从眼睛上拿开，平心静气地，从文艺角度（只从文艺角度），读一点作品，不要用政治代替文艺。第三个问题，是新的中国新文学史由谁来写？——是"官修"，还是"私修"好？如果由一个研究所、一个大学的中文系，组织一个班子，来重写文学史，一是旷日持久；二是没完没了地讨论，结果是把所有棱角都磨光，毫无创见。"官修"，实际上是"钦定"。但是"私修"也很难，哪来的人？哪来的资料？哪来的经费？我们的国家有没有这样的魄力，委托几个人，成立几个以个人为领导的小组，给他们一笔钱，花几年功夫，写几本高质量、有才华而不无（或一定）偏颇的新文学史，爱怎么说，就怎么说？大概不行。

要重写文学史，一个更重要的先决条件，是编写者有更大的言论自由。

现在还不行。

写字①

※

　　写字总是从临帖开始。我比较认真地临过一个时期的帖，是在十多岁的时候，大概是小学五年级、六年级和初中一年级的暑假。我们那里，那样大的孩子"过暑假"的一个主要内容便是读古文和写字。一个暑假，我从祖父读《论语》，每天上午写大、小字各一张，大字写《圭峰碑》，小字写《闲邪公家传》，都是祖父给我选定的。祖父认为我写字用功，奖给了我一块猪肝紫的端砚和十几本旧拓的字帖：我印象最深的是一本褚河南的《圣教序》。这些字帖是一个败落的世家夏家卖出来的。夏家藏帖很多，我的祖父几乎全部买了下来。一个暑假，从一个姓韦的先生学桐城派古文、写字。韦先生是写魏碑的，他让我临的却是《多宝塔》。一个暑假读《古文观止》、唐诗，写《张猛龙》。这是我父亲的主意。他认为得写写魏碑，才能掌握好字的骨力和间架。我写《张猛龙》，用的是一种稻草做的纸——不是解大便用的草纸，很大，有半张报纸那样大，质地较草纸紧密，但是表面相当粗。这种纸市面上看不到卖，不知道父亲是从什么地方买来的。用这种粗纸写魏碑是很合适的，运笔需格外用力。其实不管写什么体的字，都不宜用过于平滑的纸。古人写字多用麻纸，是不平滑的。像澄心堂纸那样细腻的，是不多见的。这三部帖，给我的字打了底子，尤其是《张猛龙》。到现在，从我的字里还可以看出它的影响，结体和用笔。

---

　　① 初刊于《八小时之外）一九九〇年第十期，初收于《塔上随笔》。

临帖是很舒服的，可以使人得到平静。初中以后，我就很少有整桩的时间临帖了。读高中时，偶尔临一两张，一曝十寒。二十岁以后，读了大学，极少临帖。曾在昆明一家茶叶店看到一副对联："静对古碑临黑女，闲吟绝句比红儿"。这副对联的作者真是一个会享福的人。《张黑女》的字我很喜欢，但是没有临过，倒是借得过一本，反反复复，"读"了好多遍。《张黑女》北书而有南意，我以为是从魏碑到二王之间的过渡。这种字体很难把握，五十年来，我还没有见过一个书家写《张黑女》而能得其仿佛的。

写字，除了临帖，还需"读帖"。包世臣以为读帖当读真迹，石刻总是形似，失去原书精神，看不出笔意，固也。试读《三希堂法帖·快雪时晴》，再到故宫看看原件，两者比较，相去真不可以道里计。看真迹，可以看出纸、墨、笔之间的关系。尤其是"运墨"；"纸墨相得"，是从拓本上感觉不出来的。但是真迹难得看到，像《快雪时晴》《奉橘帖》那样稀世国宝，故宫平常也不拿出来展览。隔着一层玻璃，也不便揣摩谛视。求其次，则可看看珂罗版影印的原迹。多细的珂罗版也是有网纹的，印出来的字多浅淡发灰，不如原书的沉着入纸。但是毕竟慰情聊胜无，比石刻拓本要强得多。读影印的《祭侄文》，才知道颜真卿的字是从二王来的，流畅潇洒，并不都像《麻姑仙坛》那样见棱见角的"方笔"；看《兴福寺碑》，觉赵子昂的用笔也是很硬的，不像坊刻应酬尺牍那样柔媚。再其次，便只好看看石刻拓本了。不过最好要旧拓。从前旧拓字帖并不很贵，逛琉璃厂，挟两本旧帖回来，不是难事。现在可不得了了！前十年，我到一家专卖碑帖的铺子里，见有一部《淳化阁帖》，我请售货员拿下来看看，售货员站着不动，只说了个价钱。

他的意思我明白：你买得起吗？我只好向他道歉："那就不麻烦你了！"现在比较容易得到的丛帖是北京日报出版社影印的《三希堂法帖》。乾隆本的《三希堂法帖》是浓墨乌金拓。我是不喜欢乌金拓的，太黑，且发亮。北京日报出版社用重磅铜版纸印，更显得油墨堆浮纸面，很"暴"。而且分装四大厚册，很重，展玩极其不便。不过能有一套《三希堂法帖》已属幸事，还有什么话可说呢？

　　《三希堂法帖》收宋以后的字很多。对于中国书法的发展，一向有两种对立的意见。一种以为中国的书法，一坏于颜真卿，二坏于宋四家。一种以为宋人书是一个重要的突破。宋人宗法二王，而不为二王所囿，用笔洒脱，显出各自的个性和风格。有人一辈子写晋人书体，及读宋人帖，方悟用笔。我觉两种意见都有道理。但是，二王书如清炖鸡汤，宋人书如棒棒鸡。清炖鸡汤是真味，但是吃惯了麻辣的用味，便觉得什么菜都不过瘾。一个人多"读"宋人字，便会终身摆脱不开，明知趣味不高，也没有办法。话又说回来，现在书家中标榜写二王的，有几个能不越雷池一步的？即便是沈尹默，他的字也明显地看出有米字的影响。

　　"宋四家"指苏（东坡）、黄（山谷）、米（芾）、蔡。"蔡"本指蔡京，但因蔡京人品不好，遂以蔡襄当之。早就有人提出这个排列次序不公平。就书法成就说，应是蔡、米、苏、黄。我同意，我认为宋人书法，当以蔡京为第一。北京日报出版社《三希堂法帖与书法家小传》（卷二），称蔡京"字势豪健，痛快沉着，严而不拘，逸而不外规矩。比其从兄蔡襄书法，飘逸过之，一时各书家，无出其左右者""……但因人品差，书名不为世人所重。"我以为这评价是公允的。

这里就提出一个多年来缠夹不清的问题：人品和书品的关系。一种很有势力的意见以为，字品即人品，字的风格是人格的体现。为人刚毅正直，其书乃能挺拔有力。典型的代表人物是颜真卿。这不能说是没有道理，但是未免简单化。有些书法家，人品不能算好，但你不能说他的字写得不好，如蔡京，如赵子昂，如董其昌，这该怎么解释？历来就有人贬低他们的书法成就。看来，用道德标准、政治标准代替艺术标准，是古已有之的。看来，中国的书法美学、书法艺术心理学，得用一个新的观点，新的方法来重新开始研究。简单从事，是有害的。

蔡京字的好处是放得开，《与节夫书帖》、《与宫使书帖》可以为证。写字放得开并不容易。书家往往于酒后写字，就是因为酒后精神松弛，没有负担，较易放得开。相传王羲之的《兰亭序》是醉后所写。苏东坡说要"酒气拂拂从指间出"，才能写好字，东坡《答钱穆父诗》书后自题是"醉书"。万金跋此帖后云：

"右军兰亭，醉时书也。东坡答钱穆父诗，其后亦题曰醉书，较之常所见帖大相远矣。岂醉者神全，故挥洒纵横，不用意于布置，而得天成之妙欤？不然则兰亭之传何其独盛也如此。"

说得是有道理的。接连写几张字，第一张大都不好，矜持拘谨。大概第三四张较好，因为笔放开了。写得太多了，也不好，容易"野"。写一上午字，有一条满意的，就很不错了。有时一张都不好，也很别扭。那就收起笔砚，出去遛个弯儿去。写字本是遣兴，何必自寻烦恼。

一九九〇年七月十二日

人之相知之难也①
——为《撕碎，撕碎，撕碎了是拼接》而写

※

文如其人也好，人如其文也好，文和人是有关系的，布封说过一句名言：风格即人。我们可以进一步说：作品的形式是作者人格的外化。"颂其诗，读其书，不知其人，可乎？"读者是希望较多地知道作者其人，以便更多地增加对作品的理解的。

大部分作家是希望被人理解的。"人不知，而不愠，不亦君子乎？"这是不很容易达到的境界。人不知，不愠；为人所知呢？是很快慰的事。"莫愁前路无知己，天下谁人不识君"，这样的旅行是愉快的旅行。"人生得一知己足矣"，一人已足，多了更好。

在读者和作家之间搭起一道桥梁，这大概是《撕碎，撕碎，撕碎了是拼接》这本书编者最初的用意。这是善良的用意。但是这道桥是不很好搭的。

书分三部分：作家自白，作家谈作家，评论家谈作家，内容我想也只能是这些了。然而，难。

作家自白按说是会写得比较真切的。"我与我周旋久，宁作我"，一个人和自己混了一辈子，总应该能说出个幺二三。然而，人贵有自知之明，亦难得有自知之明。自画像能像梵高一样画出那

---

① 初刊于《读书》一九九一年第二期，是为《中国当代作家面面观：撕碎，撕碎，撕碎了是拼接》（林建法、王景涛编，时代文艺出版社一九九一年版）所作序言，初收于北师大版《汪曾祺全集》第五卷。

样深邃的内在的东西的，不多。有个女同志，别人说她的女儿走路很像她，她注意看看女儿走路的样子，说：我走路就是那样难看呀！人总难免照照镜子。我怕头发支楞着，在洗脸梳发之后有时也要照一照。然而，看一眼，只见一个脑袋，加上我家的镜子是一面老镜子，昏昏暗暗，我不知道我究竟是什么样子。一般人家很少会有芭蕾舞练功厅里能照出全身的那样大的镜子。直到有一次，北京电视大学录了我讲课的像，我看了录像，才知道我是这样的。那样长时间的被"曝光"，我实在有点坐不住：我原来已经老成这样了，而且，很俗气。我曾经被加上了各种各样的称谓。"前卫"（这是台湾说法，相当于新潮）、"乡土"、"寻根"、"京味"，都和我有点什么关系。我是个什么作家，连我自己也糊涂了。有人说过我受了老庄的、禅宗的影响，我说我受了儒家思想的影响更大一些，曾自称是一个"中国式的抒情的人道主义者"。说这个话的时候似乎很有点底气，而且有点挑战的味道。但是近二年我对自己手制的帽子有点恍惚，照北京人的话说是"二乎"了：我是受过儒家思想的影响么？我是一个中国式的抒情的人道主义者么？

作家写作家比新闻记者写作家要好一些。记者写专访，大都只是晤谈一两个小时，求其详尽而准确，是强人所难的事。作家写作家，所写的是作家的朋友，至少是熟人。但是即使熟到每天看见，有时也未必准确，有一老爷，见一仆人走过，叫住他，问："你是谁？什么时候到我这里来的？"——"小的侍候老爷已经好几年了。"——"那我怎么没有见过你？"原来此人是一轿夫，老爷逐日所见者唯其背耳。作家写作家，大概还不至于写了被写人的背，但是恐怕也难于全面。中国文学不大重视人物肖像，这跟中国画里的肖像画不发达大概有些关系。《世说新语》品藻人物大都重其神韵，忽其形骸，往往用比喻：水、山、松、石，空灵则空灵矣，但是不好捉摸。"叔度汪汪"，我始终想象不出是什么样子。作家写作家，能够做到像任伯年画桂馥一样的形神兼备者几希。周作人的《怀废名》写得淡远而亲切，但是他说废名之貌奇古，其额如螳螂，我就想象不出是什么样子。我后来在沙滩北大的路上不止一次看见过废名，注意过他的额头，实在不觉得有什么地方像螳螂。而且也并不很奇古。要说"奇古"，倒是俞平伯有一点。画兽难画狗，画人难画手，习见故耳，作家写作家，也许正因为熟，反而觉得有点难于下笔。下笔了，也不能细致。中国作家还没有细心地观察朋友，描写朋友的习惯，没有那样的耐心，也没有那样的时间。中国作家写作家能够像高尔基写托尔斯泰、写柯罗连科、写契诃夫那样的，可以说没有一个人。作家写作家，参考系数究竟有多大，颇可存疑。读者也只好听一半，不听一半。

　　评论家写作家可能是会比较客观的，往往也说得很中肯，但也不能做到句句都中肯。昔有人制一谜语：上面上面，下面下面，左边左边，右边右边，不是不是，是了是了！谜底是搔痒。郑板桥曾写过一副对子："搔痒不着赞何益，入木三分骂亦精"。评论家是会搔到作家的痒处的，但是不容易一下子就搔到。总要说了好多句，其中有一两句"说着"了。我有时看评论家写我的文章，很佩服：我原来是这样的，哪些哪些地方连我自己也没有想到过；但随即也会疑惑：我是这样的么？评论家的主体意识也是很强的。法朗士在《文学生活》第一卷的序言里说过："为了真诚坦白，批评家应该说：'先生们，关于莎士比亚，关于拉辛，我所讲的就是我自己'。"评论家写作家，有时像上海人所说的，是"自说自话"，拿作家来"说事"，表现的其实是评论家自己。有人告诉林斤澜：汪曾祺写了一篇关于你的文章，斤澜说："他是说我么？他是说他自己吧。"评论家写作家，我们反过来倒会看到评论家自己，这是很有趣的。于是从评论家的文章中能看到的作家的影子就不很多了。通过评论，理解作家，是有限的。

甚矣人之相知之难也。

我相信，读者读了这本书是不会满足的。但也许由于不满足，激起了他们希望更多的了解作家的愿望。这是这本书的最终的和最好的效果。

一九九〇年十月十日

美在众人反映中①

——老学闲抄

※

　　用文字来为人物画像，是吃力不讨好的事情。中外小说里的人物肖像都不精彩。中国通俗演义的"美人赞"都是套话。即《红楼梦》亦不能免。《红楼梦》写凤姐，极生动，但写其出场时之相貌："一双丹凤三角眼，两弯柳叶吊梢眉"，实在不美。一种办法是写其神情意态。《古诗为焦仲卿妻作》具体地写了焦仲卿妻的容貌装饰，给人印象不深，但"纤纤作细步，精妙世无双"却使人不忘。"行到中庭数花朵，蜻蜓飞上玉搔头"，不写容貌如何，而其人之美自见。另一种办法，是不直接写本人，而写别人看到后的反映，使观者产生无边的想象。希腊史诗《伊里亚特》里的海伦皇后是一个绝世的美人，她的美貌至引起一场战争，但这样的绝色是无法用语言描绘的，荷马在叙述时没有形容她的面貌肢体，只是用相当多的篇幅描述了看到海伦的几位老人的惊愕。用的就是这种办法。汉代乐府《陌上桑》写罗敷之美：

> 行者见罗敷，下担捋髭须。
>
> 少年见罗敷，脱帽著帩头。
>
> 耕者忘其犁，锄者忘其锄。

---

① 初刊于《天津文学》一九九一年第七期，初收于《汪曾祺小品》。

来归相怨怒，但坐观罗敷。

用的也是这种办法，虽然还不免有点喜剧化，不那么诚实（《陌上桑》本身是一个喜剧，是娱乐性的唱段）。

释迦牟尼是一个美男子，威仪具足，非常能摄人。诸经都载他具三十二"相"，七十（或八十）种"好"，《释迦谱》对三十二"相"有详细具体的记载，从他的脚后跟一直写到眼睛的颜色。但是只觉其繁琐啰嗦，不让人产生美感。七十种"好"我还未见到都是什么，如有，只有更加啰嗦。《佛本行经·瓶沙王问事品》（宋凉州沙门释宝云译），写释迦牟尼入王舍城，写得很铺张（佛经描叙往往不厌其烦），没有用这种开清单的办法。正是从众人的反映中写出释迦牟尼之美，摘引如下：

············

> 见太子体相，功德耀巍巍。
>
> 所服寂灭衣，色应清净行。
>
> 人民皆愕然，扰动怀欢喜。
>
> 熟观菩萨形，眼睛如系著。
>
> 聚观是菩萨，其心无厌极。
>
> 宿界功德备，众相悉具足。
>
> 犹如妙芙蓉，杂色千种藕。
>
> 众人往自观，如蜂集莲华。

············

> 抱上婴孩儿，口皆放母乳。

熟视观菩萨，忘不还求乳。

举城中人民，皆共竞欢喜。

　　这写得实在很生动。"众人往自观，如蜂集莲华"，比喻极新鲜。尤其动人的是："抱上婴孩儿，口皆放母乳，熟视观菩萨，忘不还求乳"，真是亏他想得出！这不但是美，而且有神秘感。在世界文学中，我还没见到过写婴孩对于美的感应有如此者！

　　这种方法至少已有两千年的历史，是一个老方法了。但是方法无新旧，问题是一要运用得巧妙自然，不落痕迹，不能让人一眼就看出这是从什么地方学来的；二是方法，要以生活和想象做基础的。上述婴儿为美所吸引，没有生活中得来的印象和活泼的想象，是写不出来的。我们在当代作品中还时常可以看到这种方法的灵活运用，不绝如缕。

一九九一年三月二十六日

作家应当是通人[①]

※

钱钟书先生说他这些年在中西文学方面所做的工作不是"比较"，而是"打通"。我很欣赏"打通"说。

有一种说法我一直不理解：越是民族的就越是世界的。我认为这句话不合逻辑，虽然这话最初好像是鲁迅说的。鲁迅的原意我不明白。现在老是强调这句话的中老年作家的意思我倒是明白的。无非是说只有他们的作品是最民族的，因此也是最世界的，最好的。别的，都不行。

我很不赞成一些老先生或半老的先生对青年作家的指责，说他们盲目摹仿西方文学。说有些东西在西方已经过时了，青年作家还当作宝贝捡起来。我觉得摹仿西方并没有什么不好。我们年轻时还都不是这样过来的？有些东西不是那样容易过时，比如意识流。普鲁斯特、弗吉尼·沃尔芙的作品现在还有人看，怎么就过时了呢？

我们很需要有人做中西文学的打通工作。现在有人不是在打通，而是在设障。

还需要另外一种打通，即古典文学和当代创作之间的打通。现在是有些教古典文学的教授几乎不看任何当代文学作品，从古典到古典。当代作家相当多只看当代作品，从当代到当代。这种现象对两方面都不利。

---

① 初刊于一九九二年一月二十三日《新民晚报》，初收于《汪曾祺小品》。

还要有一种打通：古典文学、当代文学和民间文学之间的打通。这三者之间本来是可以相通的。我在湖南桑植读到过一首民歌：

　　　　姐的帕子白又白，你给小郎分一截。小郎拿到走夜路，好比天上蛾眉月。

我当时立刻就想到王昌龄的《长信秋词》：

　　　　玉颜不及寒鸦色，犹带昭阳日影来。

两者想象的奇绝超迈有相似处。
有一首傣族民歌，只有两句：

　　　　斧头砍过的再生树，战争留下的孤儿。

这是不是像现代派的诗？
一个当代的中国作家应该是一个通人。

西窗雨①

※

很多中国作家是吃狼的奶长大的。没有外国文学的影响，中国文学不会像现在这个样子，很多作家也许不会成为作家。即使有人从来不看任何外国文学作品，即使他一辈子住在连一条公路也没有的山沟里，他也是会受外国文学的影响的，尽管是间接又间接的。没有一个作家是真正的"土著"，尽管他以此自豪，以此标榜。

高中三年级的时候，我为避战乱，住在乡下的一个小庵里，身边所带的书，除为了考大学用的物理化学教科书外，只有一本《沈从文选集》，一本屠格涅夫的《猎人日记》。可以说，是这两本书引我走上文学道路的。屠格涅夫对人的同情，对自然的细致的观察给我很深的影响。

我在大学里读的是中文系，但是课外所看的，主要是翻译的外国文学作品。

我喜欢在气质上比较接近我的作家。不喜欢托尔斯泰。一直到1958年我被划成右派下放劳动，为了找一部耐看的作品，我才带了两大本《战争与和平》，费了好大的劲才看完。不喜欢陀思妥耶夫斯基那样沉重阴郁的小说。非常喜欢契诃夫。托尔斯泰说契诃夫是一个很怪的作家，他好像把文字随便丢来丢去，就成了一篇作品。我喜欢他的松散、自由、随便、起止自在的文体；喜欢他对生活的痛苦的思索和一片温情。我认为契诃夫是一个真正的现代作家。从

---

① 初刊于《外国文学评论》一九九二年第二期，初收于北师大版《汪曾祺全集》第五卷。

契诃夫后，俄罗斯文学才进入一个新的时期。

苏联文学里，我喜欢安东诺夫。他是继承契诃夫传统的。他比契诃夫更现代一些，更西方一些。我看了他的《在电车上》，有一次在文联大楼开完会出来，在大门台阶上遇到萧乾同志，我问他："这是不是意识流？"萧乾说："是。但是我不敢说！"五十年代，在中国提起意识流都好像是犯法的。

我喜欢苏克申，他也是继承契诃夫的。苏克申对人生的感悟比安东诺夫要深，因为这时的苏联作家已经摆脱了斯大林的控制，可以更自由地思索了。

法国文学里，最使当时的大学生着迷的是A.纪德。在茶馆里，随时可以看到一个大学生捧着一本纪德的书在读，从优雅的、抒情诗一样的情节里思索其中哲学的底蕴。影响最大的是《纳蕤思解说》、《田园交响乐》。《窄门》、《伪币制造者》比较枯燥。在《地粮》的文体影响下，不少人写起散文诗日记。

波特莱尔的《恶之花》、《巴黎之烦恼》是一些人的袋中书——这两本书的开本都比较小。

我不喜欢莫泊桑，因为他做作，是个"职业小说家"。我喜欢都德，因为他自然。

我始终没有受过《约翰·克里斯多夫》的诱惑，我宁可听法朗士的怀疑主义的长篇大论。

英国文学里，我喜欢弗·伍尔夫。她的《到灯塔去》、《浪》写得很美。我读过她的一本很薄的小说《狒拉西》，是通过一只小狗的眼睛叙述伯朗宁和伯朗宁夫人的恋爱过程，角度非常别致。《狒拉西》似乎不是用意识流方法写的。

我很喜欢西班牙的阿左林。阿左林的意识流是覆盖着阴影的，清凉的，安静透亮的溪流。

意识流有什么可非议的呢？人类的认识发展到一定阶段，就会发现人的意识是流动的，不是那样理性，那样规整，那样可以分切的。意识流改变了作者和人物的关系。作者对人物不再是旁观，俯视，为所欲为。作者的意识和人物的意识同时流动。这样，作者就更接近人物，也更接近生活，更真实了。意识流不是理论问题，是自然产生的。林徽因显然就是受了弗·伍尔夫的影响。废名原来并没有看过伍尔夫的作品，但是他的作品却与伍尔夫十分相似。这怎么解释？

意识流造成传统叙述方法的解体。

我年轻时是受过现代主义、意识流方法的影响的。

　　太阳晒着港口，把盐味敷到坞边的杨树的叶片上。

　　海是绿的，腥的。

　　一只不知名的大果子，有头颅那样大，正在腐烂。

　　贝壳在沙粒里逐渐变成石灰。

　　浪花的白沫上飞着一只鸟，仅仅一只。太阳落下去了。

　　黄昏的光映在多少人的额头上，在他们的额头上涂了一半金。

　　多少人逼向三角洲的尖端。又转身，分散。

　　人看远处如烟。

　　自在烟里，看帆篷远去。

　　来了一船瓜，一船颜色和欲望。

一船是石头，比赛着棱角。也许——

一船鸟，一船百合花。

深巷卖杏花。骆驼。

骆驼的铃声在柳烟中摇荡。鸭子叫，一只通红的蜻蜓。

惨绿的雨前的磷火。

一城灯！

——《复仇》

这是什么？大概是意识流。

我的文艺思想后来有所发展。八十年代初，我宣布过"回到现实主义，回到民族传统"。但是立即补充了一句：我所说的现实主义是能容纳各种流派的现实主义，我所说的民族传统是能吸收任何外来影响的民族传统。

抗日战争时期。昆明大西门外。

米市，菜市，肉市。柴驮子，炭驮子。马粪。粗细瓷碗，砂锅铁锅。焖鸡米线，烧饵块。金钱片腿，牛干巴。炒菜的油烟，炸辣子呛人的气味。红黄蓝白黑，酸甜苦辣咸。

每个人带着一生的历史，半个月的哀乐，在街上走。

……

——《钓人的孩子》

这大概不能算是纯粹的民族传统。中国虽然也有"鸡声茅店月，人迹板桥霜"，有"古道西风瘦马，枯藤老树昏鸦"，但是堆砌了一连串的名词，无主语，无动词，是少见的。这也可以说是意识流。有人说这是意象主义，也可以吧。总之，这样的写法是外来的。

有一种说法：越是民族的，就越是世界的。这话我不知道是什么意思。如果说越写出民族的特点，就越有世界意义，可以同意。如果用来作为拒绝外来影响的借口，以为越土越好，越土越洋，我觉得这会害了自己，也害了别人。

我想对《外国文学评论》提几点看法。

希望能研究一下外国文学研究的最终目的是什么？我以为应该是推动、影响、刺激中国的当代创作。要考虑刊物的读者是什么人，我以为应是中国作家、中国的文学爱好者，当然，也包括中国的外国文学研究者。不要为了研究而研究，不要脱离中国文学的实际，要有的放矢，顾及社会的和文学界的效应。

评论要和鉴赏结合起来，要更多介绍一点外国作家和作品，不要空谈理论。现在发表的文章多是从理论到理论。评介外国的作家和作品，得是一个中国的研究者的带独创性的意见，不宜照搬外国人的意见。

可以考虑开一个栏目：外国作家对中国作家的影响，比如魏尔兰之于艾青，T.S.艾略特、奥登之于九叶派诗人……这似乎有点跨进了比较文学的范围。但是我觉得一个外国文学研究者多多少少得是一个比较文学研究者，否则易于架空。

最后，希望文章不要全是理论语言，得有点文学语言。要有点幽默感。完全没有幽默感的文章是很烦人的。

一九九二年二月九日

徐文长论书画[①]

※

文长书画的来源

徐文长善书法。陶望龄《徐文长传》谓:

> 渭于行草书尤精奇伟杰。尝言吾书第一,诗二,文三,画四,识者许之。

袁宏道《徐文长传》云:

> 文长喜作书,笔意奔放如其诗,苍劲中姿媚跃出。予不能书,而谬谓文长书决当在王雅宜、文徵仲之上。不论书法而论书神,先生者诚八法之散圣,字林之侠客也。

陶望龄谓文长"其论书主于运笔,大概仿诸米氏云"。黄汝亨《徐文长集序》谓:"书似米颠,而棱棱散散过之,要皆如其人而止"。文长书受米字的影响是明显的,但不主一家。文长题跋,屡次提到南宫,但并不特别地推崇,以为是天下一人。他对宋以后诸家书的评价是公正客观的,不立门户。《徐文长逸稿·评字》:

---

① 初刊于《中国文化》一九九二年春季号(总第七期),初收于《汪曾祺文集·文论卷》。

黄山谷书如剑戟，搆密是其所长，潇散是其所短。苏长公书专以老朴胜，不似其人之潇洒，何耶？米南宫一种出尘，人所难及，但有生熟，差不及黄之匀耳。蔡书近二王，其短者略俗耳。劲净而匀，乃其所长。孟颊虽媚，犹可言也。其似算子率俗书，不可言也。尝有评吾书者，以吾薄之，岂其然乎？倪瓒书从隶入，辄在钟元常荐季直表中夺舍投胎。古而媚，密而散，未可以近而忽之也。吾学索靖书，虽梗概亦不得。然人并以章草视之，不知章稍逸而近分，索则超而傲篆。……

文后有小字一行："先生评各家书，即效各家体，字画奇肖，传有石文"。这行小字大概是逸稿的编集者张宗子注的。据此，可以知道他是遍览诸家书，且能学得很像的。

徐文长原来是不会画画的。《书刘子梅谱二首》题有小字："有序。此予未习画之作"。他的习画，始于何时，诗文中皆未及。他是跟谁学的画，亦不及。他的画受林良的影响是有目共睹的。他对林良是钦佩的，《刘巢云雁》诗劈头两句就是："本朝花鸟谁第一？左广林良活欲逸"。林良喜画松鹰大幅，气势磅礴。文长小品秀逸，意思却好。如画海棠题诗："海棠弄春垂紫丝，一枝立鸟压花低。去年二月如曾见，却是谁家湖石西"，"一枝立鸟压花低"，此林良所不会。文长诗也提到吕纪，但其画殊不似吕。文长也画人物。集中有《画美人》诗，下注："湖石、牡丹、杏花，美人睹飞燕而笑"，诗是：

牡丹花对石头开，

雨燕低从杏杪来。

勾引美人成一笑，

画工难处是双腮。

这诗不知是题别人的画还是题自己的画的。我非常喜欢"画工难处是双腮"，此前人所未道。我以为这是徐渭自己的画，盖非自己亲画，不能体会此中难处。即此中妙处。文长亦偶作山水，不多，但对山水画有精深的赏鉴。他给沈石田写过几首热情洋溢的诗。对倪云林有独特的了解。《书吴子所藏画》："阅吴子所藏红梅双鹊画，当是倪元镇笔，而名姓印章则并主王元章，岂当时倪适王所，戏成此而遂用其章耶？"倪元镇画花鸟，世少见，文长的猜测实在是主观武断，但非深知云林者不能道也。此津津于印章题款之鉴赏家所能梦见者乎！但是文长毕竟是花卉画家，他的真正的知交是陈道复。白阳画得熟，以熟胜。青藤画得生，以生胜。

论书与画的关系

《书八渊明卷后》云：

览渊明貌，不能灼知其为谁，然灼知其为妙品也。往在京邸，见顾恺之粉本曰《斫琴》者殆类是。盖晋时顾陆辈笔精，匀圆劲净，本古篆书家象形意。其后为张僧繇、阎立本，最后乃有吴道子、李伯时，即稍变，犹知宗之。迨草书盛行，乃始有写意画，又一变也。卷中貌凡八人，而八犹一，如取诸影，僮仆策杖，亦靡不历历可相印，其不苟如此，可以想见其人矣。

"书画同源"、"书画相通"，已成定论，研究美学，研究中国美术史者都会说，但说不到这样原原本本。"迨草书盛行，乃始有写意画"，尤为灼见。探索写意画起源的，往往东拉西扯，徒乱人意，总不如文长一刀切破，干净利索。文长是画写意画的，有人至奉之为写意花卉的鼻祖，扬州八家的先河，则文长之语可谓现身说法，夫子自道矣。袁宏道说："先生者诚八法之散圣，字林之侠客也。间以其余旁溢为花草竹石，皆超逸有致"，是直以写意画为行草字之"余"，不吾欺也。

论庄逸工草

文长字画皆豪放。陶望龄谓其行草书"尤精奇伟杰"；袁宏道谓其书"奔放如其诗"。其作画，是有意识的写意，笔墨淋漓，取快意于一时，不求形似，自称曰"涂"，曰"抹"，曰"扫"，曰"狂扫"。《写竹赠李长公歌》："山人写竹略形似，只取叶底潇潇意。譬如影里看丛梢，那得分明成个字？"《画百花卷与史甥，题曰漱老谑墨》："葫芦依样不胜揩，能如造化绝安排，不求形似求生韵，根拨皆吾五指栽。胡为乎，区区枝剪而叶裁？君莫猜，墨色淋漓两拨开。"他画的鱼甚至有三个尾巴。《偶旧画鱼作此》："元镇作墨竹，随意将墨涂（自注音搭），凭谁呼画里，或芦或呼麻。我昔画尺鳞，人问此何鱼。我亦不能答，张颠狂草书。"

《书刘子梅谱二首序》云：

> 刘典宝一日持己所谱梅花凡二十有二以过余请评。予不能画，而画之意则稍解。至于诗则不特稍解，且稍能矣。自古咏梅诗以千百计，大率刻深而求似多不足，而约略而不求似者多有余。然则画梅者得无亦似之乎？典宝君之谱梅，其画家之法必不可少者，予不能道之，至若其不求似而有余，则予之所深取也。

"不足"、"有余"之说甚精。求似会失去很多东西，而不求似则能保留更多东西。

但他并不主张全无法度。写字还得从规矩入门。《跋停云馆帖》云：

> 待诏文先生讳徵明，摹刻停云馆帖，装之，多至十二本。虽时代人品，各就其资之所近，自成一家，不同矣。然其入门，必自分间布白，未有不同者也。舍此则书者为痹，品者为盲。

《评字》亦云："分间布白，指实掌虚，以为入门"。在此基础上，方能求突破。"迨布匀而不必匀，笔态入净媚，天下无书矣。"

徐文长不太赞成字如其人。《大苏所书金刚经石刻》云："论书者云，多似其人。苏文忠人逸也，而书则庄。"《评字》云："苏长公书专以老朴胜，不似其人之潇洒，何耶？"他自作了解释：庄和逸不是绝对的，庄中可以有逸。"文忠书法颜，至比杜少陵之诗，昌黎之文，吴道子之画。盖颜之书，即庄亦未尝不逸也"。（《大苏所书金刚经石刻》）

同样，他认为工与草也是相对的，有联系的。《书沈徵君周画》：

> 世传沈徵君画多写意，而草草者倍佳，如此卷者乃其一也。然予少客吴中，见其所为渊明对客弹阮，两人躯高可二尺许，数古木乱云霭中，其高再倍之，作细描秀润，绝类赵文敏、懼男。比又见姑苏八景卷，精致入丝毫，而人眇小止一豆。唯工如此，此草者之所以益妙也。不然将善趋而不善走，有是理乎？

"善趋而不善走，有是理乎？"是一句大实话，也是一句诚恳的话。然今之书画家不善走而善趋者亦众矣，吁！

论"侵让"·李北海和赵子昂

《书李北海帖》：

> 李北海此帖，遇难布处，字字侵让，互用位置之法，独高于人。世谓集贤师之，亦得其皮耳。盖详于肉而略于骨，辟如

折枝海棠，不连铁干，添妆则可，生意却亏。

"侵让"二字最为精到，谈书法者似未有人拈出。此实是结体布行之要诀。有侵，有让，互相位置，互相照应，则字字如亲骨肉，字与字之关系出。"侵让"说可用于一切书法家，用之北海，觉尤切。如字字安分守己，互不干涉，即成算子。如此书家，实是呆鸟。"折枝海棠，不连铁干"，也是说字是单摆浮搁的。

徐文长对赵子昂是有微词的，但说得并不刻薄。《赵文敏墨迹洛神赋》云：

> 古人论真行与篆隶，辨圆方者，微有不同。真行始于动，中以静，终以媚。媚者盖锋稍溢出，其名曰姿态。锋太藏则媚隐，太正则媚藏而不悦，故大苏宽之以侧笔取妍之说。赵文敏师李北海，净均也。媚则赵胜李，动则李胜赵。夫子建见甄氏而深悦之，媚胜也。后人未见甄氏，读子建赋无不深悦之者，赋之媚亦胜也。

徐文长这段话说得恍恍惚惚，简直不知道是褒还是贬。"媚"总是不好的。子昂弱处正在媚。文长指出这和他的生活环境有关。《书子昂所写道德经》云：

> 世好赵书，女取其媚也，责以古服劲装可乎？盖帝胄王孙，裘马轻织，足称其人矣。他书率然，而道德经为尤媚。然可以为槁涩顽粗，如世所称枯柴蒸饼者之药。

论变

书画家不会总是一副样子，往往要变。《跋书卷尾二首·又》记了一个有趣的故事：

> 董丈尧章一日持二卷命书，其一沈徵君画，其一祝京兆希哲行书，钳其尾以余试。而祝此书稍谨敛，奔放不折梭。余久乃得之曰："凡物神者则善变，此祝京兆变也，他人乌能辨？"丈弛其尾，坐客大笑。

"变"常是不期然而得之，如窑变。《书陈山人九皋氏三卉后》云：

> 陶者间有变，则为奇品。更欲效之，则尽薪竭钧，而不可复。予见山人卉多矣，曩在日遗予者，不下十数纸，皆不及此三品之佳。瀹然而云，莹然而雨，泫泫然而露也。殆所谓陶之变耶？

书画豪放者，时亦温婉。《跋陈白阳卷》：

> 陈道复花卉豪一世，草书飞动似之。独此帖既纯完，又多而不败。盖余尝见闽楚壮士裘马剑戟，则凛然若黑，及解而当绣刺之绷，亦頳然若女妇，可近也。此非道复之书与染耶？

——一九九二年六月酷暑中作

谈幽默①

※

《容斋随笔》②载：关中无螃蟹。有人收得干蟹一只，有生疟疾的，就借去挂在门上，疟鬼（旧以为疟疾是疟鬼作祟）见了，不知是什么东西，就吓得退走了。《笔谈》云："不但人不识，鬼亦不识"。沈存中此语极幽默。

元宵节，司马温公的夫人要出去看灯，温公不同意，说自己家里有灯，何必到外面去看。夫人云："兼欲看人"，温公云："某是鬼耶？"司马温公胡搅蛮缠，很可爱。我一直以为司马先生是个很古怪的人，没想到他还挺会幽默。想来温公的家庭生活是挺有趣的。

齐白石曾为荣宝斋画笺纸，一朵淡蓝的牵牛花，几片叶子，题了两行字："梅畹华家牵牛花碗大，人谓外人种也，余画其最小者"。此老极风趣幽默。寻常画家，哪得有此。此是齐白石较寻常画家高处。

小时候看《济公传》：县官王老爷派两个轿夫抬着一乘轿子去接济公到衙门里来给太夫人看病。济公说他坐不来轿子，从来不坐轿子，他要自己走了去。轿夫说："你不坐，我们回去没法交待"。济公说："那这样，你们把轿底打掉，你们在外面抬，我在里面走"。轿夫只得依他。两个轿夫抬着空轿，轿子下面露着济公

---

① 初刊于《大众生活》一九九三年创刊号，初收于《塔上随笔》。
② 应为《梦溪笔谈》。——编者注

两只穿了破鞋的脚，合着轿夫的节奏拍嗒拍嗒地走着。实在叫人发噱。济公很幽默，编写《济公传》的民间艺人很幽默。

什么是幽默？

人世间有许多事，想一想，觉得很有意思。有时一个人坐着，想一想，觉得很有意思，会噗噗笑出声来。把这样的事记下来或说出来，便挺幽默。

《辞海》"幽默"条云：

> 英文humour的音译。通过影射、讽喻、双关等修辞手法，在善意的微笑中，揭露生活中乖讹和不通情理之处。

这话说得太死了。只有"在善意的微笑中"却是可以同意的。富于幽默感的人大都存有善意，常在微笑中。左派恶人，不懂幽默。

语文短简①

普通而又独特的语言

鲁迅的《高老夫子》中高尔础说："女学堂越来越不像话，我辈正经人确乎犯不着和他们酱在一起"（手边无鲁迅集，所引或有出入）。"酱"字甚妙。如果用北京话说："犯不着和他们一块掺和"，味道就差多了。沈从文的小说，写一个水手，没有钱，不能参加赌博，就"镶"在一边看别人打牌。"镶"字甚妙。如果说是"靠"在一边，"挤"在一边，就失去原来的味道。"酱"字、"镶"字，大概本是口语，绍兴人（鲁迅是绍兴人）、凤凰人（沈从文是湘西凤凰人），大概平常就是这样说的。但是在文学作品里没有人这样用过。

屠格涅夫的散文诗写伐木，有句云"大树缓慢地，庄重地倒下了"。"庄重"不仅写出了树的神态，而且引发了读者对人生的深沉、广阔的感慨。

阿城的小说里写"老鹰在天上移来移去"。这非常准确。老鹰在高空，是看不出翅膀搏动的，看不出鹰在"飞"，只是"移来移去"。同时，这写出了被流放在绝域的知青的寂寞的心情。

我曾经在一个果园劳动，每天下工，天已昏暗，总有一列火车

---

① 初刊于一九九三年三月二十二日《语文报》，初收于《塔上随笔》。

从我们的果园的"树墙子"外面驰过，灯窗的灯光映在树墙子上，我一直想写下这个印象。有一天，终于抓住了。

> 东窗蜜黄色的灯光连续地映在果树东边的树墙子上，一方块，一方块，川流不息地追赶着……

"追赶着"，我自以为写得很准确。这是我长期观察、思索，才捕捉到的印象。

好的语言，都不是奇里古怪的语言，不是鲁迅所说的"谁也不懂的形容词之类"，都只是平常普通的语言，只是在平常语中注入新意，写出了"人人心中所有，而笔下所无"的"未经人道语"。

平常而又独到的语言，来自于长期的观察、思索、捉摸。

读诗不可抬杠

苏东坡《惠崇小景》诗云："春江水暖鸭先知"，这是名句，但当时就有人说："鸭先知，鹅不能先知耶？"这是抬杠。

林和靖咏梅诗："疏影横斜水清浅，暗香浮动月黄昏"，是千古名句。宋代就有人问苏东坡，这两句写桃杏亦可，为什么就一定写的是梅花？东坡笑曰："此写桃杏诚亦可，但恐桃杏不敢当耳！"

有人对"红杏枝头春意闹"有意见，说："杏花没有声音，'闹'什么？""满宫明月梨花白"，有人说："梨花本来是白的，说它干什么？"

跟这样的人没法谈诗。但是，他可以当副部长。

想象

闻宋代画院取录画师，常出一些画题，以试画师的想象力。有些画题是很不好画的。如"踏花归去马蹄香"，"香"怎么画得出？画师都束手。有一画师很聪明，画出来了。他画了一个人骑了马，两只蝴蝶追随着马蹄飞。"深山藏古寺"，难的是一个"藏"字，藏就看不见了，看不见，又要让人知道有一座古寺在深山里藏着。许多画师的画都是在深山密林中露一角檐牙，都未被录取。有一个画师不画寺，画了一个小和尚到山下溪边挑水。和尚来挑水，则山中必有寺矣。有一幅画画昨夜宫人饮酒闲话。这是"昨夜"的事，怎么画？这位画师画了一角宫门，一大早，一个宫女端着筐箩出来倒果壳，荔枝壳、桂圆壳、栗子壳、鸭脚（银杏）壳……这样，宫人们昨夜的豪华而闲适的生活可以想见。

老舍先生曾点题请齐白石画四幅屏条，有一条求画苏曼殊的一句诗："蛙声十里出山泉"。这很难画，"蛙声"，还要从十里外的山泉中出来。齐老人在画幅两侧用浓墨画了直立的石头，用淡墨画了一道曲曲弯弯的山泉水，在泉水下边画了七八只摆尾游动的蝌蚪。真是亏他想得出。

艺术，必须有想象。画画是这样，写文章也是这样。

一九九二年十二月二十六日

学话常谈①

※

惊人与平淡

杜甫诗云："语不惊人死不休"，宋人论诗，常说"造语平淡"。究竟是惊人好，还是平淡好？

平淡好。

但是平淡不易。

平淡不是从头平淡，平淡到底。这样的语言不是平淡，而是"寡"。山西人说一件事、一个人、一句话没有意思，就说："看那寡的！"

宋人所说的平淡可以说是"第二次的平淡"。

苏东坡尝有书与其侄云：

"大凡为文，当使气象峥嵘，五色绚烂。渐老渐熟，乃造平淡。"

葛立方《韵语阳秋》云：

"大抵欲造平淡，当自绮丽中来，然后可造平淡之境。落其华芬，然后可造平淡之境。"

平淡是苦思冥想的结果。欧阳修《六一诗话》，说：

"（梅）圣俞平生苦于吟咏，以闲远古淡为意，故其构思

---

① 初刊时间、初刊处未详，初收于《汪曾祺文集·文论卷》。

极艰。"

《韵语阳秋》引梅圣俞和晏相诗云：

"因今适性情，稍欲到平淡。苦词未圆熟，刺口剧菱芡。"

言到平淡处甚难也。

运用语言，要有取舍，不能拿起笔来就写。姜白石云：

"人所易言，我寡言之。人所难言，我易言之，自不俗。"

作诗文要知躲避。有些话不说。有些话不像别人那样说。至于把难说的话容易地说出，举重若轻，不觉吃力，这更是功夫。苏东坡作《病鹤》诗，有句"三尺长胫□瘦躯"，抄本缺第五字，几位诗人都来补这个字。后来找来旧本，这个字是"搁"，大家都佩服。杜甫有一句诗"身轻一鸟□"，刻本末一字模糊不清，几位诗人猜这是什么字。有说是"飞"，有说是"落"……后来见到善本，乃是"身轻一鸟过"，大家也都佩服。苏东坡的"搁"字写病鹤，确是很能状其神态，但总有点"做"，终觉吃力，不似杜诗"过"字之轻松自然，若不经意，而下字极准。

平淡而有味，材料、功夫都要到家。四川菜里的"开水白菜"，汤清可以注砚，但是并不真是开水煮的白菜，用的是鸡汤。

方言

作家要对语言有特殊的兴趣，对各地方言都有兴趣，能感受、欣赏方言之美，方言的妙处。

上海话不是最有表现力的方言，但是有些上海话是不能代替的。比如"辣辣两记耳光！"这只是用上海方音读出来才有劲。

曾在报纸上读一纸短文，谈泡饭，说有两个远洋轮上的水手，想念上海，想念上海的泡饭，说回上海首先要"杀杀搏搏吃两碗泡饭！""杀杀搏搏"说得真是过瘾。

有一个关于苏州人的笑话，说两位苏州人吵了架，几至动武，一位说："阿要把倷两记耳光搭搭？"用小菜佐酒，叫做"搭搭"。打人还要征求对方的同意，这句话真正是"吴侬软语"，很能表现苏州人的特点。当然，这是个夸张的笑话，苏州人虽"软"，不会软到这个样子。

有苏州人、杭州人、绍兴人和一位扬州人到一个庙里，看到"四大金刚"，各说了一句有本乡特点的话，扬州人念了四句诗：

> 四大金刚不出奇，
> 里头是草外头是泥。
> 你不要夸你个子大，
> 你敢跟我洗澡去！

这首诗很有扬州的生活特点。扬州人早上皮包水（上茶馆吃茶），晚上"水包皮"（下澡塘洗澡）。四大金刚当然不敢洗澡去，那就会泡烂了。这里的"去"须用扬州方音，读如kì。

写有地方特点的小说、散文，应适当地用一点本地方言。我写《七里茶坊》，里面引用黑板报上的顺口溜："天寒地冻百不咋，心里装着全天下"，"百不咋"就是张家口一带的话。《黄油烙饼》里有这样几句："这车的样子真可笑，车轱辘是两个木头饼子，还不怎么圆，骨鲁鲁，骨鲁鲁，往前滚。"这里的"骨鲁鲁"

要用张家口坝上口音读，"骨"字读入声。如用北京音读，即少韵味。

幽默

《梦溪笔谈》载：

> 关中无螃蟹。元丰中，予在陕西，闻秦州人家收得一干蟹，土人怖其形状，以为怪物，每人家有病疟者，则借去挂门户上，往往遂差。不但人不识，鬼亦不识也。

过去以为生疟疾是疟鬼作祟，故云。"不但人不识，鬼亦不识也"，说得非常幽默。这句话如译为口语，味道就差一些了，只能用笔记体的比较通俗的文言写。有人说中国无幽默，噫，是何言欤！宋人笔记，如《梦溪笔谈》、《容斋随笔》，有不少是写得很幽默的。

幽默要轻轻淡淡，使人忍俊不禁，不能存心使人发笑，如北京人所说"胳肢人"。

一九九三年二月十七日

创作的随意性①

我有一次到中国美术馆看齐白石画展。有一幅尺页，画的是荔枝。其时李可染恰恰在我的旁边，说："这张画我是看着他画的。荔枝是红的，忽然画了两颗黑的，真是神来之笔！"这是"灵机一动"，可以说是即兴，也可以说是创作过程中的随意性。

作画，总得先有个想法，有一片思想，一团感情，一个大体的设计，然后落笔。一般说，都是意在笔先。但也可以意到笔到，甚至笔在意先，跟着感觉走。

叶燮论诗，谓如泰山出云，如果事前想好先出哪一朵，后出哪一朵，怎样流动，怎样堆积，那泰山就出不成云了，只是随意而出，自成文章。这说得有点绝对，但是写诗作画，主要靠情绪，不能全凭理智，这是对的。

郑板桥反对"胸有成竹"，说胸中之竹，已非眼中之竹，笔下之竹又非胸中之竹。事实也正是这样。如果把胸中的成竹一枝一叶原封不动地移在纸上，那竹子是画不成的，即文与可也并不如是。文与可的竹子是比较工整的，但也看出有"临场发挥"处，即有随意性。

写字、作诗、作画，完成之后，不会和构思时完全一样。"殆其篇成，半折心始"。

---

① 初刊时间、初刊处未详，初收于《塔上随笔》。

也有这样的画家，技巧熟练，对纸墨的性能掌握得很好，清楚地知道，这一笔落到纸上，会有什么样的效果，作画是很理智的。这样的画，虽是创作，实同临摹。

一九九三年九月十一日

沙弥思老虎[①]

※

袁子才《子不语》有一则《沙弥思老虎》：

> 五台山某禅师收一沙弥，年甫三岁。五台山最高，师徒在山顶修行，从不一下山。
>
> 后十余年，禅师同弟子下山。沙弥见牛、马、鸡、犬，皆不识也。师因指而告之曰："此牛也，可以耕田；此马也，可以骑；此鸡、犬也，可以报晓，可以守门。"沙弥唯唯。少顷，一少年女子走过，沙弥惊问："此又是何物？"师虑其动心，正色告之曰："此名老虎，人近之者，必遭咬死，尸骨无存。"沙弥唯唯。
>
> 晚间上山，师问："汝今日在山下所见之物，可有心上思想他的否？"曰："一切物都不想，只想那吃人的老虎，心上总觉舍他不得。"

这是一个很有意思的故事，在《子不语》的许多谈狐说鬼的故事中显得很特别，袁枚这一篇的文章也很清峻可喜，虽是浅近的文言，却有口语的神采。

这个故事我好像在哪里见过。想了一想，大概是薄伽丘的《十

---

① 初刊时间、初刊处未详，初收于《塔上随笔》。

日谈》。《十日谈》成书约在一三五〇——一三五三年间，袁子才卒于一七九八年，相距近四百五十年。薄伽丘是文艺复兴时期的意大利作家，袁枚是中国的乾隆年间的文人。这个故事是怎样传到中国来，怎样被袁枚听到的？这是非常有趣的事。

也许我记错了，这故事不见于《十日谈》（手边无《十日谈》，未能查对），而是在另外的书里。但是可以肯定，这个故事是外来的，是从西方传入的。这里面的带有人文主义色彩的思想，非中土所有，也不是袁子才这样摆不脱道学面具的才子所本有。

一九九三年九月二十八日

写景①

写景实不易。

郦道元《水经注·三峡》：

> 自三峡七百里中，两岸连山，略无阙处，重岩叠嶂，隐天
> 蔽日。自非亭午夜分，不见曦月。

我曾三过三峡，想写写对三峡的印象，但是无从措手，只写了
一首绝句，开头说"三过三峡未有诗，只余惊愕拙言辞"，然而郦
道元用了极短的几句话，就把三峡全写出来了，非常真切，如在目
前，真是大手笔！

柳宗元《至小丘西小石潭记》：

> 潭中鱼可百许头，皆若空游无所依。日光下澈，影布石
> 上，佁然不动；俶尔远逝，往来翕忽，似与游者相乐。

这写的是鱼，实际上写的是水。鱼之游动如此，则水之清澈可
知。这种借鱼写水的手法，为后来许多诗文所效法，而首创者实为
柳宗元。

---

① 初刊于一九九四年八月十五日《新民晚报》，初收于人民文学版《汪曾祺全集》第
十卷。

苏轼《记承天寺夜游》：

庭下如积水空明，水中藻、荇交横，盖竹柏影也。

这写的是月色，但不见月字。写此景，不说出是何景，只写出对景的感觉，这是中国的传统方法。自来写月色者，以东坡此文写得最美。

姚鼐《登泰山记》：

……道中迷雾冰滑，磴几不可登。及既上，苍山负雪，明烛天南，望晚日照城郭，汶水、徂徕如画，而半山居雾若带然。

中国人写诗文都讲究"炼"字，用"未经人道语"，但炼字不可露痕迹，要自然，好像不是炼出来的，"自下得不觉"。姚文"负"字、"烛"字、"居"字都是这样。"居"字下得尤好。

写散文，多读几篇古文有好处。

一九九四年五月九日

使这个世界更诗化①

※

关于文学的社会职能有不同的说法。中国古代十分强调文艺的教育作用。古代把演剧叫作"高台教化"，即在高高的舞台上对人民进行形象的教育，宣扬封建伦理道德，——忠、孝、节、义。三十、四十年代以后，马克思主义理论家认为文艺的功能首先在教育，对读者和观众进行政治教育，要求文艺作品塑造可供群众学习的英雄模范人物。有人不同意这种看法，认为文艺不存在教育作用，只存在审美作用。我认为文艺的教育作用是存在的，但不是那样的直接，那样"立竿见影"。让一些"苦大仇深"的农民，看一出戏，立刻热血沸腾，当场要求报名参军，上前线打鬼子，可能性不大（不是绝对不可能），而且这也不是文艺作品应尽的职责。文艺的教育作用只能是曲折的，潜在的，像杜甫的诗《春夜喜雨》所说："随风潜入夜，润物细无声"，使读者（观众）于不知不觉中受到影响。我觉得一个作家的作品总要使读者受到影响，这样或那样的影响。一个作品写完了，放在抽屉里，是作家个人的事。拿出来发表，就是一个社会现象。我认为作家的责任是给读者以喜悦，让读者感觉到活着是美的，有诗意的，生活是可欣赏的。这样他就会觉得自己也应该活得更好一些，更高尚一些，更优美一些，更有诗意一些。小说应该使人在文化素养上有所提高。小说的作用是使

---

① 初刊于《读书》一九九四年第十期，初收于北师大版《汪曾祺全集》第六卷。

这个世界更诗化。

这样说起来，文艺的教育作用和审美作用就可以一致起来，善和美就可以得到统一。

因此，我觉得文艺应该写美，写美的事物。鲁迅曾经说过，画家可以画花，画水果，但是不能画毛毛虫，画大便。丑的东西总是使人不愉快的。前几年有一些青年小说家热中于写丑，写得淋漓尽致，而且提出一个不知从哪里来的奇怪的口号："审丑作用"，以为这样才是现代主义。我作为一个七十四岁的作家，对此实在不能理解。

美，首先是人的精神的美、性格的美、人性美。中国对于性善、性恶，长期以来，争论不休。比较占上风的还是性善说。我们小时候读启蒙的教科书《三字经》，开头第一句话便是"人之初，性本善"。性善的标准是保持孩子一样纯洁的心，保持对人、对物的同情，即"童心"、"赤子之心"。孟子说："大人者不失其赤子之心者也"。

人性有恶的一面。"文化大革命"把一些人的恶德发展到了极致，因此有人提出"人性的回归"。

有一些青年作家以为文艺应该表现恶，表现善是虚伪的。他愿意表现恶，就由他表现吧，谁也不能干涉。

其次是人的形貌的美。

小说不同于绘画，不能具体地表现一个人的外貌，但小说有自己的优势，写作家的主体印象。鲁迅以为写一个人，最好写他的眼睛。中国人惯用"秋水"写女人眼睛的清澈。"巧笑倩兮，美目盼兮"是写美女的名句。

小说和绘画的另一不同处，即可以写人的体态。中国写美女，说她"烟视媚行"。古诗《孔雀东南飞》写焦仲卿妻"珊珊作细步，精妙世无双"，这比写女人的肢体要聪明得多。

不具体写美女，而用暗示的方法使读者产生美的想象，是高明的方法。唐代的诗人朱庆余写新嫁娘：

> 洞房昨夜停红烛，待晓堂前拜舅姑。
> 妆罢低声问夫婿，画眉深浅入时无？

宋代的评论家说：此诗不言美丽，然味其辞义，非绝色女子不足以当之。

有两句诗：

> 行到中庭数花朵，蜻蜓飞上玉搔头。

也让人想象到，这是一个很美的女人。

有时不直接写女人的美，而从看到她的人的反应中显出她的美。汉代乐府《陌上桑》写罗敷之美：

> 行者见罗敷，下担捋髭须。少年见罗敷，脱帽著帩头。
> 耕者忘其犁，锄者忘其锄。来归相怨怒，但坐观罗敷。

这种方法和《伊里亚特》写海伦皇后的美很相似。

中国人对自然美有一种独特的敏感。

郦道元《水经注·三峡》：

> 自三峡七百里中，两岸连山，略无阙处；重岩叠嶂，隐天蔽日，自非亭午夜分，不见曦月。

短短的几句话，就把三峡风景全写出来了。这样高度的概括，真是大手笔！

柳宗元《至小丘西小石潭记》：

> 潭中鱼可百许头，皆若空游无所依。日光下澈，影布石上，佁然不动；俶尔远逝，往来翕忽，似与游者相乐。

通过鱼影，写出水的清澈，这种方法为后来许多诗人所效法，而首创者实为柳宗元。

苏轼《记承天寺夜游》：

> 庭下如积水空明，水中藻、荇交横，盖竹柏影也。

这写的是月色，但没有写出月字。

古人要求写自然能做到"状难写之景如在目前"，作为一个中国作家，应该学习、继承这个传统。

简论毛泽东的书法[①]

毛泽东的书法，天下第一。毛的书体多变。他曾经写过颜字。我在韶山纪念馆曾见过他一张借《盛世危言》的便条，字作欧体，结体较长。在第一师范夜校里所写"教学日记"，字竟是金冬心体。毛泽东而写金冬心，令人惊异。在延安所写的《论持久战》，一笔到底，异常流畅。"善书者不择笔"。《自己动手》、《丰衣足食》似是用小学生写大字的粗羊毫写成，然而筋力开张，笔酣墨满。进城以后写怀素。我觉得毛写怀素，实已胜过怀素。怀素是个没文化的人，所写帖语言不通，不能卒读，直一书僧而已。《苦笋帖》稍有气韵，《自叙帖》则拘谨而作态。毛泽东写怀素亦不拘一格。晚年参用李北海，结体略扁、姿媚转生。

他的字有些写得比较匀称规整，如所写《长恨歌》；有的比较奔放，如《远上寒山石径斜》。"书贵瘦硬方通神"，毛书《万里悲秋常作客》是典型的瘦硬之笔。翩若惊鸿，细如游丝，至善尽美，叹观止矣。

---

① 初刊于一九九五年五月十九日《中国艺术报》。

题画三则^①

※

一

"一路秋山红叶老圃黄花，不觉到了济南地界。到了济南，只见家家泉水，户户垂杨。"右引自《老残游记》。或曰："这是陈辞滥调"。陈辞滥调也好嘛，总比那些奇奇怪怪，教人看不懂的语言要好一些。现在一些画家、文学家，缺少的正是这种陈辞滥调的功夫！

一九九六年一月

二

天竹是灌木，别有草本者，齐白石曾画。他爱画草本天竹，因为是他乡之物。而我宁取木本者，以其坚挺结实，果粒色也较深。齐白石自画其草本天竹，我画我的，谁也管不着谁。

天竹和蜡梅是春节胜景，天然的搭配。我的家乡特重白色花心的蜡梅，美之为"冰心蜡梅"，而将紫色花心的一种贬之为"狗心蜡梅"。古人则重紫心的，称为"馨口檀心"。对花木的高低褒贬

---

① 初刊于《随笔》一九九六年第三期，后两则文字初收于北师大版《汪曾祺全集》第六卷，题为《题画二则》。

也和对人一样，一人一个说法，只好由他去说。

一九九六年一月

三

梅畹华家牵牛花碗大，人谓外人种也，余画其最小者。齐白石为荣宝斋画笺纸并题。白石题语很幽默，很有风趣。

白石老人尝谓：吾诗第一，字第二，画第三。此言有些道理。画之品味高低决定画中是否有诗，有多少诗。画某物即某物，即少内涵，无意境，无感慨，无喜笑怒骂，苦辣酸甜。有些画家，功力非不深厚，但恨少诗意。他们的画一般都不题诗，只是记年月。徐悲鸿即为不善题画而深深遗憾。

我一贯主张，美术学院应延聘名师教学生写诗，写词，写散文。一个画家，首先得是诗人。

一九九六年一月